献给外婆张勤玲、奶奶李文英和她们生活过的时代。

为她准备的好躯壳

何袜皮 作品

湖南文艺出版社
HUNAN LITERATURE AND ART PUBLISHING HOUSE

博集天卷
CS-BOOKY

为 她 准 备 的

好 躯 壳

楔 子

　　她栖息在一根伸向瘦西湖的树枝上，一动不动。

　　这是 1749 年的秋天，距离民国三十五年（公元 1946 年）的那场命案还有近两百年光景。

　　她只是享受着大自然的宁静与温和，从没想过两百年以后的事。

　　她的羽毛反射着黎明的晨光，时而显出幽深的湖蓝，时而又透出绮丽的翠绿，时而又带着夜幕下星空的淡紫，令这绿树和碧湖都逊色。

　　一只青灰色小虾在清澈的水面下游过。

　　她兴奋起来，其实并不饿，只是想捉弄一下这笨头笨脑的东西。她展翅离开枝头，向下俯冲，展露出腹部凶猛的棕色。

　　就在她快到达猎物身旁时，一张细密的网突然从水面滑过，掳走了她。

　　她被关在笼子里，和二十三只翠鸟在一起。

　　她是第二十四只。

　　他们等待的最后一只。

　　整个城的翠鸟都在这里了，他们互不相识，却都将拥有一样的命运。

　　她知道自己已经逃不脱死亡。

　　她唯一关心的是，自己会以什么方式死去。

　　一对混浊的人类的眼睛出现在笼子的栏杆外。她害怕地后退，紧张地瞪着黑溜溜的小眼珠。

"瞧瞧你这个小家伙，多漂亮啊！"老人自言自语，"我这辈子都没见过这种颜色的翠羽。"

他的一只手钻进笼子，试图抚摩她的翅膀。

她已经躲到了笼子的角落，无处再躲。

老人突然一把抓住了她的肩膀。她浑身战栗，发出尖叫。

老人从笼子里取出她，把她的身体按在竹案上。她看到一把镊子悬在头顶，这镊子尖尖的，也像是一只鸟嘴。

那只"铁鸟"啄了一下她的翅膀，叼走了她的一根羽毛。

她因为剧痛猛蹬了两脚。

"别乱动！"老人生气地说。

她只是不甘心。她曾经离那只小虾那么近，那么近啊！

一根，又一根……

她失去了两翼的羽毛，还能离开吗？

最后一根翠羽终于安在了金子底座上。彩冠上的凤凰完工了。

老人这才放下镊子，抬起通红的眼睛，看看木格窗外，天都已经亮了。

镊子旁边，一具具尸体整齐地排列在白色丝绸上。

他们的两翼和尾部都光秃秃的，所以他们看起来都一样了。

老人走到窗边，借着晨光欣赏手中的彩冠。凤凰的中心位置，用的是第二十四只翠鸟的翠羽。她的羽毛透着厚重的金色，与金色晨光交相辉映，光彩夺目。随着太阳的升高，它的颜色又逐渐变成雪青、湖蓝，直到翠蓝。

老人抚摩这丰富的颜色，觉得这凤凰身上好像还带着那只小翠鸟的体温。于是，这凤冠也像是活的了——啾啾的、光滑的、柔顺的、温暖的、挣扎的、喜怒无常的。

01

辛师傅在京沪线上开了六年的火车，算得上老司机。在公司里他岁数大，做事稳重，为人耿直，凭着多年的资历，当上了京沪线夜班车的正司机，俗称"大车"。平常都是他和副司机——俗称"二车"——轮流驾驶。一个人驾驶，另一个人和司炉轮流添煤。添煤是体力活儿，也得两个人倒着干。

今天晚上，他像往常一样观察着铁道前方的路况。司炉在添煤。二车是个小年轻，趁着休息的工夫，正蹲在地上借着炉火光翻一本小人儿书。

从黄昏开始，一场大雾如同一条湿气编织的毯子，慢慢罩住了江南一带。铁轨蜿蜒消失于不远处的夜色中，轨道两旁的小灯在雾气中闪着蓝色的幽光。

今晚的雾可真够大的呵。辛师傅在心底感叹着，凝神注视着铁路的前方。

凭着前方轨道的大转弯，辛师傅就能判断目前已经接近上海市郊的封浜村，离上海站也不远了。他打了一个哈欠。老婆孩子还没睡觉，在等着他回家呢。

突然，在某一个瞬间，他的眼睛似乎捕捉到前方的转弯处，某段铁轨奇怪地中断了。他的肌肉刹那绷紧，瞪大眼睛——不，是一个成人大小的物体横躺在弯道处，盖住了铁轨。

下一秒，辛师傅立刻意识到那是一个躺在铁轨上的人。

"铁轨上有人！"他叫了一声，并用全身的力气扑向了紧急制动闸。

车轮和铁轨摩擦，发出刺耳的尖叫，划破宁静的夜空。

与此同时，二车和司炉也探出车窗向前方看去。

辛师傅在心底默念着一百米，五十米，二十米，五米……驾驶车厢越过躺在轨道上的那个人，重重颠簸了一下，而后终于打住。他被甩到了门上，背脊上的衣服已被冷汗湿透。

身后的车厢里传来乘客们的吵闹声。

在这一段轨道上撞上人，并不是新鲜事了，但辛师傅还是第一次遇到，受了一些惊吓。他拿起一支手电，率先跳下车。

他哆哆嗦嗦地用手电往黑暗的车轮下照，一直走到第二节车厢处，才找到尸体。

死者是个年轻的姑娘，穿着打扮像个女学生。蓝色的长裙子已经被血浸染，一条胳膊甩在铁轨旁的石子上。

辛师傅不敢再多看一眼，心里叹了口气："可惜了啊，这么年轻干吗寻死啊？"

二车和司炉也从车里跳了下来。二车冲着前后的车厢叫喊，不许乘客下车。岁数大的司炉在尸体旁双手合十，不停念着阿弥陀佛。

辛师傅叫车里的乘务员把车门都看好，安抚住乘客。他支二车去不远处的封浜村找保长，由保长带人来收拾残局。等了一会儿不见人来，又想到家人还在等自己回家，辛师傅有些待不住了。

他对司炉说："要不，我们一起把尸体挪开吧？"

他和司炉一起把尸体抬到了铁轨边的空地上。整个过程中，他都紧紧闭着眼睛，屏住呼吸，不敢去想手上抬的东西是什么。

放下尸体后，辛师傅放眼望去。乡间的铁轨边，万籁俱寂。周围没有其他人，只有两三栋孤零零的残破的空房子在雾气中若隐若现。灌木和草丛中不时传来虫鸣声。

不知道是不是大雾的缘故，今晚的夜色看起来比往常更为凄凉。

02

民国三十五年（1946年），8月。

日本人投降一年了。

一把锋利的刀片从下颚向面颊游走，在白色肥皂泡沫中间推开一条清晰的道路，斩断了青色胡楂。

王克飞仰面躺在理发厅的皮椅上，十指交叉搁在自己的肚子上，紧紧闭着眼睛。他正想象着待会儿要去观看的上海小姐选美泳装比赛。

不知道她穿上泳装会是什么样子呢？

"出去，快滚出去！"突然的喊叫惊醒了他。

理发师傅停下了手中的刀片，转身向门口望去。王克飞也睁开眼睛，从前面的镜子里打量身后发生的一切。

一个衣衫褴褛的老头刚刚闯进店里。他把竹篓放在地上，朝店老板呜咽道："求您了啊老板！把我的孙女领回家吧。她中暑了，一天没吃没喝，跟着我是死路一条啊！"

竹篓里露出一个两三岁的小女孩的脑袋，她紧紧闭着眼睛，面色煞白。

"去，去，去！谁让你进来的？快滚出去！"店老板扯着喉咙喊道。

"要卖女儿来错地方咯，赶紧去对面吧。"另一个来理发的客人揶揄道。

有伙计发出不合时宜的笑声。

街对面是一家当铺。

老头和他的竹篓女孩被撵了出去。

理发师继续替王克飞刮胡子。绿色的铁质摇头电扇努力地朝他们吹着风，只是这风吹在身上还是热的。

今年江淮平原连遭暴雨，运河决堤，瘟疫肆虐。洪灾殃及三百万人，数十万难民拥入上海。在理发店的玻璃橱窗外，炎炎烈日下挤满了衣着破旧、瘦骨嶙峋的难民。

这些人要吃要穿，要有地方睡觉。有人卖儿卖女，有人偷抢拐骗，有人传播瘟疫，也有人到商家门口吵扰闹事。各种治安事件层出不穷。

自从 6 月以来，身为上海黄浦警局刑侦科科长的王克飞就没得过空闲，指挥手下的人到处维持治安。优先保护的是政府机关、政商要人的宅子。但灾民的事也不能不管，抓捕小偷、维持秩序，甚至是搬运倒毙的尸体之类琐碎的活儿，他们也得跟着一块干。

理发师用温热的湿毛巾替王克飞擦干净下巴。

理发椅被扶直后，王克飞缓缓睁开眼睛，看着镜子中的自己。一条白布围在他的脖子上，让他像一个无助的婴儿。他皮肤黝黑，面颊憔悴，眼睛里有几缕血丝。幸好头发刚刚被理短，鬓角整洁，显得精神了一些。

尽管最近忙得不可开交，昨天上午，王克飞还是被叫去观摩了一次枪毙。

枪毙的是苏北难民救济协会工作队的三个人。政府叫他们监督赈灾款的发放，结果每个人却都侵吞了几十万到几百万的款项。正是赈灾和内战的重要关头，上头震怒，下令要严惩。不仅要枪毙，市政府还要求各个部门的中高层官员都要到现场观看。杀一儆百，以儆效尤。

行刑的那一天，天气尤其热，刑场上连棵树都没有。王克飞和同僚们一个个穿着正装，在烈日底下汗流浃背地站着，心里盼着赶紧毙了好去阴凉里喝汽水。

整场枪毙，王克飞一点都没有被触动。他只是觉得被枪毙的这几个人蠢得要命。因为他们犯了从政的大忌：

监守自盗。

捞钱，可以，但千万别把手伸向自己管的钱。王克飞也拿过钱，但他拿的是需要找他办事的人的钱。如果上级要他保管什么东西，他一定稳稳妥妥地保管好，一点差错不会有。

这是官场的生存之道。

小时候，母亲常对王克飞说："你吃饭的时候，要想想这碗饭是谁给你的。"

自从当上了上海黄浦警局刑侦科科长，王克飞经常用这句话提醒自己。给他这碗饭的人，不是行政委员，也不是黄浦警局的周局长，而是一个在上海说话更管用的人——青帮头目杜月笙。

一年前日本人投降，国民政府收复失地，原沦陷区空出来大批的职位，政府内人人都想找个门路往上爬。王克飞庆幸自己在一片混乱之中得到内行人的指点，走了杜先生的门路。不出半个月的工夫，行伍出身的王克飞便捞到了上海黄浦警局刑侦科科长这个职位。

王克飞清楚自己这碗饭是谁给的，也知道自己行事要格外小心。

可是，他没有发觉，自己也不知不觉走在了监守自盗的路上。

03

王克飞理完发、刮完胡子，赶往静安游泳馆。

游泳馆外已被围得水泄不通。"苏北难民救济协会上海市筹募委员会""群策群力，救助灾黎"这两条横幅飘扬在夏季的蓝天上。

苏北水灾，灾民遍野，上海虽然成立了"苏北难民救济协会上海市筹募委员会"，但是筹募了很久，也没有筹到多少钱。这时杜先生想到一个好点子，他要在上海举办一场空前的"上海小姐"选美比赛。广告赞助要收钱，观众进场要收门票，给选手投票也要花钱买。这些钱便可以用来赈济灾民。

虽然这事是杜先生牵头，但出面办事的人不是他，而是一位黄姓富商的遗孀，在上海颇有交际地位的黄太太。黄太太借着与周局长的关系，找到了王克飞，希望他能用刑侦科的力量承担起保护参赛选手的任务。

说是保护，其实更有点监督的意思。

选美比赛过去也有，但都是青楼搞的"选花魁"一类的玩意儿，选的都是妓女，上不得台面。这次"上海小姐"最大的特点是，参赛选手都是大家闺秀、明星和学生。比赛一公布就牢牢吸引住了大众的注意力，各家报纸天天头版报道，决赛预售门票被抢购一空，各位选手背后的金主们也摩拳擦掌，要为自己的情人或女儿争一个名次。但那么多大家闺秀抛头露面，让黄太太非常担心，如果这些名门小姐因为参加比赛有个三长两短，她可担待不起。

黄太太还特意嘱咐，她要的不光是女选手们平安，还要女选手们在比赛期间不要出绯闻，不能谈男朋友，不要深夜出去疯玩。一句话，不能有任何让报纸记者乱写的机会。这比赛原本就容易让人联想到青楼选秀，如果再闹出一两个丑闻，黄太太担心会让其他有头有脸的参赛选手都打退堂鼓。

王克飞有幸观看了一次才艺初选，并在那次比赛中见到了炙手可热的参赛选手陈海默。

王克飞清楚记得，陈海默表演的那天穿着一件鹅黄暗纹的青色旗袍。她的鬈发长及下巴，堆在耳后，头顶的秀发在一束聚光灯下闪烁着光泽。

王克飞站在舞台的侧面，只能看到她清秀的侧脸。她发下露出的脖子如凝脂一般白皙，胳膊修长均匀，灵活的十指在黑白琴键上飞快舞动。她的神情如此专注，长睫毛轻轻颤抖，饱满的嘴唇微微抿着，面颊绯红。

美妙的钢琴声在大厅内流淌。那一刻，王克飞觉得肖邦的这首《幻想即兴曲》真是动人极了。

演奏结束，掌声响起，女孩站起身鞠躬致谢。她突然转过身向王克飞走来。

王克飞有些慌张，急忙闪到幕布后面。女孩与王克飞擦身而过，走下台阶。

王克飞怔怔地看着她的背影，看着她柔软的腰肢和白皙的双臂轻盈地摆动……就在他出神时，女孩突然扭过头，向他投来一瞥。

这一瞥，后来无数次出现在王克飞的意识和梦中。

王克飞说不清楚这黑白分明的眼睛中究竟包含着什么情感。

但是在他后来的记忆中，她的眼神时而平淡温和，如同一汪明澈的清泉；时而又如同望不见底的深渊，隐藏着淡淡的忧伤、无奈、寂寥。

就在那一秒，王克飞觉得自己坠入了爱河。

后来他又找来了所有报道过陈海默的杂志报纸，想了解关于她的点点滴滴。

原来她还在震旦女子文理学院的英语系读二年级。她的父亲是国立音乐专科学校的教授。她从小受家庭艺术氛围熏陶，钢琴独奏曾获上海青年钢琴大赛金奖。报上说她学习刻苦，成绩总是全班第一，从中学起连续四年获得校长奖学金。平日里也不像其他年轻大小姐那样热衷于打扮享乐、参加派对，作风甚是朴素低调。

报纸文章的报道让王克飞更加珍视，甚至可以说敬重陈海默。

王克飞三十六岁，之前的感情领域当然也并非白纸一张。他的前妻萧梦曾经是仙乐斯舞宫的当红歌女。他第一次见到她时，甚至有比见到海默更怦然心动的感觉。

萧梦受不了婚后平淡的生活。打仗刚开始不久，她便抛下王克飞远赴英国。他们本来已联系甚少，去年她回国后提出了离婚。可是刚办完手续，她却未留一字，在家中自杀。

萧梦不在身边的那些年，王克飞也有逢场作戏的时候。在一些场合总会有女孩主动接近他，虽然他并不觉得自己有什么魅力。但无论经历过什么女人，他都没有过找谁代替萧梦的念头。以前他觉得自己可能是太懒了。可自从见到海默，他才知道这不是懒，只是没有遇到那个人而已。

王克飞听说陈海默爱读英文小说，便去书店买了三本英文原版小说。他也不懂该买什么，反正就照着封面最漂亮、价格最贵的买。

现在这三本书包装好了，正躺在他的包里。王克飞打算等泳装比赛结束后，让下属孙浩天送陈海默回家。而他会在车上把书送给陈海默，当作贺礼，也不至于太唐突。

可是，他没想到的是，今天的这三本书却没能送出去，并且可能永远也没有机会送出去了。

04

王克飞和他的下属老章随着拥挤的人流一起进入了静安游泳馆，在观众席第一排坐下。这两天天气骤热，观众们坐在明晃晃的太阳下擦着汗水，有些心不在焉。

广播里念到某位选手的名字，该选手便身着泳衣上场。在展示身材后，在标准泳池里游一个来回。选手们有的散着头发，有的盘起头发，多半穿着连体款式的泳衣，或者分体的只露出一截腰部。

穿着泳装参加选美在无奇不有的大上海还是头一次，报纸上用"惊世骇俗"来形容。批评的声音也很多，有的指责选手们"出卖色相""哗众取宠"，或者"有伤风化"。

黄太太接受报纸采访时表示，泳装环节是西方选美仪式的一个必要步骤，让女性有机会展现体形健康和美丽。她呼吁大家把更多的注意力放在本次活动的慈善宗旨和女性的品德美上。但依然有三个选手以"不会游泳"为由临时退出比赛。

现在来看，泳装比赛也并不像报纸上预测的那样乌七八糟。选手们倒个个落落大方，观众们也斯文规矩。

"第六号选手：黄君梅小姐。"随着广播里的声音，一个女孩上场了。

她的出场在观众席中引起了几声突兀的口哨声。

王克飞在烈日下眯起眼睛。她身着一件暴露的火红色连体泳衣。裤管的斜角角度大，露出了她整条大腿以及大腿根部。当她转过身时，观众们看到连体泳衣的后背露出了一大块肌肤，一直到腰部。

她站到了台上，黑色长卷秀发散在肩上，一手叉腰，摆出凹凸有致的曲线，火红色的弹性面料修饰出她润白修长的大腿以及半露的酥胸。远远看去，她像一把火炬，比这夏天的太阳更加炙热。

这个大胆的选择让有些保守的观众瞠目结舌，有些人打听起这个选手的来历。王克飞自然知道她是谁——主办人黄太太的千金。

黄君梅站在泳池边，旁若无人地一跃，在池中溅起不小的水花。随后，她以轻松的蛙泳姿势向另一侧游去，两条结实的大腿轻松地蹬收，白花花的背部像云朵一般漂浮在水面。

"这丫头胆子可真大呵。"老章小声嘀咕道。

"不知道黄太太看了作何感想。"王克飞道。

"听说啊，她的生母并不是这个黄太太，而是珠宝大王黄德胜的正房。而这个黄太太据说原本是黄德胜的姨太太。"老章凑过头轻声说道。

老章，章鸿庆，虽然是王克飞的副手，但比王克飞年长近十岁，在机关的时间也比王克飞长多了，熟悉各种人情世故，也善于察言观色。王克飞因为走了后门，空降到上海黄浦警局刑侦科当科长，对各种复杂的人事关系和上流社会的传闻都所知甚少。

这时，黄君梅已经游完一圈爬了起来，湿漉漉地走向后台，那半裸紧致的臀部有节奏地扭动着，接受人们的注视。

"第七号选手：陈海默小姐。"

王克飞坐直了身体，和其他观众一起扭头盯着后台出口，等待那个身影的出现。她会穿什么式样的泳衣？会不会露出肚子？她的腹部平坦吗？

奇怪的是，等了快两分钟，都没有人从后台走出来。

这时，广播里响起一个仓促的女声："抱歉，第七号选手缺席了本次比赛。下面有请第八号选手……"

观众席上一片嘘声。

　　王克飞立刻起身离开座位，向后台走去，老章也急忙站起来跟了上去。

　　王克飞一进后台，就遇上了他正要找的人：负责保护陈海默的孙浩天。孙浩天也刚从外面回来，满脸通红，满头大汗，也不知道是因为热还是紧张。

　　还没等王克飞张口发问，孙浩天就叫道："不好啦，陈小姐失踪了！"

　　"失踪？"

　　"她从昨晚起就不见了！"

　　"这他妈是怎么回事？"王克飞上前，一把抓住了孙浩天的衣领。孙浩天一受惊吓，舌头打结，什么都说不出来了。

　　老章急忙上前劝阻："王科长，这么大的事，咱不能急啊，赶紧让他把事情的来龙去脉说清楚。"

　　王克飞松了手，小孙后退几步，低下头，战战兢兢地汇报："昨晚我五点多就送陈小姐从学校回家了。就在她家门口，她对我说她今晚不会出门了，让我回家休息，于是我也就放松了警惕……因为……因为根据我之前的经验，陈小姐是特别本分的姑娘，每天晚上都是待在家不出门的。可今天我一大早去她家时才知道，她昨晚在七点左右又出了门，一夜未归，她父亲也找了她一夜。"

　　王克飞恨恨地摔掉烟头，吼道："这么大的事，你怎么现在才汇报！"

　　小孙看到王克飞发这么大火，吓得眼睛都不敢抬。"我……我……我不敢……我和她父亲到处找了一个上午，本来寄希望于十点的泳装比赛她会出现。可比赛已经开始了，她还是没……"说完后，小孙自扇了一记耳光，"都怪我！是我没保护好陈小姐！"

　　现在说这些还有什么用。王克飞一屁股在椅子上坐下来，脑袋有点发热。怎么会这样呢？那么多选美小姐，怎么偏偏是陈海默出了事？

　　"还愣着干什么，还不赶快派人找去！"王克飞站起来大喝一声。

　　小孙惊得几乎跳了一下，立刻从大门跑出去了。

　　老章在旁边暗中观察，看到王克飞逐渐冷静下来，才拉过一把椅子，在王克飞面前坐下，伸出三根手指道："可能性有三种。"

王克飞愣愣地朝他看看，问："什么三种？"

"一种是陈小姐被人绑架了，"老章说道，"虽说陈家和其他选手的家庭相比算不上大富大贵，但陈小姐是选美大赛的热门选手，没准有绑匪在报纸上见到报道，觉着绑架她也是笔好生意。而且前不久上海刚发生了荣德生绑架案，荣家给绑匪交了五十万美金。若有人效仿荣案，不是没有这个可能。"

王克飞没说话，他艰难地咽了咽口水，心想，如果真是这结果，那么他这个刑侦科科长也就别干了。他的正职是抓绑匪，结果绑匪从他的眼皮底下把人绑走了。这是多大的笑话？

"另一个可能也好不到哪儿去，可能啊，"老章吞吞吐吐地说道，"陈小姐和什么男性私奔了……"

不，不可能。王克飞下意识地摇摇头。首先，他出于私心已经调查过陈海默，没听说她有男朋友；其次，马上要到上海小姐的决赛了，陈海默得奖的概率比较大，她选择这时候私奔的时机也不对。

他没说自己的理由，只是问："第三个呢？"

"要说起来，第三个可能性最大，是她半路上偶然遇到了什么危险或者意外，比如遭遇劫匪、流氓，摔井里了、掉河里了，这……这就不敢想了。"

王克飞皱紧了眉头，觉得胸口闷闷的，好像压了一块大石头。

无论是哪一种结果，他都无法承受。

05

王克飞派老章组织人出去寻找陈海默，自己则去陈家等消息。他以前曾幻想过去陈海默家做客的情景，但绝对没想到竟会是在这种情况下上门。

陈逸华把王克飞请进屋后，两个人默然相对。王克飞直挺挺地坐在沙发上，不敢动静太大，而陈逸华则一直背着手，在客厅里焦躁地来回踱步。

有时候，他会喊一声："梅姨，加水。"

一个约莫五十岁的女佣会走出来，给王克飞加茶水。她眉头紧锁，一直闭嘴不说话，连走起路来都是静悄悄的。

陈家算不上豪华，但很有艺术格调，深色木家具间装点着不少艺术品，有精美的瓷器、绢花、油画和刺绣。王克飞环视客厅，一架闪亮的黑色大钢琴放在一角。靠墙的书架上摆放了陈海默少女时代和近年的照片。其中一张大约是她得了什么钢琴比赛奖时拍的：她一手举着奖杯，明眸皓齿，容光焕发。

墙角一座古典大立钟指向上午十点半。在这令人尴尬的沉默中，指针每挪一下位置都会发出令人心悸的响声。

王克飞又把目光移到正对自己的那面墙上。墙上挂着一张黑白相片，上面是一个中年女人的半身像。她长着宽厚的下巴，相貌敦厚，眼神慈祥。

看到王克飞在看照片，陈逸华也回头望了一眼，对着照片叹了口气道："这是我的亡妻美云，四年前因为事故去世了，如今就只剩我和海默相依为命。"

"陈教授，你请坐下来，"王克飞说道，"帮我一起好好回忆一遍陈小姐昨晚临出门时的举动，任何一个小细节也不要漏掉。"

陈逸华这才在王克飞对面的椅子上坐了下来。

"我们一起吃了用人做的晚饭，和往常一样，没什么特别的。吃饭时她还聊起，最近她正在练习勃拉姆斯的一首钢琴曲，但有个地方老是把握不好，问我该怎么办。吃完饭后，她练了一会儿琴，我在客厅里看书。七点左右，她突然告诉我，她想趁着晚上天凉快，去附近散散步。我让她去一下就早点回来。她让我早点上楼睡觉，不用等她……如果非说不正常，细想一下，她昨晚临出门的时候，对我说了一句'再见了，爹'。她过去似乎从来没有这样和我告别……"

"她最近一段时间，有什么反常的举动吗？"

"没有，"陈逸华确定地说，"她自从上个月报名参加选美后，确实忙了不少。但她仍旧每天晚上按时回家，如果有什么特别安排，也一定会提前通知我。"

"你听陈海默提起过，在学校里或者选美小组有什么特别要好的朋友吗？"

"要说好朋友……可能黄君梅算一个吧。她们中学是同桌，大学是校友，只不过一个在英语系，一个在经济系。现在又一起参加选美。"

"就是选美组织者黄太太的女儿吧？"

"是啊，"陈逸华愁眉苦脸地说道，"但是，昨天晚上默默没回来，我就去黄公馆找过她了，黄君梅也并不知道默默在哪儿。"

"我能看一下陈小姐的房间吗？"

陈逸华带王克飞去了海默的房间。

陈海默有锁房门的习惯。陈逸华翻箱倒柜很久，才找到一把能用的钥匙。陈海默的房间不大，陈设简单，只有一张单人床、一个书柜、一把椅子和一个普通的五斗柜。屋子里没有过多的装饰。床单、枕头、窗帘都是简单的浅蓝色。书桌和五斗柜上任何摆设都没有，常见的笔筒、镇纸都见不到，单调得不像是一个女孩子的房间，甚至都不像是有人住过。

下午三点多的时候，警员们陆续从外面回来了，他们找过了学校、公园、河边、旅馆、咖啡馆、电影院、陈海默要好的同学家……全都一无所获。每回来一个人，王克飞都觉得心又往下沉了一点点。

等在陈家已经没有意义。王克飞留下一个警察照顾陈逸华，自己回到了上海黄浦警局刑侦科，让秘书给上海市各个警局打电话，描述陈海默失踪的时间和外貌特征。

在等秘书打电话的时候，王克飞坐在一旁揉着太阳穴。他的头很痛，说不出为什么，他觉得海默的失踪仿佛和自己有干系。怎么会这么巧，自己喜欢她，她就失踪了呢？会不会是自己的错呢？如果她是离家出走，她回望他的那一个眼神又有什么意思？

打了五六个电话，打到普陀分局的时候，秘书按住听筒对王克飞说："科长，人可能找到了。"

王克飞赶紧坐起来接电话。电话里的警察说，昨天夜里十点多钟的时候，封浜村附近的铁轨上发生一起火车轧人的事故。死者是一个年轻女子，身高、穿着和其他特征和他们找的人一模一样。

王克飞一对时间，正好是陈海默离开家两个小时以后。他倒吸一口冷气，握听筒的手有些颤抖。

06

听说尸体已经在宁仁医院了，王克飞立刻叫上最有刑侦经验的手下，一起去医院。因为需要家属认尸，临出门的时候他又派人通知陈逸华也去一趟。

一路上，他都在暗中祈祷这只是虚惊一场，躺在那里的根本不是陈海默。

封浜村就在京沪线附近，火车轧人的事他们遇见不是一次两次了。每次遇到这种事，一般都是村公所的保长接到通知，再通知普陀分局。这种事见太多了，局里专门有个警察管这事。但这个警察第二天早上才赶去现场。

火车司机辛师傅也是今天早上到派出所报到。其实只是登记一下手续，走个过场。据辛师傅说，当晚大雾，能见度很低。尸体当时横卧在铁轨上，身上没有任何束缚，附近也没有见到其他人出没。他和司炉把尸体挪到一边后，就又继续开车前进了。

这是典型的卧轨自杀。普陀分局警察下了结论。

现场有大量喷射状的血迹，这也符合卧轨自杀的现象，说明死者被当场碾轧，而不是从远处运尸过来的。普陀分局的警察没理由怀疑这不是一起普通的卧轨自杀，因此没有保护现场。按照惯例，清理现场，贴出公告，等家属认尸。现在是夏天，天气太热，因而警察处理完现场后，立刻就把尸体运到了宁仁医院的停尸间。直到后来接到了来自黄浦警局刑侦科查问陈海默的通知，他们才意识到，之前那具尸体可能正好是黄浦警局要找的。

宁仁医院由在沪日本人建立，这些年即便在战乱中，技术和设备也不断更新，是上海最先进的医院之一，也拥有最大的停尸房。抗战胜利后已由国民政府接管。医院里到处都弥漫着消毒水的味道。自从苏北水灾以来，难民不断拥入上海，各大医院的病人都比平时多了许多。最近又暴发了严重的瘟疫，医院里充满了惶恐不安的气氛。

黄昏时分，医院一楼的公共楼道里依然挤满了病人，医生和护士戴着口罩在人群中急匆匆地穿过。王克飞一群人穿着警服尤其引人注目，引来不少紧张的眼神。

停尸房位于医院的地下室，小警察殷勤地在前面带路。地下室和地上迥然不同，一下楼梯，医院里的喧嚣声立刻消失不见。地下室里空无一人，静得只剩下几个人的脚步声。

地下室的尽头是停尸房的大门，两扇锈迹斑斑的铁门，向外渗着寒气。大概是心理作用，刚才还在谈笑的几个人，走到门前一下子都不说话了。带路的小警察跑去开那铁门，沉闷却突兀的声音回荡在地下室里，好像有个小爪子在挠头皮一样。

走到门口时，王克飞突然迈不开步子了。如果真的是陈海默怎么办？

老章最懂得察言观色，他瞧了一眼王克飞，便说道："其实您没有必要进去，待会儿我们带陈海默的家属去认就得了。"

王克飞摆摆手。他怎么能不亲自去呢？他走进停尸房，绕着担架走了一圈，闻到了一股混合了血腥、腐臭和消毒水的气味。身边几个年轻的手下已经发出了干呕的声音。王克飞尸体见多了，早已经习惯了这种味道。

他轻轻撩起白布，被眼睛所看到的景象吓了一大跳，在心底惊叫一声，立刻松开手。

王克飞无法直视这张脸——如果它还能称为人脸的话。他又回忆起在舞台上演奏钢琴的陈海默，她的面颊是那么饱满。

可躺在担架上的这个头颅骨骼被碾碎，曾经动人的脸庞变成一张被压扁糜烂的面罩，眼睛鼻子都陷入肉糜中不见了，那头鬃发沾满血迹，并结在一起。

王克飞皱紧眉头，眼泪情不自禁地涌入眼眶。记忆中，他好多年没有哭过了，但此刻泪腺却似乎不由他控制。

一旁的法医看着手里的记录，说道："死者全身有多处伤口，脑颅破裂致死。根据现场记录，她的头部刚好置于一条轨道上，被碾轧后面部骨骼结构塌陷。"

"脸都没了，怎么认呢？"王克飞喃喃道。

"头部完全被毁了，确实不太好认，但其他的特征都还在。性别、年龄、身高、发型、体形特征、穿的衣服、身上的钱物和失踪人口陈海默的特征基本都对得上。"

这时，王克飞突然注意到白布下露出海默的胳膊，戴了一块手表。他走过去，轻轻地从她冰凉的手腕上摘下手表。表的时间走得很准，表带上沾了些许血迹。翻过来一看，后盖的商标"罗马牌"下面还刻了两个小小的字母：H.M.。应该是海默名字的缩写。

这时候，屋外传来一个慌慌张张的声音："默默怎么了？她在哪儿？她受伤了吗？"

原来是陈逸华赶到了。

王克飞最怕的一件事就是应付死者家属。

他对老章说："你留在这里陪陈教授，我先出去一下。"说完，头也不回地从另一扇门离开，好像逃跑一样。

王克飞想找个地方躲一躲，让自己平静下来。可是医院的主楼里到处都是病人，咳嗽声不绝于耳。王克飞想起最近流行的瘟疫，觉得空气中好像充满了病菌。他找到最近的一扇大门，赶紧从主楼里逃了出去。

六点多，天色有些昏暗。宁仁医院是日式建筑，小巧精致。庭院里的花木假山层层叠叠，清静别致，此刻倒适合一个人躲一会儿。王克飞想进去逛逛，没走两步就被护士拦了回来。那护士横眉立目，凶巴巴地喊道："别乱闯！后面是隔离区，你不怕死啊！"

他往护士身后看了一眼，那是一栋古典的灰砖小楼，楼上挂满了绿油油的爬山虎，见不到窗户。红色大门紧闭，没有人进出。借着一盏路灯，他看清了门上写着"隔离区域，禁止入内"。根据卫生署的命令，上海的大型医院都要根据自己的情况建立隔离区，用来收留严重的瘟疫患者。

王克飞平定了情绪后，回到了地下室。一路上，他想起黄太太尖锐的眼神，又想着杜先生令人畏惧的势力，心里极其烦躁。想到躺在停尸房的尸体，又十分悲伤。

刚走到地下室，他就听见楼道里传来一个老人伤心欲绝的哭声。

陈逸华正蹲在角落里抱着脑袋，喉咙里发出痛苦的似乎要窒息的干号，几个警察围在他的身边劝说着。

老章对王克飞小声说道："看尸体之前，我们怕他受的打击太大，先给他看尸体的遗物。衣服、鞋子、手表……每一件他都确认了。那块手表还是陈海默参加钢琴比赛得的，全上海就这一块。"

"他看了尸体？"王克飞问。

老章回答："也看了，但是那尸体，还能看出什么来呢？唉，我还特意让他认了认那双手，因为海默弹钢琴，手应该长得比较特别。他看了，一句话也不说，直接出门蹲在那里了。我们问他记得女孩身上还有什么别的特征吗，比如女孩有没有拔过牙，哪儿有胎记或者痣，他却都不记得了。噢，对了，他记得海默三天前在家中不小心打碎一个花瓶，割伤了自己的左手中指。我回去看了，尸体那个左手中指上啊，确实有一道还没完全愈合的伤口。"

　　这时，陈逸华停止了抽泣，颤颤巍巍地站起身，向他们走来。

　　他走到王克飞身边，握住了王克飞的手，力气之大好像落水的人抓住救命的浮木一般。

　　"默默不可能自杀！"他激动地哭道，"她绝对没有理由自杀，我发现她两个星期前才刚刚开始练习一首新的钢琴曲……没人比我更了解我女儿了。我敢用自己的性命向你们担保。望探长一定明察啊！"

07

　　当晚，黄太太在豫园设宴招待大家。王克飞实在没有半点心情参加，但他想了想，又觉得自己不能不去。活着的人还得活下去。

　　他刚要离开医院时，老章推着自行车追上几步，说："王科长，您这是赶着去哪儿呢？"

　　王克飞看看手表，有些不耐烦，道："黄太太今晚宴请……你还有什么事吗？"

　　"本来想和您再聊聊陈小姐的死，我觉得有些地方有点蹊跷……但是，还是明天再说吧。"

　　"蹊跷？什么蹊跷？"王克飞停下脚步问。

　　"唉，一时半会儿也说不清楚，还是等明天到了办公室再说吧。"说完，老章就要踩自行车离开。

　　王克飞哪里肯放他走，拉了把他的袖子道："你就简单说说。"

　　"可您去黄太太的宴会快迟到了吧？"老章提醒道。

　　王克飞一想也是，唉，总不能让那些大人物在餐桌边等自己。他只好摆摆手让老章离开，自己也快快地走了。

　　一入夜，豫园的岳众舫酒楼门口的车辆便络绎不绝。远远望去，这座清式楼阁就像一艘灯火通明的豪华游船航行在黑夜之中。岳众舫是京派餐馆，虽然新开不久，但已经成为上海滩宴请的高档场所，夜夜满座。侍应生小跑着上菜，每一个包房内都传来欢声笑语。

包厢里七个人，刚好坐一桌。王克飞注意到，在座的除了自己和黄太太只是有过几面之缘外，其他人都像是黄太太的熟人。

黄花梨木餐桌边坐着的最显眼的是一个二十来岁的年轻女孩，光洁的瓜子脸，狭长的眼睛，鼻尖上有一粒小痣，笑起来别有风情。

王克飞自然认得，她就是上午在静安游泳馆里出尽风头的黄君梅。他远远见过她几次，还没有当面接触过。

"我家君梅啊，从小心地善良。她看到街上那些凄苦的苏北难民都会落泪，一直问我该做什么才能帮助他们。于是，我让她也报名参加了选美。"黄太太一边说，一边轻拍女儿的肩膀。黄君梅却不以为意地扭过脸去，轻轻晃动着一条跷起的小腿。

"黄小姐真是人美，心灵也美。"在座的周老板赞扬道。

黄君梅听了似乎觉得有点好笑，抿了抿嘴唇，强忍住笑。

她把鬓发捋到一侧，抬起狭长的眼睛，瞟了眼坐在一旁不吭声的王克飞，把话题转到了王克飞的身上："王探长，久仰大名。听说您是上海罪犯的克星。"

王克飞不好意思迎接她的目光，垂下眼睛应了一句："不敢当。"

"那么，您倒看看我们在座的这些人中间，谁最像罪犯呢？"黄君梅朝身边的黄太太努了努嘴，"比如我妈，像不像一个好人？"

王克飞有点吃惊，一时语塞。他瞟了一眼在座的商政界人士——脸上全都带着窘迫的笑。黄太太更是失去了耐心，低声怒道："君梅，少开这种玩笑！别没大没小的！"

黄君梅吐了吐舌头，不再说话。

坐在黄君梅右边的是一个约莫三十岁的年轻男士，他身材挺拔，穿着白色衬衫，戴着金丝边眼镜，形象斯文英俊。黄太太介绍道，这是在宁仁医院工作的熊正林医生。

"熊家和黄家是多年的老朋友啦，熊医生也兼任我和君梅的私人医生。"黄太太介绍道。

熊医生向王克飞点头示意，躲在眼镜片后的双眼里闪过一丝敷衍的笑意。

"熊家是上海滩有名的医药世家。熊医生的爷爷是吴派名医熊南山。熊医生自己也年轻有为，是圣约翰大学医学院毕业的高才生。"黄太太夸奖了一通。

王克飞暗想，原来这不是普通的医生，而是有大家族背景的，在座的恐怕只有自己最没背景没势力，和黄太太的交情也最浅。一方面王克飞为自己跻身于黄太太的亲密交际圈而有些受宠若惊；另一方面他又惴惴不安，不知道陈海默一事究竟要怎么收场。

虽然列席的都是重要人物，但宴席上的黄太太一点也没冷落王克飞，一会儿招呼他吃菜，一会儿又夸他选美的安保工作布置得好。圆桌上热热闹闹摆了满满一桌菜，大乌参、佛跳墙、脆皮烧鸡、白果燕窝、冬瓜盅……不知道是因为心虚，还是因为一个小时前刚见过那么恐怖恶心的尸体，王克飞对着满桌山珍海味，一点胃口都没有。

大约因为太紧张了，吃到一半时王克飞不小心掉了一根筷子。当他俯身捡筷子时，却无意中见到了不该见的一幕。

餐桌下面，两只脚漫不经心地钩在一起。

确切地说，是黄君梅的那只穿丝袜的小脚脱掉了鞋子，往前探，轻轻地搭在旁边熊医生的脚踝上。熊医生的脚自然也没躲闪，仿佛正享受着隔着丝袜的摩挲。

王克飞惊讶于这位大小姐的大胆和放肆，却只是装作没看见，立刻坐直身体。看着桌上的黄小姐和熊医生正泰然自若地参与着高谈阔论，王克飞又觉得有些好笑。

吃饭时自然聊了不少选美比赛的事。做纺织生意的陈先生说，他最近在报纸上读了很多关于陈海默的报道，觉得这姑娘的长相和才艺都不错。可他慕名去观看今天下午的泳装比赛，很遗憾陈海默却没有出现。

话题竟然转到了陈海默身上，王克飞愈加紧张，双手都不知道往哪儿放。陈先生脸上轻浮的笑让他觉得有些反胃。今天下午，自己不也是这些男人中的一个吗？春心荡漾，想入非非，自以为是……

"是啊，陈海默给选美大赛树立了非常正面的形象。这姑娘在记者面前说话都很有水平，讨人喜欢，算是组委会的福气。"黄太太接话道，"她患了伤寒，所以今天下午缺席了比赛，我听说很多像陈先生这样的绅士都特别失望呢。"

其他人也听出了黄太太语气里调侃的味道，都跟着笑。

伤寒？王克飞心里嘀咕了一下，难道黄太太打算隐瞒海默出事的事？

"话说回来，陈海默是我家君梅的中学同学，大学也是校友。可比起人家来啊，我家这丫头待人接物就差远了，唉，当年全是被她爹给宠坏的啊！"

黄君梅满脸不高兴地放下筷子，说道："你既然这么看不上我，何不放我去美国算了？你也眼不见为净。"

"你们看看这丫头，"黄太太对着众人说道，"半年前就闹着要去美国留学。我不答应，是因为她年纪还小，出门在外也没人照料。她就说我不尊重个人自由，老拿这些新思想来压我。"

"其实，你不就是心疼你的钱吗？"黄君梅咕哝了一句。

"钱？我哪儿有什么钱？"黄太太一脸尴尬，"你才是黄家的继承人，钱不都是你的吗？好了，好了，大家吃菜。"

桌上的气氛因为这对母女的互相拆台有些尴尬。这下大家急忙举起筷子，点评起每道菜的好坏，试图缓解这紧张的气氛。

晚宴散去后，黄太太先送走了其他人，然后挽着王克飞的胳膊往外走，一边小声问："确认找到的尸体是陈海默了？"

"没错。是我们的警员失职，保护不力，我已经让他们反省了，对不起……"王克飞回答。

"我没兴趣听这些……"黄太太口气冷淡地打断他，问道，"死因是什么？"

"现在看，应该是自杀。"

"自杀？"

这时两人已经走到了饭店外。夜色中，黄太太皱着眉头说道："我们一开始极力把陈海默推上前台，就是为了让她为选美塑造正面形象。没想到竟出了这种事。这下真是搬起石头砸了自己的脚，唉！"

王克飞站在一旁，也不知道该说什么。既然黄太太不爱听道歉，那么安慰的话好像也不太合适。他突然想，如果老章在就不会冷场了，那家伙一定知道该怎么接话。

黄太太从包里掏出一支烟。王克飞急忙为她点上。

黄太太对着天空吐了一口烟圈，又说："你看看刚才那个陈老板啊，那么多色鬼惦记着这姑娘呢。为了不让这些人失望，减少对比赛的关注，我们不能让人知道她死了。"

听到这句话，王克飞觉得脸上火辣辣的，他只是嗯嗯了两声，附和道："这件事一定要保密。"

"我们就对外一致，说她得了伤寒在家养病。慢慢地，他们可能就淡忘她了。等选美决赛一过，就好办了。待我再好好想想这事怎么处理再告诉你吧。"黄太太丢掉只抽了一半的烟，用手捂住嘴，打了一个哈欠，"真累的一天啊。"

黄太太撇下王克飞，钻进了自己的小汽车。黄君梅已经在座位上等她了。

王克飞目送那母女俩离开。这又何尝不是他很累的一天？

从早上带了给陈海默的英文书兴致勃勃地去理发，到在泳池边失望的一刹那，再到和陈海默父亲绝望的会面……

晚上回家的路上，凉风习习，却难以吹散王克飞心头郁积的忧郁。他突然又想起了老章在晚宴前说过的话。海默的死到底有什么蹊跷呢？

08

王克飞第二天一大早就冲到了办公室。果然，老章已经等在办公室里了。他们俩今天到得比看门的秘书都早。

"我就知道您一定会早来，所以我就提前来等着了。"老章的脸上是掩饰不住的得意。

王克飞虽然觉得没面子，但此刻也顾不上了。谁叫自己想了一夜也没想出来是哪儿蹊跷呢。他只好虚心讨教："你昨晚说陈海默的死到底有什么问题？"

老章清了清嗓子，小声地说："海默的死，表面上看是卧轨自杀，但其实到底是不是……"

"到底是不是呢？"

"外行人乍一看，都会觉得是自杀。尸体横在铁轨上，也没被捆着绑着，这不就是卧轨吗？可是这次有个特别的地方，火车轧的是陈海默的头部。"

王克飞不明白："轧着头怎么了？"

老章尽量选择谦卑的口气，不让领导觉得他讨厌："科长，以我的经验，卧轨自杀的人几乎从没有轧着脑袋的。人躺在铁轨上，只有两道铁轨做支点，如果把头部放到铁轨上等火车来，脖子就会悬空，脑壳会感觉到铁轨的震荡，极为难受。而且出于恐惧的心理，人也不会这么做。不信，您躺在铁轨上试试就知道了。从我接触过的和读到过的卧轨自杀案例来看，几乎全是面朝下俯卧，把腹部或者胸部置于一条铁轨上，所以基本上都是被拦腰截断或者从胸部斩断。全世界都一样啊！"

经过老章这一番絮絮叨叨的解释，王克飞有点听明白了。哪怕将死的人也终究是大活人。哪怕他将在几分钟后死去，他也不会放弃一个唾手可得的相对舒服的姿势，这可能是动物的本能。

"那你是什么意思呢？"

"我觉得有两种可能，不管哪种，都是他杀。"

"他杀？"

老章点点头："第一种最容易想到，凶手毁去尸体的脸，是为了掩盖她的身份。但在这个案子里，最终，我们还是能够通过死者的穿着、身上的伤疤和手表等遗物确认身份。"

"这种可能性不大，"王克飞跟着说道，"海默也算是个小名人，她失踪了，自然全城的警察都在找她，如果发现一具尸体，首先就会和她比对。再说，凶手费尽心思毁了脸，也没有把她的其他特征毁掉，比如把那块手表摘掉，又有什么用？你说的第二种可能呢？"

"第二种可能是，伤口就在她的头上。她被人先用钝器之类的东西击打头部。凶手让火车碾轧她的头部，是为了掩盖伤口痕迹，制造自杀假象。"

"你这么说有证据吗？"

"这个凶手非常狡猾，行事滴水不漏。火车铁轮一碾，自然任何痕迹都不会留下了，所以哪儿还能找到什么证据？"

"普陀分局那个法医说过的'喷射状血迹'是什么呢，这不是卧轨自杀的特征吗？"王克飞又问他。

"喷射状血迹只能说明死者是在血液凝固之前被火车碾轧的，并不是卧轨自杀的决定性证据。如果死者处于昏迷状态，或者在被杀之后立刻被火车碾轧，那也会出现喷射状血迹。其实，加上这条线索以后，这个案子的时间和地点都知道了：在前天夜里九点半左右，死者在铁轨附近被人杀死或者打昏，凶手把她的尸体置于铁轨上。"

老章果真观察细心，人人都觉得再明显不过的自杀案被他发现了蹊跷之处。

王克飞心底佩服，但又不愿意太过明显地表扬他，以免衬得自己无能。

他想了想说道："如果真像你说的是谋杀，那么一切应该都是有预谋的了。晚上的火车班次本来就很少，凶手必须先算好火车经过的时间，然后约海默在那个时间点在那里见面。他在火车到来前杀死海默，然后把她置于铁轨上，一来掩盖伤口，二来制造喷射状血迹。"

"您说得太对了！"老章露出谄媚的笑容，像夸奖一个答对问题的小学生，"这个凶手企图让我们把案子当作普通卧轨自杀案来办，这样他就可以逃脱惩罚。瞧瞧，他几乎蒙混过关了啊。他想得十分周到，唯一犯的错是——不了解卧轨自杀者的习惯。"

如果这件事不再是普通的自杀或者意外，而是刑事案件，那么海默身边的人都成要被调查的证人和嫌犯了。可是正如老章所说，他们也没有绝对的证据证明海默是被谋杀的，只是按照常识推论而已。

一个风光的选美小姐，一个冉冉上升的未来明星，有什么理由自杀呢？

可如果是谋杀，凶手的动机又是什么？他和海默是什么关系？为什么海默会冒险一个人去偏僻的铁轨边赴约？

"陈海默对她父亲说去楼下散步，却出现在几公里外的铁轨边……"王克飞分析道，"她要么是故意说谎，本以为去了一趟封浜村，能很快赶回家，要么，她就是在家附近遇到了什么突发情况，被劫持或者被骗去了封浜村。"

"我觉得陈小姐这么聪明，谁骗得了她呢？而且她家在热闹地带，七点也不晚，人来人往，谁敢在大庭广众之下劫持一个女孩？依我看，她主动去铁轨边赴约的可能性比较大。"老章说完，瞥了一眼王克飞的表情。他早就看穿了王克飞对海默的那点心思，也知道王克飞宁可相信陈海默是被劫持的。

"可她会约谁在那里见面呢？"王克飞自言自语。在他看来，陈海默的生活轨迹再简单不过，无非是学校和家两点一线，负责保护海默的小孙也证实过这一点。她怎么会约人那么晚在那种地方见面呢？

隔了几秒，老章才慢吞吞地说道："您昨晚去赴宴后，我也一直在琢磨这个问题，陈海默为什么去铁轨边？又见了什么人？如果是和情感纠葛有关的，那么她遇害前有没有遭受男性侮辱？我也不敢打搅您吃饭，所以啊，我又回到医院，擅自让法医验了验那方面……"老章说到这里停了下来。

王克飞不喜欢老章总是自作主张，好像总显得比自己智高一筹似的。但另一方面，王克飞也很好奇检验的结果。

"法医并没有找到她生前遭受侮辱的痕迹，也就是说，她体内没有精液和其他交媾迹象，身上除了火车造成的伤口外，也没抓痕淤青，而且啊，"老章顿了顿才公布答案，"她还是处女。"

陈海默今年十九岁，如果交过男朋友也不算稀奇。但根据王克飞打听来的消息，陈海默虽然有众多追求者，但从没有男朋友，所以这结果也在情理之中。

"如果不是劫色，那么会是什么呢？劫财也不太可能啊。一个小姑娘晚上出门，身上能带什么值钱的东西呢？"老章咕哝道。

鉴于案情复杂，此案肯定不是王克飞和老章在办公室里商量一下就能破的，需要重新调查海默的人际关系，并找到陈海默前往封浜村的目击证人。

在进一步着手调查谋杀案前，有两个人有权知道案件进展，一个是陈海默的父亲，一个是黄太太。先通知谁好呢？

王克飞正打算起身去陈逸华家时，桌上的电话突然响了。

一个不带感情的声音说道："王科长，我是黄太太的管家，她请您赶紧到黄公馆来一趟。"

09

黄太太的府第位于汾阳路上，这里环境幽静，梧桐成荫，洋房林立，是上海最高级的住宅区之一。黄太太的亡夫是爱国商人，抗战期间散尽家财支持国军。八年硝烟散去，黄家却只剩下一个姨太太和一个女儿，带了一帮用人住在豪宅里。按说黄家已经是家道中落，但多亏黄先生的余荫和黄太太的社交手腕，她们依然活跃在抗战后的上流社交圈。

几个月来，成千上万的灾民拥入上海市。这些天上海的街道塞满了饥寒交迫的灾民。讨饭的哀求声、小孩的哭闹声、病人的呻吟声遍布上海的大街小巷。只有汾阳路这里加派了巡警日夜巡逻，把所有的饥馑和愁苦都挡在权贵们的视线和听觉之外。

王克飞再次到访黄公馆的时候正是街上热闹的时候，黄公馆附近却是一片宁静。车子一停，王克飞听得见小鸟的叫声和树叶的沙沙声。道路两旁浓密的树荫遮挡住烈日，阳光透过树荫的缝隙，在柏油路上投下一块块碎片。

王克飞在用人的带领下，进了院门，绕过很大的一座花园，上了台阶，走进黄公馆一楼的大厅。

黄公馆是一座三层的白色欧式洋房，对只有母女两个人的黄家来说，似乎奢华得有点过分了。两层楼高的天花板上，一盏水晶灯盘旋而下，四周的红木家具上摆放了新鲜的百合。大厅两面的门窗全都打开，吹来阵阵微风，把暑气都隔在了户外。窗外，园丁正在修剪枝叶，草坪葱绿齐整。和挤满了灾民的街道相比，这里宛如世外桃源。

王克飞等着用人上楼去叫黄太太时，心中忐忑不安。昨晚刚在晚宴后谈过此事，黄太太今天又把自己叫来做什么？她想好要怎么处置这事了？如果她阻止我继续调查怎么办？

不一会儿，一个欢快的声音从旋转楼梯上飘下来："王科长！"

王克飞闻声抬头，只见黄君梅扶着扶手沿阶而下。她的长发在脑后编了一条辫子，白色连衣裙的裙摆像百合花一样绽放，脚上是一双时髦的露趾高跟皮鞋。

虽然黄君梅看上去是一副乖乖女的样子，但王克飞心中有数，知道这姑娘难缠。

王克飞打起十二分的精神应付。

黄君梅走下最后一级台阶，打开旁边房间的一扇小门，朝王克飞招了招手。

王克飞还在等用人下来呢，有点犹豫要不要跟过去。

"您过来嘛。"黄君梅催促道。

王克飞只好挠挠脑袋，跟了进去。这房间看上去像是一间画室。落地玻璃窗引进了明亮的自然光。墙角是一个书架，放了书籍和一些笔记本。四周立着几个油画架子，其中一幅画上兜了一块白布。

黄君梅轻轻掩上门，撩了撩脖子上的鬈发，似笑非笑地对王克飞说："王科长，您怎么这么半天才来，万一人家有急事怎么办？"

王克飞愣住了，问："是黄小姐叫管家打电话给我的？"

"对啊，王科长是大忙人嘛，不用妈咪的名义，您肯这么快就来吗？"黄君梅用娇嗔的口气说道。

仗着家里有点权势就敢这么胡闹。王克飞有些恼火，但没显露出来。"小姐找我有事？"

"我没事就不能找你？"黄君梅笑吟吟地走到王克飞面前，像从自己的口袋里拿东西一样，随手从王克飞的上衣兜中掏出了烟盒。

她抽出一支香烟，举在王克飞的面前。

王克飞只好擦燃了火柴，双手递过去。黄君梅抱住一侧秀发俯下身，在点烟的一瞬间，王克飞闻到了她身上的茉莉香水味，混合了火柴燃烧的气味。

黄君梅深深吸了一口烟，笑道："如果我妈闻到烟味，我就说是你留下的。"

王克飞只好赔笑。

黄君梅仰起头，把嘴里的烟高高地吐在空中，摆出一副"我什么都知道"的姿势道："情况怎么样了？说吧。"

王克飞疑惑地看着黄君梅，他不知道她这个"情况"指的是什么。她是代替黄太太问海默的事，还是另有所指？

王克飞谨慎地问道："黄小姐指的是……"

"陈海默的死因查出来了吗？"

王克飞嘴唇动了动，迟疑着，不知该不该说。

"王科长，你说话永远都这么谨慎吗？昨晚吃饭的时候，桌上就数你的话最少了。"黄君梅眨眨眼睛，狡黠的光在她的眼缝中闪烁。

王克飞想了两秒，老老实实地回答："我有时候不知道该说些什么好。"

"也许您根本不应该顾虑太多，应该像我一样，想到什么就说什么。"

王克飞笑了笑，依然没回答，心想，我们可是处在不同的位置上。

"王科长，您知道我和陈海默是最好的朋友吧？我妈昨晚吃饭时也说了，我们中学做了三年同桌，大学又是校友，而且这次选美只有我们俩是来自同一所学校。我把您叫过来，无非是想知道好姐妹的情况，您对我这么提防干什么呢？"

"哪儿敢提防黄小姐，只是陈小姐的死因有些复杂。"

"为什么复杂？"

"表面上看是自杀，但又很难说……"

"你们觉得她不是自杀？"黄君梅显得很吃惊。

"有一些疑点值得注意，比如说……"王克飞话没说完，却听见黄太太的用人从楼梯上跑下来，一边喊道："王科长您人在哪儿呢？太太正在楼上等您呢。"

王克飞把错愕的目光投向黄君梅，黄君梅还想问什么，发现被拆穿了，也只好住了嘴。

她以飞快的速度闪到了门口，对王克飞咯咯咯地笑起来："我刚才跟您开个玩笑，您可不许生气。"话音没落，人已经钻出了大门。

在王克飞目瞪口呆的时候，玻璃窗外的黄君梅连蹦带跳地在花丛和园丁之间穿过，还不忘回头冲王克飞做了个鬼脸。

用人把王克飞带到二楼，打开一扇不起眼的房门。一阵吵闹的京剧声从屋里传来："太后打坐在佛殿，细听刘备表叙家园……"

用人把王克飞带进房间后关上了门。房间不大，靠窗摆了一张阔气宽大的书桌，上方是一张黄先生的画像。角落里立着一部新式留声机。京剧《甘露寺》的声音就是从这里发出来的。

黄太太穿着一身轻便的长袍，正跷着腿坐在一张皮沙发上抽烟。听说她嫁给黄先生前，是北京一个小有名气的京剧演员。

见到王克飞进来，黄太太捻灭了烟头，走到留声机旁，但也不关掉，只是把音量调低，调到人在屋里刚好能听到对方说话的程度。王克飞敏感地想，她这么做也许是为了防止别人在门外偷听。可她会防谁呢，管家还是黄君梅？黄太太却冲王克飞笑了笑，说道："我讨厌冷清。"

黄太太示意王克飞坐下，自己坐在他的旁边。刚一落座，黄太太脸上的笑容就消失了。"王科长，我昨晚想了很久陈海默的事……"

王克飞不得不打断她："黄太太，我这里有些关于此案的最新情况，请您先听我汇报一下。"

王克飞把早上和老章分析的结果通通告诉了黄太太：陈海默这案子没那么简单，她更可能是被谋杀的。

黄太太静静地听着。王克飞讲完后，她沉默了一阵说道："真没想到啊，我一直以为陈海默是她们中间最让人放心的一个。她看起来很听话，又很机灵，没想到却是金玉其外，败絮其中。"看到王克飞的脸色有些异样，她又说："不然一个年轻女孩怎么会半夜三更去野外幽会呢？"

听到黄太太这么评价陈海默，王克飞心里说不出地不舒服。迫于黄太太死死盯着自己的目光，王克飞只好点头："您说得不错，这姑娘在选美期间冒险出去也实在太笨了，但我的手下也失职了，保护不力……"

黄太太打断他："你们有任何头绪推测凶手是谁吗？"

"暂时还没有……"王克飞一阵焦虑，突然站起来，说道，"请黄太太放心，我一定把案件调查清楚，抓到凶手！"

黄太太说："王科长，别紧张，你先坐下。"

王克飞侧着身坐下。

黄太太伸手从旁边的抽屉里抽出一卷钱，轻轻地放到王克飞手里，说："最近物价涨得厉害，王科长成天奔波，怪辛苦的。"

王克飞用余光看了一眼那卷钱，是美元，最近几个月物价飞涨，只有这东西才是硬通货。他没有卷起手掌，瞥了一眼又把视线挪回到黄太太的脸上。

"承蒙杜先生看得起，把'上海小姐'的生意交给我，"黄太太推心置腹地说道，"也多亏了各界朋友的帮衬，市民才有机会知道这比赛是高尚的，所以我们才会收到三千多人报名，连那些大明星像周璇、言慧珠、韩菁清都答应参加决赛。

"可人心险恶啊。现在全上海有不少小报的笔杆子在盯着我们，成天盼着写点下流、低级的黑幕新闻。我只怕这比赛沾上一点难听的名声，立刻会让人联想到过去青楼里那些乌七八糟的事。万一这样，明星和大家闺秀可能会碍于面子退赛，整个比赛就彻底完蛋了。比赛一完蛋，影响的不仅仅是生意……最近一个月，我每天晚上都睡不着觉，你想想我肩上的压力啊。"

黄太太的一番肺腑之言真的把王克飞打动了。他看着黄太太，似乎觉得她的鬓角都多了几根白发。王克飞也承认，黄太太正在做的，真是吃力不讨好的事。

"从见你第一面起，我就知道你这人一点就透，"黄太太轻轻按了按王克飞手里的那卷钱，"我从杜先生那里听说，你帮他朋友办过几个小案子。"

王克飞没有吱声。那几件事是他刚到警局任职时办的。本来都是杀人案。有在苏州河里发现的浮尸，有在街角发现的脸色紫青的醉鬼。每当案子查到一半的时候，就有人来办公室里找他，向他抛出几句暗示的话。王克飞立刻心领神会，拉着老章把这几个案子分别按照"意外溺水""查无此人"等给办了。证据做得一清二楚，家属全都安抚妥当，为此杜先生还专门找人给王克飞带话，夸他能干。

可是，对那些死不瞑目的人，对那些人如蝼蚁命如草芥的小人物，他一直都是愧疚和心虚的。谁来为他们伸张正义呢？王克飞感觉握钱的手掌心在渗汗，难道，他现在也要这么对待海默了吗？

黄太太语重心长地说道："陈海默这个案子，照我们昨晚商量的，我会告诉选美组的人，她得了伤寒，退赛了，在家休养。等到这个月比赛结束，再公布她的死讯也不迟。"

王克飞有些迟钝地点点头，他已经能猜到黄太太接下来要说什么了。

"你呢，回去快点把这案子结掉。如果真是谋杀，凶手就不要追查了，在这个节骨眼上一查，动静太大，所有人都盯着。而且……万一抓不到凶手的话，您自己的事业也受影响。没必要给自己这种压力，对不对？

"再说不管怎么查，女孩半夜一个人跑去野地方约会，总也是有错的吧？难道我们要承认，一直宣传的纯情善良的女大学生竟和风尘女子是一路货色？这不是自打耳光吗？但也不要说自杀……自杀太容易引起话题，人家又会乱猜她是不是选美受了委屈。你好好想一个不会引起话题的结论，之前的事我听说您办得很好，这点小事对您来说不是难事吧？"

王克飞艰难地咽了咽口水，嗓子里却无法发出半点声音。明知道可能是谋杀案，却主动放弃调查，把它做成一桩假案。这不等于成了帮凶吗？更何况死者还是自己喜欢过的女人。这对一个警察、一个曾经的军人来说，是多大的耻辱？又是多大的罪过？

但他可以拒绝吗？他可以对紧挨着自己坐的老女人说不吗？

黄太太似乎看出了王克飞的犹疑。

她轻轻握住了王克飞的手，替他捏紧拳头握住了那卷钱，同时朝他展露了一个鼓励的微笑："王探长，相信您会理解我的一片良苦用心。"

10

从黄太太家回警局的路上，王克飞感觉头特别重。他在自己的办公桌前呆坐半晌，脑海中纠缠着各种利弊关系。自己是靠走了门路，才调到上海黄浦警局刑侦科任科长的。这是自己事业的新高峰。昨天自己还千方百计想找机会报答杜先生，可现在机会来了，自己能不抓住，甚至拒绝吗？

黄太太是杜先生的朋友、合作伙伴。如果自己不照她的意思做会怎么样？如果自己执意要调查呢？如果真的因为一意孤行而破坏了选美比赛，自己如何承担后果？

可是，难道真的要自己亲手作假，让此案从此沉没吗？他一想到那具还在停尸房里的尸体，那种眼泪上涌的苦涩感就又回来了……

王克飞把手摸进包里，掏出那三本英文书，撕掉了包装纸。他一个英文字母都不认识，听那个替自己买书的文员说，其中一本是托马斯·哈代的《远离尘嚣》。

也许这正是陈海默的容颜留给他的感觉，远离世俗纷争，清淡脱俗。

他们在新仙林舞厅的短暂相遇，她的回眸一望，至今在他的心中徘徊不去。当时的她，是想给自己什么暗示吗？

她希望我能帮她。可自己却如此无能，让杀死她的凶手逍遥法外。王克飞觉得胸口积满了苦涩的郁闷。哪怕陈海默复生，哪怕她瞎了眼垂青于我，像我这样的人又有什么能力去保护她？

王克飞闭上眼睛，仿佛能看见海默回望的那一眼，带着一丝幽怨，一丝悲怆。

…………

老章敲门走进王克飞的办公室时，看到王克飞正站在窗前一动不动。

"王科长，您看看这些文件？"他对着王克飞的背影问道。

"你放在桌子上吧。"王克飞的声音有些疲倦。

老章放下文件，刚要离开，突然又听到王克飞声音很轻地说了一句："对了，我觉得陈海默是不小心跌倒在铁轨上的，你看呢？"

"跌倒？"老章吃惊地挠挠头。

"是啊，出事那一段路绿树成荫，环境幽静，她晚上出去散心，可天黑了没看清楚路，不小心绊倒在铁轨上，而这时火车又正好来了……"王克飞的语调听起来有些伤感。

如果换作别人，一定会和王克飞较上半天真：怎么可能会是意外呢？但老章反应快，马上就明白王克飞的意思了。

"您说得没错啊，是她自己跌倒的，这才说得过去嘛……"合作久了，自然有了默契。老章知道，王克飞想要的是一份"陈海默意外身亡"的调查报告。

老章熟知伪造案情的所有步骤。当即，他回到自己办公室，写下了一份新的报告：

> 经过现场严密勘查，结合目击者证词，今查证震旦女子文理学院二年级学生陈海默于民国三十五年 8 月 2 日晚 9 点 30 分于封浜村散步，在距离村口 700 米的铁轨处不慎意外跌倒，被过往火车碾轧身亡。

得到王克飞的认可后，老章又在证明上盖上了上海黄浦警局刑侦科的公章，王克飞的私章。再加上老章新写的现场勘查和验尸报告，陈海默便从一个谋杀案受害者，变成了一场意外中的倒霉鬼。

现在唯一剩下的任务是尽快取得家属的签字，处理掉还留在停尸房里的尸体。这么棘手的事情，还是只能拜托老章。

下午，老章垂头丧气地回来了，带给王克飞一个坏消息：陈逸华死活不肯签字。

"他既不信他女儿是自杀，也不信她是意外身亡，死活不同意在这时候火化尸体。他想等新的证据出现。"

这就麻烦了。王克飞完全理解陈逸华的想法，但又为这个插曲烦躁。虽说火车造成的伤口掩盖了其他可能存在的伤口，但是留着尸体夜长梦多。万一接下来遇到个更高明的法医，推翻了"意外身亡"的结论，岂不是自找麻烦？

王克飞在桌边坐下来，苦恼地点了一支烟。没有亲属签字，就没法火化。若偷偷火化了，被陈逸华发现，也没法收场。陈逸华也算是有脸面的人物，这闹一闹可不得了，怕闹成了真正的丑闻。怎么才能绕过陈逸华，把这事处理干净呢？

突然间，一个灵感闯入脑海。对了！在黄太太家宴上遇到过的那个熊医生，说不定可以派上用场。他是黄太太的亲信，也不怕他去外面乱说。

王克飞当即给黄太太打了一个电话，征求她的意见。

她同意了："我看找他帮忙可以。熊医生这人嘴巴紧，也拎得清，我是信任他的。"

王克飞本来对于找熊正林帮忙的念头不是完全有把握，但听到黄太太这么一说，立刻放心了。他带上文件出门，来到了宁仁医院。

熊医生正在传染科坐诊。他让病人先等一下，关上办公室门，接待了王克飞。当王克飞说出自己的难处和请求时，熊正林一直都不动声色地坐在那里。听完后，他才微微一笑，道："这不是什么难事。"

王克飞连忙道谢："熊医生愿意帮这个忙，我感激万分。"

"我应该感谢王科长对我的信任。"熊正林口气平淡。

熊正林让王克飞在会议室等着。不一会儿，他就从医院办公室回来了。他以"瘟疫流行，卫生署对尸体处理有特殊规定"为借口，以医院的名义起草了一封信函，通知陈逸华即将在第二天一早火化陈海默的尸体。有了这个挡箭牌，火化尸体根本不需要陈逸华的签字，发封通知也只是出于情面告知一声而已。

王克飞读完信后，感觉火化手续合情合理，佩服熊正林的机智。但同时，他的心底又充满了负罪感。他想象着陈逸华收到通知后的反应，心中有一些痛楚。

但他只能安慰自己，这也并非我的意愿，我们这样的小人物做事身不由己。

傍晚，王克飞办完事，走出了医院。

夜风拂面，街上路灯下乘凉的人很多，聚在一起下棋聊天，欢声笑语，但他依然心情沉重，闷闷不乐。

他走到一家报亭前面，挑选了一份当天的报纸。刚要付钱时，突然有人拍了拍他的肩膀。

他一回头，吃惊地叫道："是你啊！你什么时候回上海了？"

11

站在王克飞面前的，是他和萧梦的老朋友顾寿云。

"我是去年年底回来的，一回来就忙得不可开交，还没来得及联系你。"顾寿云说道，"克飞，你一点也没变啊！"

"老顾，你也没什么变化。"顾寿云虽然四十好几的人了，但穿了米白长衫，戴了一顶礼帽，依旧显得风流倜傥。

王克飞这才注意到，顾寿云的臂弯里还挽着一名女子，被他高大的身材衬得格外娇小。那女孩脸蛋稚嫩，却浓妆艳抹，东张西望。

"回来后一切顺利吗？你这次准备在上海长待了？"王克飞付好钱，接过了报纸。

"是啊，还是习惯上海的生活。我一直都想念我们从前的日子呢，所以迫不及待回来了。"

王克飞当然也留恋"从前的日子"。那是上海的黄金时代，也是他们人生中最好的时光。他们天天寻欢作乐，声色犬马，流连于舞厅牌场，像没有明天那么活着。

只是没过多久，日军攻入吴淞口，筵席终于散场。顾寿云和身边的许多朋友一样，都逃去重庆避难，也因此和王克飞疏于联系。想不到战争结束一年后，两人在街角的一家报亭相遇了。

"这么久不见了，我们去舞厅叙叙旧吧。"顾寿云说道。

"不去了，我还想回办公室一趟。"王克飞随便找了个借口。其实他只是很久没去那些场所了，感觉很陌生，也没有兴致去。

"你还是老样子，工作狂人。"顾寿云笑道，"经历了这次战争后，我觉得工作、金钱、名誉，包括真相，对我来说都不重要了。活着，快活地活着，才最重要。你又何必如此执着呢？"他说着，按住了臂弯里那只小手。

王克飞还是推辞。

可最终，他拗不过顾寿云，被塞进了车里。到了仙乐斯舞宫的门口，顾寿云突然对着那个小女孩耳语了几句，女孩便转身离开了。临走时，顾寿云给了她一些钱，还不忘隔着旗袍，在她那瘪下去的屁股上捏了一把。

王克飞早就猜到了那是街边的妓女。

"你也还是老样子，色鬼！"王克飞道。

"不然人生还有什么乐趣呢？"顾寿云笑起来，露出眼角的皱纹。

王克飞心想，他比自己年长七八岁，到底有些老了。

当年因为顾寿云抢先一步对萧梦展开追求，王克飞便只好把感情藏于心底。他有自知之明：顾寿云长得帅，面相书生气，成长于金融家族，而他是农民的儿子。他从没有问过萧梦为什么会选择自己，也许是害怕知道答案。他怀疑是他的自卑给萧梦造成了误解，让萧梦以为他是个有挑战性的对手，他的冷淡和沉默愈加激发了她的征服欲。

当然不仅仅是这样。或许她把他的矜持理解成了一种与其他男人不同的真爱。

王克飞不清楚顾寿云和萧梦到底交往过没有。只是有一次，顾寿云断定萧梦会嫁给叶老大做三姨太，他说起这事的时候口气里带着几分轻视："这种欢场上的女子……"对，他当时好像是这么说的。

后来王克飞娶了萧梦，他们之间似乎就有了一层说不出的隔阂。

上海舞厅业的繁华程度当然不能和十年前相比了，但是今年夏天是个例外。从六月底开始，江浙一带的天气便格外炎热，车水马龙的上海更像是一个大蒸笼。太太小姐们都不愿意待在家里，都往有冷气的地方跑。而上海能够提供冰块和冷气的娱乐场所并不多，因此每个地方都人满为患，听说国际饭店底楼大堂的茶座都要提前一星期订位。

今晚的仙乐斯舞宫里也是人头攒动。头顶彩灯闪烁，舞池里腰肢摇曳。房间四个角落的四台大机器向舞池中央吹着凉飕飕的冷气，不少姑娘怕着凉，纷纷披上了披肩。

刚才顾寿云在门口突然打发走了那个女孩，是想在这里物色新的对象吧？王克飞心想：他把妻子和孩子留在重庆，一个人跑回上海四处猎艳，大约是不甘心就这么平平庸庸地老去吧？

他们找了角落里的一张桌子坐下。王克飞的心情依然被陈海默的死亡阴云覆盖着，因此也不愿意多说话。

"不是高升了吗？看你情绪怎么不太对头。你最近都在忙些什么呢？"顾寿云观察了一会儿王克飞，问。

"日常工作是处理一些刑事案件，但入夏来主要是两件事，清除街头摊贩和管理苏北来的灾民。现在呢，又多了选美安保的工作。"

"保护选美小姐，这是多好的差事啊。让我也保护一个试试？"顾寿云挤眉弄眼地说道。

"人人都说这事容易，可是……唉！"王克飞又叹了一口气，皱着眉头喝了一口冰凉刺激的威士忌。

"我听说啦。是不是那个陈海默出事了？她到底是怎么死的？"顾寿云轻声问道。

王克飞很惊讶，顾寿云竟然这么消息灵通。他是怎么知道的呢？到底有多少人知道了呢？这事还能瞒多久？

顾寿云知道王克飞在想什么，安慰道："你们的保密工作做得很好，但我自有我的消息渠道。恐怕我知道的事，不比你少。"

王克飞自觉在顾寿云面前也没什么可隐瞒的，当年还是顾寿云介绍自己认识杜先生的。

"初步推测是谋杀，可不能继续调查下去了。"

"克飞啊，我明白，这事由不得你。你也别忘了你的这次升迁是靠了谁的关系。你知道这次选美对谁最重要吗？"

王克飞抬起眼睛，困惑地看着他。

"是杜先生和蒋委员长啊。"顾寿云似乎替王克飞着急。

"为什么？"

"这话要从头说起。杜先生在抗战中散尽家财，为国为民都立了大功。他本以为自己能当选第一届上海市市长，没想到蒋委员长不但没有顺他这个心愿，反而让新市长以打击黑社会的名义约束他的势力。"顾寿云摆弄着手中的酒杯，说道，"另一方面呢，抗战刚结束，又打起了内战，民怨载道。今年又连遇水灾、雪灾，可国库空空，没钱赈灾，蒋委员长正为此焦头烂额。杜先生看到机会来了，便主动请缨，承诺要筹集赈灾款二十亿。他指望通过此举重树他在蒋心中的地位，赢得政治筹码。而蒋委员长呢，正好需要一个在民间有号召力的人筹到一些钱，替政府分忧。这两个人一拍即合。"

顾寿云喝了一口酒，继续说："所以这黄太太只是个微不足道的小人物。但她不傻，她知道选美这件事在政治上的重要性，不可能为了一个小小的陈海默影响大局，你当然也不能犯傻啊。"

王克飞听明白了，连连点头。国民政府的政治前景不说，原来选美一事还是杜先生在政坛上东山再起的关键，王克飞顿时感到肩上的压力又重了一点。

"只是陈海默可惜了，不过是被人利用的一个棋子。"顾寿云叹道，"那些商贾巨富愿意出钱，无非是想讨好杜先生，同时买个奖项作为送给女儿、情人的礼物。而那些歌星、演员和大学生，你说她们不想出名，谁信呢？这是一个资本和权力的游戏，却打着慈善的名号糊弄民众，甚至靠宣传一个善良的大学生来洗白所有人。而这个大学生没有后台，又是注定会落选的。你说这世界可笑不？"

这番话戳到了王克飞心中的痛处。

这是每个人都不可逃脱的阶梯关系。每个人的头上都站着比自己更有地位、更有权势的人。每个人都受制于人，同时又让比自己更低微的人做出牺牲。

这里有什么情理可言呢？唯一可以商榷的是利益。陈海默如何被报纸吹捧，如何风光有什么用，她不过是站在阶梯末尾的人。

王克飞一边低头喝酒，一边专注想着心事的时候，顾寿云突然用胳膊肘捅捅他的腰说："看看，是谁来了？"

王克飞回头一看，只见四个亭亭玉立的女孩在侍应生的带领下，向他们隔壁那一个小桌走来。再仔细一看，穿米色裙子的那个不是黄君梅吗？

王克飞立刻背过身去，不想让黄君梅认出自己，同时心里嘀咕着，不是选美期间不准去舞厅酒吧吗？不是派了小陈保护她吗？怎么她倒逍遥自在地来跳舞了？

"你也知道她是谁？"王克飞问。

"这不是黄太太的女儿嘛。我不认识她，但对她在比赛上的举动可听说了不少哦。"顾寿云眼睛瞟着四个姑娘，小声回答。

顾寿云指的应该是泳装比赛一事吧？听说比赛后有些报纸指名道姓地批评她穿着暴露，有伤风化，反而让她的名气更大了。

这时，顾寿云突然从座位上站了起来。王克飞还没来得及阻止，就听到了顾寿云响亮的声音："黄小姐，久仰大名！我是王克飞的朋友。"

唉！王克飞真是觉得又好气又好笑，这个顾寿云真是不放过任何猎艳的机会。

王克飞知道自己逃不掉了。

12

四个花枝招展的女孩，把目光投向了她们的邻桌：王克飞和顾寿云。顾寿云借机向黄君梅表达了仰慕之情，称赞她在泳装比赛上的表现令人惊艳。

黄君梅也不谦虚："这泳衣是我姑姑从法国带来的最新款。洋人在海滩上不都这么穿吗？不知道那些报纸为什么大惊小怪。"

"没错，既然选了西方的路子搞选美，就应该把思想放开一些。"顾寿云附和道。

黄君梅转过头，又对她的朋友们说："我就知道她会反对，所以骗她会穿另一件，是上场前临时换上的。后来她看了报纸，气坏了，威胁要取消我的选美资格。"

她们都听明白了她说的是后妈黄太太，仿佛这是个好笑的笑话，都笑了起来。

"您是那个探长叔叔吧？我们听黄君梅提起过您。"其中一个长着娃娃脸、嗓音稚嫩的女孩对王克飞说道,"您长得有点像那个谁,哎呀,忘记名字了,"她转头向另外几个人求助,"就是我们今天看的电影里那个。"

"克拉克·盖博,"一个短发女孩回答,"如果啊,加上两撇小胡子。"

大家哄笑起来,只有王克飞一脸窘迫。

"四位小姐都在念书吗?"顾寿云问。

"我们都是震旦女子文理学院的学生,不过是不同学科的。"

"震旦是个好学校啊!"顾寿云称赞道。

他又低头对王克飞小声介绍道:"震旦最早由美国天主教圣心会创办,既有中学,又有大学,全部英文授课,还教各种社交礼仪,是培养名媛的地方,不少名人的女儿在那里念过书。"

"嗯,陈海默也是那个学校的……"王克飞忍不住接了一句话。

"这么说,你们都是陈海默的校友咯?"顾寿云转头问这四个女孩。

没想到,她们面面相觑,陷入了沉默,显得并不很乐意谈论这个名字。隔了一会儿,那个娃娃脸女孩才回答:"她是我们学校的,但平时总是独来独往,我们都不太了解她。"

"如果信上是真的,那她肯定做过什么见不得人的事,所以才会……"短发女孩对其他人说道。

"信?什么信?"王克飞问。

他注意到,黄君梅的腿挪动了一下,似乎在桌下踢了踢短发女孩。

气氛变得有些诡异。女孩们都低头拿吸管啜饮冰可口可乐,不再吱声。

话题一会儿转到了她们今天下午看的电影上。娃娃脸女孩便和顾寿云热切地聊起了她感兴趣的演员朱迪·嘉兰的电影《哈维姑娘》。

不一会儿,他们挽着手进入了舞池。

"王探长,我能邀请您跳个舞吗?"一个女孩站了起来。她长得又瘦又高,脖子很长,像一只鹤。自从见过了陈海默后,王克飞便吝啬对其他女生用"美"

字了。

王克飞拒绝道："我不会跳舞。"

"怎么可能不会呢?"那女孩很失望,双手抱胸怏怏地坐了下来。

"好了,好了,他明显对你没兴趣,"黄君梅不客气地说道,"我们还是玩占卜游戏吧。"

黄君梅拿起桌上的一副扑克说："我可以算出来,你们生命中的人对你们究竟有什么意义。"

"好啊,好啊。"像鹤一样的女生立刻又活跃起来。

王克飞是从来不信这些玩意儿的。萧梦以前常去庙里烧香,可怎么拖他,他都不愿意去。

黄君梅在桌子上摊开一副纸牌,把大小鬼和二到六的数字从中间挑走,只剩下了七以上和字母的扑克。她把牌洗好,又一张张按顺序排好。

王克飞只是晃着手中的酒杯,看着黄君梅摆弄。

"王探长,您先开始吧。"

他笑笑说："我在一旁看看就行了。"

"不行,每个人都必须参与。"黄君梅霸道地说,"请您想一个您想占卜的人,把那个人的岁数和您的岁数相加,然后告诉我那个相加数字的个位数吧。"

王克飞盯着这些光滑的纸牌。陈海默,是第一个蹦入他脑海的人。或许他现在脑海里只有她。

他记得陈逸华说过,陈海默今年刚好十九岁。他今年三十六。两者相加应该是五十五。

"五。"他说出这个数字时有点心虚,眼睛都不敢抬,仿佛怕被黄君梅和她的伙伴们看穿了自己的心思。

"因为第一张是零,第六张才是五,"黄君梅把手指挪到第七张牌,是 K。

"K?"王克飞问。

黄君梅"嗯"了半天后说:"您对'K'情意深重,可惜啊,这个人只是利用你。"

"噢,是吗?"王克飞情不自禁地流露出一个不以为然的笑容。她的前半句也许说对了,自己对海默是有感情,可是后半句……死了的人还怎么利用我呢?

"这个'K'是谁呀?"

"对呀,是谁呀?"

"第一个拿来算的人,肯定是女朋友吧?"

女孩们纷纷问。

"只是一个朋友。"王克飞轻描淡写地说道。

"那么,准吗?"黄君梅看了看王克飞的脸色,问。

王克飞不置可否地笑笑。

黄君梅收起扑克,洗牌,重新铺展开来说:"再想一个人,说一个数字试试。"

也许这个占卜不适合死去的人,我应该换一个活着的人再试试。王克飞想到了顾寿云。他今年是四十四岁了。

"零。"

零就是第一张牌。是J。

"这个人很矛盾。他既是友,又是敌。但是,你接下来需要他的帮助才能摆脱困境。"

既是友,又是敌,需要他,困境?王克飞抬头望望舞池,顾寿云正忘情地搂着女大学生跳舞,他不时在她耳边说着什么,逗得她笑得花枝乱颤。

王克飞耸了耸肩,依然保持了怀疑的神色。"你这个占卜有个问题。"

"什么问题?"

"到了明年,我和那个人的岁数都长了一岁,相加的结果不是变了吗?"

"这并不矛盾呀，"黄君梅一本正经地说道，"占卜的只是某一时刻的状态。世间万物都在变化，到了明年，您和那个人的关系又不同啦。"

这听起来好像也有道理。

"王探长，您别不信，有时候啊，我们对这个世界的了解可能还真的不如这一副纸牌呢。"黄君梅老气横秋地说道。

是啊，"准不准"，我们时常都是拿别人给我们的回答和我们心中早已埋藏好的结论做比较的。什么是标准答案，也许早已预设好了。如果换过来呢？如果这副牌揭示的才是标准答案，只是证明了我们的感觉不准呢？

"不如试试你们俩吧。"那个爽朗的短发女生突然伸手抢过了纸牌，"我来。"

王克飞有些犹豫，但黄君梅却兴致很高。

"您是三十六，我是二十，那么加起来的个位数就是六。"黄君梅胳膊肘撑在桌子上说道。

王克飞点头认可。

第七张牌是七。黄君梅没说话。

"'七'是什么意思？"王克飞问。

黄君梅和那个短发女生对视一眼，突然爆发出笑声。

这时，顾寿云也跳完舞回来了，追问大家，为什么桌边的女孩笑得这么开心，只有王克飞一脸茫然，是不是她们又欺负了老实的王探长。

女孩们交头接耳。最后，满脸红光的娃娃脸对着顾寿云耳语了一番，顾寿云听后，也嘿嘿嘿地笑了起来。

为了配合他们，王克飞假装抗议道："我才是玩游戏的人，却没一个人告诉我答案。这不公平。"其实，他压根没有兴趣知道七究竟代表了什么。

"相信天意！时间会告诉您答案的！"短发女孩大声笑道。

后来，其他人继续玩占卜、跳舞，玩得十分尽兴。只有王克飞心不在焉。他满心急切地想知道，她们刚才提到的那封"信"是什么。

结束后一行人一起出门时，王克飞望见了趴在方向盘上打瞌睡的小陈。他已经在闷热的车上等了四个钟头，又不能回去睡觉，可见这保护选美小姐的差事不如想象中那么美好。

"请留步，黄小姐。"王克飞追了上去。

黄君梅的女伴们都笑开了。"王探长还不死心呢！他还想知道'七'是什么意思！"

黄君梅笑意盈盈地看着王克飞，问："还有什么事？"

王克飞等待其他女孩都走开后，才问道："黄小姐能给我解释下刚才你们提到的信吗？"

黄君梅脸上的笑容撤走了。"信？"她装作不明白。

"黄小姐，你知道我在说什么。"王克飞严肃地盯着黄君梅的脸，"是有关陈海默的信。"

隔了片刻，黄君梅才吐出一句话："陈海默收到过一封信。"

"什么样的信？"王克飞急着问。

黄君梅似乎同情地望了一眼王克飞，回答："倘若我找到了，我会拿给您看的。"

"你先跟我说说。"王克飞以商讨的口气说道。

"不，"黄君梅拒绝了，"如果不是亲眼见到这封信，恐怕您是不会相信我的。"

晚上回去的路上，王克飞坐在车上一声不响，满脑子想着这封信。可顾寿云却拿王克飞开玩笑："你知道那个'七'代表了什么吗？"

王克飞无奈地摇了摇头："你也老大不小了，怎么也和这些小孩一样信这些玩意儿呢？"

顾寿云大言不惭地回答："这证明我的心态比你年轻。"

不管王克飞有没有兴趣听，他都公布了答案："这个'七'啊，代表你会跟着黄君梅走的。"

"我跟她走？"王克飞用鼻子发出了一声轻笑。他现在才确信，这个占卜纯粹是胡闹的。

"我看得出来她对你有好感。但是你玩玩可以，可别太当真了哟。"顾寿云小声说道，"刚才跳舞的时候，媛媛告诉我，黄君梅男友一大把，感情生活混乱，伤了不少男人的心啊。"媛媛就是刚才那个长着娃娃脸、说话娃娃音的女孩。

女孩间无非就是背地里互相议论，王克飞对此不以为意。

"其实有些漂亮女人和男人一样，有征服欲，喜欢看别人为自己神魂颠倒。你这人一向用情太深，我怕这个丫头只是寻求刺激，和你玩游戏，你却陷进去了。"

放心吧。王克飞在心底说，我可是一点玩游戏的心情都没有。

13

第二天王克飞走进办公大厅时，看到周围男下属的表情个个鬼鬼祟祟的。一个秘书略带神秘地说道："王科长，有人在您的办公室等您。"从他们的表情看，王克飞以为来了什么贵宾呢。

他推开办公室的门，只见自己的办公转椅上坐了一个女子。她转过身来，他才认出来，这是黄君梅。她今天似乎精心打扮过，穿着粉色套装，神采奕奕。

"您的属下可真是热心，"黄君梅从转椅上站了起来，笑眯眯地说，"又是沏茶，又是让我进来坐这里等。"

如果是其他访客，王克飞可从来没见他们这么热心过。

"我今天来，是给您送这个的。"黄君梅绕过办公桌，走到了王克飞的身边，从自己的皮包里找出一张纸。

这一定是她们昨晚说的那封信了。王克飞突然有些紧张，不知道这张纸会把自己引向哪里。他急忙打开了信纸。

这是一张完整大小的信纸，但上面只有短短几行字：

你有这么卑鄙的过去，居然还有脸站在台上。现在是你尽孝心的时候了！你必须在下个星期五晚上九点把你偷走的东西带到老地方。一件都不能少！届时如果没见到你人，我会向各家报社揭发你的过去，让你身败名裂。你只有老实听话，才能风光下去。

王克飞的内心极为震撼。他错愕地抬起头，望着黄君梅："这是写给陈海默的？怎么会在你那里？"

"我以前就见过这封信。今天我偷偷翻了她留在新仙林的东西，在她的化妆盒底层找到了它。"

"没有信封？"

"没有，可能她已经扔了。"

"你之前看到信是什么时候？"

"是在上上个星期六吧，"黄君梅一边回忆，一边回答，"那天我们在新仙林舞厅彩排。结束后其他人都走了，我刚要离开，却看到海默一个人坐在化妆镜前发愣。我叫了她一声，她好像吓了一跳。她的胳膊下面压着这张信纸。我当时的第一反应，以为她是在给什么人写回信呢，于是就抢过来看了。可当我读到信的内容时，我真的被吓了一跳。"

"海默当时是什么反应？"王克飞感觉自己的喉结在跳动。

"当我问她这封信是怎么回事时，海默说她看不懂这封信，觉得是寄件人认错了。对了，她还求我不要把这事告诉我妈或者其他人，让我为她保密。"

"既然寄错人了，与她无关，为什么不能让其他人知道呢？"王克飞感觉自己脑门上的神经在跳动，说不上是兴奋还是烦躁。

黄君梅点点头，似乎认可王克飞的怀疑。

"我让海默报警，但她说，信上没有落款，字迹一看就是伪装的，警察又能做什么呢？她还说，现在已经有上海黄浦警局刑侦科的人，你们那个叫孙什么天的警察在保护她了，所以她也不觉得害怕了。"

王克飞在心底估算着时间，海默出事的那天正好是星期五晚上九点左右，那么信中所说的"老地方"是不是就是封浜村铁轨边呢？海默是不是去交"东西"的时候被谋杀的呢？可是勒索的人为什么要杀她呢？如果她没有带那个东西，也不至于杀她啊，最多会像信上所写的把所谓的"秘密"捅给报社才对。

"不过，关于这封信……我有种奇怪的感觉。我第一次见到它的时候，觉得有一个地方不对劲。可是这个念头一闪而过，却再也抓不住了。"

"不对劲？你是指信的内容吗？"王克飞前后翻看这张信纸。

黄君梅摇摇头："不是内容。是在读内容之前。唉，算了，想不起来了。也许只是错觉吧。"

王克飞沉默了一会儿，从烟盒里掏出了一支烟，夹在手指间。有太多问题在他脑海中盘旋。

"你为什么之前没提起信的事呢？"

"因为我知道，我妈不喜欢自杀这个说法。我妈说，虽然海默死了，也要为她保全一个好名声，因为她代表了选美大赛的声誉。"黄君梅坐在沙发上玩着指甲，轻描淡写地说道，"我妈这人十分固执，听不进别人的意见。所以我想，即便把信拿出来，也没有意义，因为她已经决定了要怎么定论。"

"你认为信上所言是真的，海默是自杀？"王克飞问。

黄君梅把脸转向坐在办公桌后的王克飞，用一种确定的口气说道："她肯定有什么不可告人的过去，只是我们都不知道那是什么罢了。所谓意外的说法只能哄哄小孩，可骗不了那些精明的记者。自杀才是陈海默的死因。她收到威胁信后，或许觉得这是一个无底洞，一辈子都会受要挟，只有一死才能摆脱。其实，我很同情陈海默。我想她在死前那几天应该承受了很大的压力……"

黄君梅虽然说同情，声音却冷冰冰的，听不出一点对"好姐妹"之死的惋惜。

如果信上所言是真的，海默确实有了自杀动机。可如果是自杀，那么她的头部置于铁轨的不合常理之处又怎么解释？

可海默究竟有什么不可告人的秘密，会让她宁可以死来逃避呢？如果她真的处于自杀前承受巨大压力的状态，为什么她的父亲陈逸华、小孙、黄太太和学校同学都没有发现任何迹象呢？

看出了王克飞的迟疑，黄君梅意味深长地说道："我说过，也许我们并不像我们自以为的那样了解别人……人会伪装，可骗不了老天。所以我才更相信纸牌。"

一说起纸牌，王克飞就想起了昨晚在仙乐斯舞宫的相遇。昨晚回家的路上，顾寿云还对那个叫媛媛的女生念念不忘。

"这么说，你的那几个朋友都知道这封信了？"王克飞问道。

黄君梅似乎想为自己的泄密开脱，说道："海默出事后，女孩之间自然聚在一起讨论了，我也是直到那时候，才告诉她们信的事。"

这黄君梅到底是真的不懂事，还是故意和黄太太唱反调呢？她把这封信的消息散播出去真是危险之举。虽然只是在她的闺密之间散播，但是若给记者知道了，恐怕连萝卜带泥会扯出一连串丑闻。

既然信到了王克飞的手上，王克飞又面临了新的选择。应该报告给黄太太吗？还是瞒住所有人，利用这个线索继续调查？

"听说……海默的案子已经结了？"黄君梅试探地问道。

王克飞点点头。

"所以，这封信对您也没什么用咯？"

王克飞依然不确定黄君梅会不会是黄太太派来试探自己的。他谨慎地回答："我想你还是把这封信留在我这里吧，以免被其他人看到，节外生枝。让你那几个女朋友也管好自己的嘴巴。"

黄君梅突然轻佻地笑了："玉珍今天还一直说起您呢，说那个酷酷的探长什么时候能再一起玩。"玉珍是那个个子瘦高、像鹤一样的女生。

王克飞昨晚故意冷落玉珍，不想和她有太多瓜葛。和顾寿云不同，他对这些打扮时髦而又谈吐肤浅的小女孩没有一点兴趣。

海默也是她们的同龄人，可王克飞却在心中认定她不是这样的女孩。这真是奇怪。虽然他和海默连一句话都没交谈过，有时候却觉得自己和海默像是老朋友一样熟悉，仿佛他们经历过彻夜长谈，甚至共同生活过一阵子似的，仿佛他能看透她丰富敏感而又深刻的内心。

他没有接过这个话题，又低头读了一遍手中的信。

"您也读英文小说？"

王克飞循声抬头。原来黄君梅发现了书架上那三本崭新的英文书。

它们本来是王克飞想送给海默的礼物。

王克飞尴尬地回答："哦，我哪儿看得懂英文啊，只是装点下书架而已。"

黄君梅的一侧嘴角上扬，笑了一笑，似乎并不相信王克飞的说辞。

"那您知道这些书的名字吗？"

"有一本是《远离尘嚣》，另两本是……"王克飞在记忆中搜索了一下，发现早已不记得店员告诉他的书名了。

"奥斯汀的《傲慢与偏见》和勃朗特的《呼啸山庄》。"黄君梅回答，"我最喜欢的是《呼啸山庄》。"

"哦。原来黄小姐也对外国小说这么了解，"王克飞心虚地说道，"反正我留着也没什么用，能把书送给你吗？也谢谢你亲自把信送过来。"

黄君梅展露了笑脸："谢谢您啦。那我就不客气了。"

黄君梅告辞后，王克飞的脸色又阴沉下来。他坐下来，反反复复读这封勒索信。他心中有无数个问号：这封信是真的吗？黄君梅之前为什么不拿出来？她知道我已经结案了，为什么现在又拿给我？

信纸上的那些字一看就是有人故意伪装的，歪歪扭扭的。会不会——虽然王克飞也不愿意这样揣测——是黄君梅伪造的呢？因为她的后母捧红了她的好友陈海默，而不是她，所以她出于忌妒，伪造了这样的信，给陈海默和黄太太制造麻烦。

但如果信是真的呢？它和陈海默的死有什么样的联系？王克飞突然想起了验尸报告，陈海默还是处女，她会有什么"卑鄙"的过去呢？

唯一能破解的切入口，或许只有一个。

那就是陈海默的父亲陈逸华。如果是关于海默的过去，那么他一定还有没说出口的秘密。

14

陈逸华面无表情地请王克飞进门。王克飞自觉地在门口垫子上蹭了蹭鞋子，才踏上这光亮的木地板。

陈家光线昏暗，厚厚的窗帘挡住了外面的阳光，像一个地窖。空气中弥漫着烈酒的味道。陈逸华眼袋浮肿，在眼睛下有两片黑影，头发上像落了一层霜，好像老了二十岁。

"我今天来，是想和你再确认一下尸体的事。"王克飞背着手，站在门边说道。他知道自从自己坚持火化了陈海默的尸体后，已经不再受这位父亲的欢迎。

"尸体都没了，还有什么好确认的？"陈逸华不友好地问道。

王克飞把目光移到陈逸华的脸上，问："您真的不记得海默是否拔过牙了吗？您也不记得她的哪个部位有痣或者胎记？"

陈逸华愣了一愣。他低下头，慢慢走回到桌边，坐了下来，没有回答。

看他默然不语，王克飞开门见山地问道："陈海默是不是你们的亲生女儿？"

看过黄君梅带来的那封信后，王克飞自然有了一个判断：写信的是陈海默的父母，这封信关于"尽孝心"的措辞才解释得通。

"我们遇到海默的时候，她已经快十一岁了……"陈逸华叹了口气，把桌上的酒瓶拉近自己，"我太太因为身体原因，无法怀孕。所以我们收养了海默。"如果真想收养孩子，海默的年龄似乎大了一些吧？

大概看出了王克飞的心思，陈逸华解释道："我和我太太的生活一直颠沛流离，起初也并没有特意收养孩子的打算。想必你也听说了，我们在维也纳乡间出了一次严重的车祸。她的脊椎受伤，卧床九个月。我的臂部也受伤，之后很难再保持以前的弹奏水准了。在休养出院后，我们在民国二十七年（1938年）回到上海探亲。在海外时我们曾资助过土山湾孤儿院的乐队，因此在那次行程中马修士为我们安排孩子们表演节目。海默就是其中之一。"他为自己倒酒，双手颤抖得厉害。

王克飞望望墙上的照片。照片里慈祥端庄的老女人依旧眼角带笑地注视着房间里的每一个人。

"哦，陈海默也是你为她取的名字吧？"王克飞问。

陈逸华点点头："她以前没有正式的名字。孤儿院的人只是叫她小山。一座山的山。"

"在你们收养她前，了解过她的过去吗？"

陈逸华喝了一口酒，紧紧地皱着眉头，似乎在忍受酒精在舌根的烧灼。

"过去？什么意思？我们怎么会调查她的过去呢？她当时才十一岁，还只是个孩子啊。"

"你们也不知道她的亲生父母是否活着？"

陈逸华摇头："连默默自己也不知道亲生父母是谁，我们怎么会知道？她说她从记事起就由一个捡垃圾的老太刘氏抚养长大，在我们遇到她时，刘氏刚刚去世不久。"

在王克飞思考的时候，陈逸华抓住机会问道："可您怎么知道她不是我们亲生的？"

王克飞犹豫了一下，决定把勒索一事告诉陈逸华。事实上，这也是他昨晚思索了很久的决定。

虽然王克飞强调不能证明这封信的真实性，但陈逸华已经无法控制自己的情绪。他的胸口上下起伏，低声吼道："为什么会有浑蛋吓唬一个女孩子？为什么默默遇到这么大的事，从没对我说过，也没告诉老师和黄太太？"

王克飞无法回答。如果海默是由捡垃圾的刘氏抚养成人，而刘氏已经死了，那么勒索者和海默又是什么关系？为什么他会用"尽孝心"这个词呢？

"她在近期是否以任何名目向你要过数额较大的钱？"王克飞问道。

"没有。绝对没有。她一向很节省，不喜欢买贵重东西。除了每月给她的生活费外，她极少伸手要钱。"

"为什么您之前没提起收养一事？"王克飞问道。

"我不过是想维护女儿的声誉啊！哪怕她不在世了，我也不希望闲人对她的身世说三道四。"

"知道收养一事的人，应该不太多吧？"

"极少人知道。我们做了一切可能的保密措施。幸好我们在欧洲十几年没回国，平时也较少谈及隐私，因此许多人都以为这是我和亡妻在海外生的孩子。在收养了海默后，我们立刻回到了欧洲，在那里生活了一年，之后才回到上海定居，为她在震旦女中办了入学手续。我们对外都说这孩子是在欧洲出生长大的。知道真相的只有一些亲人和最亲密的朋友。"大约看出了王克飞在想什么，陈逸华又补充道，"但如果连我们都不知道她的过去，我们的亲人和朋友又怎么可能知道呢？"

"那个勒索者应该来自她的过去，"王克飞思忖着说道，"我是指她遇到你们以前。"

陈逸华摇头："可她自从来了我们家后，和过去的任何人都没有联系，包括孤儿院的那些人。那个人是怎么找到她的呢？"

王克飞沉吟了一会儿，说道："也许是她过去生活中的某个人，从选美的报道中看到她的照片，认出了她。"

"八年了呵，"陈逸华苦笑了一声，"你知道一个小女孩从十一岁到十九岁的变化有多大吗？"

他转身从桌边柜子里搬出一本相册，放到王克飞面前，指着一张照片说："这是我们刚遇到她的时候。"

王克飞端详这张全身黑白照：女孩扎了两条整齐的麻花辫垂在胸口，布衣下的身材瘦骨嶙峋，脸上的婴儿肥却没有退去，两颊胖嘟嘟的，消瘦的肩膀让脑袋显得很大。只有那双眼睛又大又圆，亮晶晶的。

"你能仅凭八年前的记忆和现在的一张照片，就联想到，甚至确定这是同一个女孩吗？"陈逸华问。

不，不能。八年前的孤儿和今天的海默完全判若两人。不仅是因为身体发育后带来的容貌和身材的变化，更多的是整个人的感觉不同了。照片上的小女孩虽然眼睛又圆又亮，却又透着一丝胆怯、羞涩和生活带来的苦相。而在钢琴上、墙上、壁橱上的陈海默却自信、从容、谦虚、优雅，完完全全是一个养尊处优的大小姐的模样。

脱胎换骨。这个词突然闯进王克飞的脑海。

"有了这封信，也许陈小姐的自杀便有了动机……"王克飞小心翼翼地说道，"这也符合您记得的，她离开家那天说的道别话……"

"可我们怎么知道信上的内容是不是真的？"陈逸华朝王克飞瞪着眼睛，"默默年纪轻轻，怎么可能有什么见不得人的过去？"

"要找出这个恐吓过海默的人，就必须知道他所说的'过去'到底是指什么。"王克飞问道，"土山湾孤儿院的什么人会更了解她的过去呢？"

陈逸华抬起头，他布满血丝的眼睛和王克飞疑惑的目光相碰。"也许有一个人会知道……"

15

"过去""尽孝心""偷走的东西""老地方"……晚上，王克飞辗转难眠，反复琢磨信上短短的几句话。他设想了自己可以走的每一步棋，可能引起的每一个后果——最坏的和最好的。他一遍遍问自己到底应不应该放手这个案子。

如果要利用黄君梅提供的线索调查下去，必然需要找到勒索者，调查他口中海默的"过去"。这项工作就好像破坏道路的表面，挖出下水道一样复杂。这么大动静的"工程"怎么可能瞒过黄太太的眼睛？如果把她激怒了，后果会怎么样？海默已经死了，这结果无法改变。为了一个不能改变的结果，赔上自己的前途，值得吗？

或者，他可以就此放手。

如果勒索信一事败露，他可以抓一个醉酒流浪汉当作"勒索者"，随便编造一个调查的结论搪塞过去。只是自己甘心吗？

快早上时，王克飞又做了一个梦。

他站在岸边，看到海默漂浮在黑夜的大海上。她美丽的眼睛像船只的灯光，正在慢慢远去……她将永远地隐没在黑暗冰冷之中。

他明知将永远地失去她，却无法向她伸出双手。

"不，不能就这么眼睁睁地看着她离去。"

他睁开眼睛，看着清晨的阳光，对自己说。

早上王克飞起床后，去拜访陈逸华提供的地址——土山湾军乐队领队马承德的家。但在去马修士家的路上，王克飞变得疑神疑鬼，总感觉有一个男人在跟踪自己。

他突然转身走进一家街边的纪念品店，推开门时猛然回头，只见一个穿黑大衣的男子立刻掉头向相反方向走去。因为男子戴了墨镜，又竖起了衣领，王克飞没看清楚他的长相，只注意到他留了两撇小胡子。

王克飞担心这是黄太太派来监视他的人。他兜兜转转在城市里绕了好大一圈，再三确认没人跟踪后，才前往马修士的住所。

马承德虽然有个中国人的名字，却是金发碧眼的德国人。他在中国生活了大半辈子，算是半个中国通了，不仅中国话说得好，对中国的文化人情也了如指掌。

他在中国几十年，做的最自豪的一件事是培养了土山湾军乐队。这支隶属于土山湾孤儿院的军乐队并不是他创立的，而是在四十多年前由上海天主教会的一位葡萄牙神父筹募组建的。马承德修士作为任职最长的领队，对乐队倾注了一生的心血。

土山湾军乐队在当年是上海滩最先进和专业的乐队。可谁会想到，这些圆号、萨克斯、军鼓等西洋乐器的演奏者，如此原汁原味的西方交响乐的演奏者，竟是一群衣着破烂的中国孤儿？这些孤儿大多在木工车间或者五金车间当学徒，只是利用下班或放学后的业余时间刻苦排练。许多西方人看了演出，都大为感动。

虽然不再担任领队和车间主任，但马修士依然住在孤儿院里。由于孤儿院是外国天主教会所有，在日据时期没有受到多少骚扰。

早晨王克飞敲开他房门的时候，马修士还以为对方只是一个闲极无聊的游客而已。直到王克飞说明来意，马修士才把他请到屋中。待在中国这么多年，马修士早已熟知中国人为人处世的规则了。

马修士不喝茶，但他为访客存着上好的碧螺春茶叶，王克飞龇牙咧嘴地喝了一口热茶，立刻开门见山地提到了陈海默。

刚开始，马修士还有点不明所以。但是当王克飞说到"小山"这个名字的时候，马修士多年前的记忆被唤醒了。

"马修士，您能回忆一下当年小山是怎么到孤儿院里来的吗？有什么人会了解她在孤儿院以前的生活呢？"

马修士年事已高，记忆在大脑中变得支离破碎。但那么多年过去了，他对关于"小山"的片段却依然完整地保留着。

见到小山的那个早上，马修士正为孤儿院和军乐队日益增多的开销焦头烂额。民国二十七年（1938 年），乐队已经具有不小规模，经常在教会组织的各种重要礼仪、庆典中露面。这本是支公益乐队，演出从不收费，最多也就是由邀请方请孤儿们吃一顿饭而已。欧洲局势开始紧张，海外的经费大量减少。淞沪会战一打响后，不少资助孤儿院的教徒纷纷离开上海，经费更是难以保障。马修士正盘算着该怎么给国外的教会写信，才能求得自己需要的资助。

这时，新雇的钢琴师高云清敲门走进了办公室。他的身后跟着一个怯生生的女孩，穿一件缀满补丁的布衫，扎着两条小辫子。

"这是我邻居的孩子，亲人刚刚死了。她一个人无依无靠，我那里也不方便留她，您看，是否能让她留在这里呢？"高云清问。

马修士知道，高云清指的是把她留在五金车间。马修士本人身兼五金车间的主任，每隔几天就会遇到这样的请求。他不得不锻炼出一副铁石心肠，因为如果把每个孩子都接收下来，孤儿院早就人满为患，难以为继了。

马修士感觉到女孩的眼睛亮闪闪地看着自己。他回避了她的眼神，把目光转向高云清，说道："抱歉，我们不能留她。你知道我们孤儿院所有的孩子都是男孩。"

"可是，她能做和男孩一样的事情。"

"不，不是这个问题，这是规定……有许多原因……我们要保证男孩先进车间当学徒。"马修士觉得每当自己拒绝别人时，学了十几年的中国话就不那么利索了。

"可您让这么小年纪的女孩怎么办？流落街头吗？"高老师平日里是一副逆来顺受的模样，此刻的语气却有些激烈。

"你没有其他的亲人吗？"马修士转向女孩，希望能找到其他办法。

女孩咬着嘴唇摇摇头。似乎知道自己的命运已经被宣判，双眼噙着泪水。

"你之前都是和谁一起生活的？"

"我和刘奶奶一起长大的，"女孩口齿清晰地回答，"但她其实不是我的亲奶奶，她靠捡垃圾为生，在我还是婴儿时把我捡回家了。可是，她上个星期去世了。"

她难过地低下头。

"你就没有其他亲人了吗？"

"我不知道我的爸妈是谁，也不知道其他亲人。"她委屈地抓着衣角，"连刘奶奶也不知道。"

"她真的是走投无路了，我才想到来找您。"高云清紧跟着说。

"先生，"女孩抬起头，提高了音量，"只要您给我一个地方睡觉，我什么活儿都可以干。如果我不能去车间干活儿，我可以替军乐队保管乐器，打扫教堂，还可以给大家做饭——"

"你会做饭？"

"嗯。"她自信地点点头。

马修士皱着眉头，沉默了一会儿。他依然在心底埋怨高云清在这当口给自己添乱。

"那先让她去厨房帮忙,再和你一起管理陈逸华先生新捐的那批乐器吧。"他甩了甩手,"给她找个地方住下,再做打算。"

在打发他们离开后,他才想起来,他还没有问那个女孩的名字。

那阵子马修士满脑子都是经费的问题,也再没有和高云清讨论过如何安置小山。

有一天傍晚他经过乐器室,看见女孩正在努力擦拭那些鼓号。那些崭新的乐器在她的精心擦拭下闪闪发亮。

还有一次,夜深人静之时,马修士经过礼拜堂,听到了钢琴声。是谁这么晚了还在弹琴?他带着愠怒走到门边,发现了女孩的背影。

他吃惊地发现她会弹钢琴。月光透过彩色玻璃在地上投下惨白的光影,她专注地舞动双手,孤独的音乐如月光般清冷。

他站着看了一会儿,并未上前阻止,而是悄然离开。

之后他几乎忘记了"小山"的存在,直到她出乎意料地出现在对陈逸华夫妇的答谢演出上。

16

自从打仗以后,怎么才能维持军乐队不解散,是马修士最头疼的。得知军乐队陷入了财政困难后,身在维也纳的陈逸华夫妇拿出多年的积蓄,派人捎回国,交给了马修士。马修士用这笔善款添置了小提琴、手风琴等乐器,聘请了钢琴师高老师。马修士一直十分感激陈逸华夫妇的慷慨解囊,因此得知他们回国的消息,便决定为他们举办一次答谢音乐会。

那次先后上台表演的有军乐队和唱诗班的孩子们。坐在台下的不仅有陈逸华夫妇，还有上海天主教会的重要人物和一些音乐界人士。

演出进行得很顺利。但在谢幕后，观众正要起身离场时，唱诗班的队伍后排突然走出一个个子较高的孩子。她深深地鞠了一躬，一根辫子从帽子里滑落，大家才吃惊地发现这竟是个女孩。

孩子怯生生地问道："我能为先生太太演奏钢琴曲《致爱丽丝》吗？"

马修士一看，这不是高云清带来暂住孤儿院的女孩吗？他顿时恼火了。唱诗班里都是清一色的慈云中学的男生，经过多年专业的声乐训练，怎么会混进一个都没学过唱经的女孩呢？他急忙抓住身旁的高云清，问他是怎么回事。

高云清却支支吾吾地说，临上场时一个唱诗班的男孩突然腹泻，连床都下不了，他才把小山找来顶替。但他保证他也不知道会发生这一幕。

"把她叫下来！"马修士命令道。他刚想吐出下面一句"我再也不想见到她"，耳朵里却听到一个亲切的声音："让她试试吧。"

马修士回过头，看到陈逸华的夫人冯美云笑眯眯的面孔。

"难得有个孩子能独奏，我们倒有兴趣听听她的水平如何，也可以知道老师教得如何。"她慢条斯理地说道。

马修士又把目光投向陈逸华本人征求意见。陈逸华也微微点了点头。马修士忍下怒气，让高云清先允许女孩表演。他想着等一切结束后再处置他们。

女孩欣喜地在钢琴前坐了下来，伸出一双洁白的小手，开始弹奏。马修士的余光注意到，观众席上的其他人都听得专心致志，为琴声所吸引。

表演结束后，陈逸华夫妇和台下的其他观众都情不自禁地鼓起掌来，就连高云清这小子也跟着鼓掌。

谁知道下面一幕更出乎马修士的意料。女孩站起来鞠躬致谢时，稚嫩的脸庞上毫无征兆地滚落了两颗泪珠。

她用手背仓促地抹去，哭着说，她一直都是晚上一个人偷偷地弹钢琴，这是她第一次听到掌声。她还说，她想念她去世不久的奶奶了……这一幕谁都没有料到，看来连那个"同谋"的高老师都有点措手不及。

散场后，陈逸华夫妇要求单独见见那个女孩。他们关心她在哪儿学的钢琴，生活得如何，家人在哪儿……得知她练习钢琴不过两年，他们十分惊讶她的水平。他们的表扬让站在一旁的高老师也沾了光似的，扬扬得意的。

马修士注意到小女孩在回答陈逸华夫妇的问题时谈吐老练。

当她告诉陈逸华夫妇她是多么感激马修士的照料时，马修士的脸色顿时变得很尴尬。他除了第一次允许小山留下外，从没过问过她，更别提关心照顾了，所以，小山所说的那些赞誉之词并不真实。

他并不感激她编造谎言，相反，他惊异于这小女孩是多么懂得影响别人的心理——她一方面用客套话来展现给陈逸华夫妇看她是多么知恩图报；另一方面她又企图通过美言来贿赂马修士，争取他的支持。

后来，陈逸华夫妇邀请女孩和其他几个孤儿去家中做客。大约在两个星期后，他们向马修士提出了收养她的心愿。

马修士知道陈逸华夫妇两人十分喜欢孩子，却一直苦于没能有自己的孩子。收养孤儿本应该是件值得高兴的事，只是，他对他们最终决定收养小山却有一丝担忧。这女孩的身上有一种东西叫他捉摸不透。她有着比其他孩子更为稚嫩童真的模样，却又透着一种步步为营的气息。

她真的能带给陈逸华夫妇更多欢乐吗？

这番话从马修士口中断断续续地说出来时，王克飞感到一阵阵难过。想不到那么年幼的陈海默为了能够留在孤儿院里，竟如此低声下气，出卖劳力。虽然了解了她在孤儿院的短暂经历，但她在进入孤儿院以前的生活轨迹却显得更加神秘。

王克飞突然想到一个疑问："马修士，您刚才说，您很吃惊海默竟然会弹钢琴。如果她过去是被一个捡垃圾的老人收养的，钢琴也不是轻易能得到的东西，小山怎么会学会弹钢琴的呢？"

"我想是高云清老师教她的。高老师之前就认识小山，他又会弹钢琴。"

"可是，高云清为什么要教海默这个？弹钢琴又不像拉二胡那样可以在街头卖艺，高云清教她这种赚不到钱的本事干什么？"

"这个我就不知道了。"

那个威胁海默的醉鬼会不会就是高云清呢？他口中所谓的"尽孝心"会不会是指要陈海默报答他把她带入孤儿院呢？

"这个高云清，现在还找得到吗？"

"高云清啊……"马修士思索着回答，"打仗以后，日本人不敢进教堂，我们这里还算是安全的。他就一直留在这里教书，把铺盖都搬到这里来了。那年日本人进了租界，教堂也不可靠了，有一天他就辞职不干了。他去了哪里，我也不知道。"

王克飞对马修士的回答很失望。似乎高云清是目前所知唯一与海默在入孤儿院前有交集的人了。可茫茫人海，要上哪儿去找他？

这时，王克飞盯着碗里的茶叶，心里一动，说道："不，我或许能找到他。"

17

下课铃声响了。

高云清松开了钢琴踏板，抬起双手，扭头对讲台边的三个男童说道："今天唱得不错。回去再好好练练，下堂课继续。"

教室里的孩子们一哄而散。

高云清站起身，拍打掉蓝色长衫上的粉笔灰，收拾起钢琴上的乐谱。他踏出教室门，刚站到走廊上，却看到校长带着一个表情严峻的陌生男子逆着放学的人流，迎面走来。

校长向他介绍，来客是黄浦警局刑侦科的王科长，有事要向他打听一下。

高云清一阵紧张。虽然他不记得自己做错过什么事，但光是听到"黄浦警局"几个字，腰板就有点发软。一个多月前，上海发生了大规模的反内战示威游行，他和学校的部分老师都参加了。这个警察上门，会不会是来秋后算账的？

校长把他们带到了校长专用的会客室后就离开了。高云清站在墙角，不敢坐，也不敢吱声。

王克飞朝他笑了笑说："别慌，你先坐下。"

高云清三十多岁，身材瘦弱矮小，面色苍白，凸起的眼睛在镜片后躲躲闪闪，像一只受惊的兔子。

"我今天来，主要是想向你打听一个人，一个叫'小山'的小女孩。你还记不记得？"王克飞口气温和，仿佛怕吓跑了高云清的记忆似的。

"小山"二字令高云清心头一震。他怎么都没想到，会在近十年后再次从一个陌生人口中听到这个名字。

"啊……小山啊……"高云清挺直背坐在椅子上，装作努力在记忆中搜索的样子。其实他哪里需要回忆，有关小山的一切在他脑海中就像刚发生的那样清晰。他只是不明白，为什么时隔这么多年，会突然有个刑侦科的科长来打听这个女孩。快十年了，难道当年的事件还没完？

"小山，我记得。可是……"高云清迟疑地问，"您去过孤儿院了？"

王克飞点点头。

"可我和孤儿院后来再无联系，您是怎么找到我的呢？"

"我听马修士说你是在日本人进了租界后离开的孤儿院。孤儿院再怎么不好，在当时总是要安全一些。听说，你平时又是一个比较识时务的人。那么，在战乱的时候，有什么地方是一个钢琴老师能去，而且比孤儿院更安全的呢？"

"您说得完全没错。是学校,是日本人开的学校,而且是有钢琴的日本人学校。"高云清说道,声音小得快要听不见。

"说说你和小山是什么时候认识的吧,又是怎么认识的。"王克飞问。

"是在……差不多十年前吧,那时候她还是一个小女孩。我想想……"高云清谨慎地选择着措辞,"那时我刚毕业,在土山湾军乐队做钢琴老师,住在一个亲戚闲置的房子里。我每天上下班会经过斐夏路,而小山就在路边摆了个茶摊。"

"茶摊?她一个人?"

"是啊,只有她一个人。"

"她那时候不过十来岁,大人在哪儿?"

"听说她的父母都在旁边的一家茶楼做工。茶楼老板在十字路口摆了个摊,给路人提供茶水,其实是为了吸引更多的人进茶楼花钱。"高云清回答时吞吞吐吐的,王克飞盯着他看,一时无法辨别这是他本人平时说话的风格,还是他想遮掩什么。

"这么说,小山当年确实是有父母的,而不是你们说的什么捡垃圾的老人养大的。"王克飞说道。

高云清的脸顿时涨得通红。事情过去差不多十年了,他几乎已经忘记了一些在他看来不重要的细节,比如有关捡垃圾老太太的谎言,所以才在不经意间自相矛盾。

他无力地为自己辩解道:"在我带小山第一次见马修士前,我和她商量怎么对马修士说比较好。老妇人的说法是小山提议的,我也觉得比较合理……"

"为什么这样告诉马修士会更合理?"王克飞追问道。

高云清擦了擦发根的汗水,似乎正为编不出借口而焦急。

"我猜你们说谎,是因为她不是孤儿,却想去孤儿院。你们捏造一个去世的老太太,是为了让马修士相信她是一个孤儿。"

"不，您误会了。"高云清提高了音量，仿佛因为被误解而受了委屈，"她在那时确实可以算得上一个孤儿。这点我们并没有欺骗马修士。"

但他的话戛然而止，又低下头沉默不语了。

"如果她的父母在世时都是茶楼的工人，这有什么好隐瞒的？难道谎称她是捡垃圾老太太养大的，就能让马修士更喜欢她吗？"

高云清倔强地抿着嘴唇，依旧没有吭声。

"你说她的父母在茶楼做工，又说'她在那时确实可以算得上一个孤儿'。那么，她的父母后来去哪儿了？"王克飞循循善诱。

高云清突然长叹了一口气。在王克飞看来，一个不愿开口的人叹气了，是他开始松懈、放弃抵抗的征兆。

"他们死了吗？"王克飞抓住机会问。

"关于小山的事，我知道得也不是太多，但是她的父母……就在我遇到她的第二年，一个死了，一个被警察抓走了。"高云清抬头看看王克飞，"所以，她应该也算得上一个孤儿。因为她的父亲在坐牢，我们怕孤儿院反对，就编造了捡垃圾的老太太这个人。"

■18

九年前，高云清从音乐学院毕业时，正逢淞沪会战的前夜，上海局势已经变得紧张。娱乐业变得萧条，加上许多学校迁往内地，他一直找不到工作。

更令他痛不欲生的是，他本有一位相爱的女同学，已经到了谈婚论嫁的地步，却在这时突然杳无音信。一个月后他才收到一封寄自香港的信，求他不要再寻找她，因为她已顺从父母的意愿嫁给了一个商人。

高云清为此一蹶不振，甚至想过自杀，只是因为害怕父母痛苦，迟迟没有动手。就在他万念俱灰的时候，他却突然收到了天主教教会孤儿院的录用通知。虽然钢琴师这个职位薪水微薄，但在当时却给了他一线活下去的希望，把他留在了这个世界。

离孤儿院几条街远的地方，正好有一间远房亲戚留下的空置老屋。高云清象征性地付了一点房租，打扫一番后搬了进去，从此结束了风餐露宿的日子。

这间老平房年久失修，四处漏风，岌岌可危，门口是一条灰蒙蒙的窄街。与他为邻的男人和女人都是社会底层人群。他们如同一群蝼蚁，忙忙碌碌，却永远被人踩在脚下。这种无望的日子也如漆黑的潮水没了这里的孩子们。他时常看见那些灰头土脸的孩子赤着脚在街上奔跑，或者饿着肚子向来往的行人乞讨。

每天早晨他都要穿过小街，转上斐夏路，走路去孤儿院。

"要免费茶水吗，先生？"有天傍晚，当他顶着寒风匆匆忙忙往家赶时，突然听到一个清脆的嗓音。

他回过头，首先被一双闪亮的大眼睛吸引。

这是他第一次见到小山。她身穿一件陈旧的棉袄，两条麻花辫垂在胸前，一双大眼睛清澈明亮。

那时候她只有十岁吧？

她正守着一个板车上的大锅。锅子用棉褥包裹保温。她的面颊被西北风吹得红彤彤的，嘴唇都情不自禁地哆嗦，冻得发紫的双手放在大锅盖上取暖。

她的摊位前没有其他客人。高云清不知道她站在这里多久了。

"先生，这茶水是不用钱的，还热着呢，"她挤出一个冻僵了的微笑，问道，"您想喝一碗吗？"

高云清不好意思地点点头。当他冰冷的双手接过茶碗时，突然一阵感动，眼泪立刻盈满了眼眶。他对人生早已经灰心丧气，这个冬天的阴郁寒冷更令他心生绝望。想不到此刻街头却有一个可爱的小女孩为他递上一碗免费的热茶。

他怕女孩意识到他的失态，只是背过身低头喝茶。

这时，他却突然听到身后传来女孩的声音："先生，您喝完这碗后想去我们茶楼坐坐吗？里面很暖和，生了炉火，有苏州来的评书班子，有更多的好茶呢！"

他顺着她指的地方望去，前方是一栋雕工精细的木楼，门口撑着两面锦旗，正在寒风中飘舞，一面写了一个"茶"字，另一面写了"白云阁"。他这才恍然明白，为什么自己能喝到不用钱的茶水。

前一秒钟的感动立刻转为了厌恶。瞧瞧这个世俗的世界吧，你真以为有人会给你无缘无故的爱吗？

他突然极度厌恶茶楼老板，竟利用如此年幼的女孩在这么寒冷的冬天招揽顾客。如果真有客人进了这昂贵的茶楼，相信也是迫于面子或者同情这个楚楚可怜的女孩吧？

可惜他身上的钱本来只够买两个馒头做晚饭，刚才也只是以为这茶水免费，方才停步的。

他从口袋里摸出零钱，递给女孩说道："抱歉，我没法去，这点钱就当这杯茶水钱吧。天气这么冷，你也早点回家。"

出乎意料的是，女孩推开了他的钱。她依旧眼睛弯弯地笑道："我刚才说了，这茶水是免费的，我怎么能不守信用收您的钱呢？您不想去茶楼没关系，等哪天您有兴趣了再来坐坐吧。"

女孩谈吐老成，听起来却很入耳。他内心惭愧，匆忙离开了茶铺。

第二天高云清又经过茶水摊时，特意贴着街的另一边走，想不到又被女孩发现了，远远地向他挥手。他穿过马路走向她，像做贼被抓到了一般窘迫。

"您不希望看见我吗？"小山看透了他的心思似的，问道。

"怎么会呢？"他嘴上回答，却不敢直视那双亮闪闪的眼睛。

"您不想进茶楼一点关系都没，您还是可以在这儿喝茶，反正他们管不着。"

他接过热腾腾的茶水，问道："今年冬天可真冷呵，是谁让你在这里守着的？"

"茶楼老板。"

"哦，他是你的亲人吗？"

她摇头："夏老板就是老板。我爹是茶楼的烧水工，我娘在里面打扫卫生。"

高云清不禁在心底骂自己问这么傻的问题。开这么大茶楼的大老板，当然不会舍得让自己的亲生女儿或其他小辈风吹日晒地站在外面招揽路人。

就这样，他每天下午回家时经过茶水摊，会逗留一会儿，喝一杯热茶，和女孩聊上几句，再继续赶路。慢慢地，他们熟络了起来。

有天小山问高云清是做什么的。

"我是钢琴老师。"

"钢琴是不是很大很大？它的声音是从哪儿发出来的呢？"小山的大眼睛里充满了好奇。

"以后有机会，你见一见就知道啦。"

"以前有个茶楼客人说，我的手指长得长，适合弹钢琴。可是……"小山眼中的火光突然熄灭了，她垂落头，小声地说道，"我觉得我这辈子都没机会摸到钢琴了。"

高云清犹豫了一下，突然弯下腰对她说："我可以让你弹钢琴，但是你能保证不让其他人知道吗？"

她用力点了点头，展露出甜甜的笑容。高云清这才发现自己有多么喜欢看到她的笑脸。

那天晚上，高云清把小山带回了老屋。

房间角落里立着一架旧的立式钢琴，与寒碜的房间格格不入。这是高云清的一个老师在离开上海时送给他的。虽然它比不上大钢琴那么华丽，但足以让小山惊叹好一阵。

小山第一次坐到钢琴前时，高云清鼓励她触摸琴键。

突然间他们俩都注意到雪白的琴键映衬出了她刺目的黑指甲。她一下子握住了拳头，把手藏到了身后……

自那以后，小山有时候会在晚上偷偷跑出来，穿过一条街，坐在高云清的钢琴前。

即便他们越来越熟悉，高云清有时候也觉得自己并不了解小山。有一次他撞见几个流氓经过，朝坐在茶铺前的小山吹口哨，小山只是镇定地坐在那里，显得无动于衷。他也注意到，当小山独处时，她脸上的表情是淡然而疲惫的，甚至带着与年纪不相符的落寞。但一旦发现有潜在的顾客走近，她又立刻欢腾起来，展露出满满的笑容。

一个周末的午后，电闪雷鸣，天色昏暗。高云清一下子想到了小山。

这么冷的冬天，如果她和她的茶摊被雨淋了可怎么办？他急忙拿起一把伞下了楼。就在他快到斐夏路时，暴雨已经劈头盖脸地落下来。他远远地看见小山贴着墙壁，缩在一户人家的屋檐下，忧心忡忡地望着暗黑的天色。

高云清刚要穿过马路上前时，却见一个大男孩不知从什么地方跑了过来。那男孩冲到小山的身边，二话不说，递上了一把油纸伞。而后，他用手遮住头发，迈开大步隐入了雨雾中。

后来他有意无意地问过小山："那天给你送伞的是你朋友吧？"

她愣了一愣，扭捏地回答："嗯，是啊。"却似乎不愿意多谈这个话题。

除了这一个男孩外，高云清再也没有见过她和其他孩子一起玩耍。她每天都是独来独往，瘦小的身躯拉着板车，早出晚归，像一只掉队的候鸟。

大约三个月后的一天，小山提出带高云清去白云阁茶楼里逛逛。

"下午他们都在睡觉，我可以偷偷带你去参观茶楼的灶间。"小山调皮地说道。

她带他从后门悄悄进去，来到一个天井。高云清透过其中一间屋子的窗户向内张望，里面阴暗简陋，有一个大灶台，门口放着几个煤炉，应该是开水房。

旁边几间不带窗户的平房可能是茶楼工人住宿的地方。

突然间，他们同时听到了一间屋子里传来一声女人的哀号。小山脸上的笑容消失了，她紧紧缩起肩膀。

喊声来自东边的那一间。

紧接着虚掩的木门后传来一个男子的叫骂声，并夹杂了那个女人的抽泣和家具撞落的声音。

"婊子！你把东西都藏哪儿了？你没有钱？少来了！那些东西呢？被你藏哪儿了？你当我是傻子啊？你还他妈哭？看我不砸烂你的嘴，老子手气不好都是因为你这张晦气的脸！"

高云清错愕地向小山望去，却发现她只是盯着自己的鞋尖，仿佛对一切都充耳不闻。高云清刚想上前带她离开，一个男人突然推开门，冲出了那间屋子。

他看来已经喝醉了，走路摇摇晃晃的。

他一眼发现了小山，二话不说，一脚踢向她的腹部，把她踹倒在地，在她的棉袄上留下一个肮脏的鞋印。

"瞪我啊！你再瞪我啊！我总有一天要挖掉你的眼珠子下酒！"男人吼完后，踉踉跄跄地离开了。

高云清站在墙边一动不动，愣愣地看着这一切。为什么自己没有出手保护小山？为什么自己站在那里像个木偶一样无法动弹？为什么自己是那么恐惧和懦弱？

这时，小山一声不吭地从地上爬起来，拍拍屁股上的尘土。她朝高云清看了一眼，眼神淡得没有一丝爱恨，轻声说了一句："这是我爹。"

此刻的高云清已经泪眼迷蒙。

他扭头逃跑，在路上痛哭了一场。

那天的深夜，当他躺在四处漏风的房间里辗转难眠时，又想起了这女孩淡漠的大眼睛，突然间，他便原谅自己的前女友了——谁都拥有挣扎出泥沼的自由，她为什么就不能离开自己去追寻更优渥的生活呢？

他从床上爬起，在烛光下弹动琴键，借以化解这女孩带给他的悲凉感。

她注定要在这城市的死角里重复和她母亲一样的命运吧？

她能获得新生吗？

19

"后来陈海默，不，小山，是怎么成为孤儿的呢？"王克飞问。王克飞一听说她的亲生父亲还活着，当即感觉到写勒索信的人是他。

"您还记得民国二十七年（1938年）斐夏路上的那场大火吗？"高云清问。

王克飞只是隐约记得那场火灾。他那时刚到上海不久，听街头巷尾都在议论。

"火灾就是从白云阁茶楼烧起来的。大火烧了一天一夜，大半条街上的商铺民宅都没能幸免。最后幸亏下了一场暴雨，才把大火浇灭。"高云清说道，"被大火和大雨折腾后的斐夏路黑乎乎一片，景象骇人。白云阁茶楼被付之一炬，小山的生母在火灾中被烧死了，她的生父在火灾发生后被警察抓走了。而小山，也是在那场大火后，跟我去了孤儿院。"

原来小山的人生转折点，全是因为一场突如其来的世纪大火。

天气一天比一天炎热。王克飞走进漕河泾区警察分局时，高云清的话一直在他耳边回响。

分局的一个警员正趴在桌上睡觉，苍蝇在他茂密的头发里嬉戏。

王克飞大声地咳嗽了一声。小警员被吵醒，抬起蒙眬的眼睛，望着王克飞。他的一侧面颊被袖口压出了花纹曲线。待王克飞说明身份后，他才猛然惊醒，飞奔到后面去叫人了。不一会儿，另一个与王克飞年纪相仿的警察走进办公室。

他的白色上衣已经被汗水浸透。

"王科长，我就是林觅华。听说您想了解当年那个纵火案？"他在王克飞的对面毕恭毕敬地坐下，双手放在膝盖上，"那个案子是我经手的，不过那是好多年前的事啦，不知道您想知道哪方面的情况呢？"

"火灾发生时你在场？"

"是啊。"

"先说说当时的情况吧。"

"等我们赶到那里时，火势已经彻底失控了。我对那一幕记得特别清楚。当时是晚上八时，通天的红光把半个城市都照亮了，老远就感觉到热浪袭来。那些居民和店主能跑的都跑出来了，在二楼的只能往下跳，到处是一片哭喊、惨叫声，人们眼睁睁看着火势蔓延，房屋一栋接一栋被摧毁，却又做不了什么。唉！总之那次火灾真是太惨啦，连救火队员算在内，死了二十来人呢。如果没有后来的那场暴雨，真不敢想象会发生什么。"

王克飞问："你对白云阁茶楼是否还有印象？"

"当然有印象，因为当年的火灾就是从白云阁开始的。那茶楼是木结构，一着火，就什么都烧完了。"

"茶楼里有一对做工的夫妇，男的还在火灾后被抓了，你是否记得？"

"嗯，记得。"他认真地点点头，"那男的叫福根，女的叫玉兰，他们有个小女儿，对不对？"

王克飞很满意林觅华的记忆力和清晰的思维。

"你对那家人的事知道多少？"

林觅华流露出些许困惑，似乎很好奇王克飞究竟想了解什么。既然上级不说，他也不好问，只能尽力从记忆中搜索。"玉兰好像是给茶楼打扫卫生的。从背影看，她的身材和姿态都不错，但转过脸来就有些骇人了，右边脸上有一大块黑色的疤痕。我有次看到她在扫地，用头发遮住脸，轻手轻脚，走路都是顺着墙边的。如果没有这块疤痕，我想她长得应该不赖，从她女儿俊俏的模样就可以看出来了。可惜啊，这个可怜的女人火灾发生时在房间里睡觉，和床一起被烧成了焦炭。但女孩子运气好，那晚不在茶楼，躲过一劫。"

王克飞一边听，一边解开了一颗领扣。他不明白为什么这间屋子格外闷热。尽管头顶的一台绿色吊扇奋力工作着，可是这潮湿的热气前一秒刚被吹散，下一秒又聚拢来了。

"你们后来知道那女孩事发时在哪儿吗？"

"她爹被抓时她出现过一次，站在人群中看。我认出了她，本想上前和她说话，可她看到我就跑得飞快。在她爹被抓走后她去了哪儿，也没人知道。"

"在火灾前，你和这家人有接触吗？"

"其实，我对这家人略有所知，是因为之前的另一桩案子。"林觅华说道，"有次福根喝醉酒，差点把他老婆的一只眼睛打瞎。还是住在隔壁的一个接生婆看不下去，来报的案。我和当时一起值班的同事就跟着去了。玉兰一家三口住在茶楼后面的平房里，屋里很简陋，只有一张小床。我去时她躺在床上，脸的一边肿得很高，眼球肿得像橘子一样大，充满血，几乎认不出原本的容貌了。"

"福根为什么打她呢？"

"听那接生婆说，福根在外面输了钱，回来向玉兰要。她拿不出，福根便开始打她。我以前就听说那男人每次喝醉酒后都拿她当出气筒，毒打她是家常便饭，只是没想到那次他下手那么狠……唉！"林觅华叹了口气。

"这两人都在茶楼做工，想必报酬都很微薄，福根的钱也未必会让玉兰保管。为什么他每次输光了还要逼玉兰给他钱？玉兰拿什么给他呢？"王克飞问。

"照陈姨，就是那个接生婆的说法是，福根非说玉兰藏了什么价值连城的东西不肯拿出来。可陈姨说玉兰若真有值钱的东西，还不早带了钱和女儿远走高飞了？但福根就是不信她。"

价值连城的东西。王克飞突然又想起了陈海默收到的勒索信，上面提到了要海默交出偷走的东西。这个东西会不会是福根在八年后，继续找的同一件东西呢？

"后来你们抓了福根吗？"

"没有。他大约知道自己闯了祸，等我们赶到时，已经避风头去了。可那女人却央求我们别抓他，说他只是喝醉了，不醉的时候绝对不会这么做。唉，这话比这事本身更叫我生气。福根一年到头能有几天是清醒的？他是不是杀了人还可以以喝醉为借口？我觉得啊，这男人的自私和残暴也是女人自己纵容的。"林觅华说到激动处，撑住膝盖的双臂有些颤抖。

"后来的火灾，你们确定是他放的火？"

"事后我们走访了不少幸存者，确定火灾最早是从茶楼，确切地说，是从茶楼的开水房开始的，而福根是茶楼里负责生炉子烧水的，那天晚上只有他一个人在那里。当然，我们确定他是纵火者，还有其他的证据。

"他的老婆玉兰也在这场火灾里被烧死了，是我勘查的现场。我看到尸体虽然被烧成了黑炭，但依稀可辨她死时的姿态——面朝大门，侧躺在床上，就和平常睡觉一样。您想象一下，外面院子着火了，她躺在床上睡觉，会毫无知觉？无论是谁，都会试图爬起来，跑出去吧？她以这个姿势死在床上，只能说明一点——"

"她在火灾前就已经死了或者失去行动能力。"王克飞接上话说。

"没错。再加上茶楼的人提供的证词，在火灾发生前听到夫妻俩争吵。他俩三天两头吵架，因此当时也没有人太过在意。但那次他们听见福根暴打玉兰，玉兰惨叫、痛哭，后来哭声却渐渐没了。我们推断，是福根失手把玉兰打死在床上，为了掩盖罪行，才又放了那把火。"

"他认罪了？"王克飞问。

"他哪儿会认罪？他只承认那天他喝了点酒，回去后和玉兰吵架，动手打了她几下，然后他去开水房睡觉了。他自称他在生了火的炉子旁边昏睡过去，直到被热浪烤醒，才从后门逃了出来。

"也就是说，从他的证词看，他只是醉酒引起炉子失火，后来又只顾自己逃生，放任火灾发生……"王克飞说道，"而你们认定他是蓄意谋杀加纵火。"

"您说得没错。如果您了解周围人对他为人的评价就知道了，他这人极度自私、狡猾、狠毒。但不管他怎么狡辩，众怒难息，受损失的商铺和居民都很愤怒，要求严惩他的过失。最后他被按照过失杀人罪和纵火罪，判了三十五年。"

王克飞在心底默默算了算时间，才过了八年，哪怕他减了刑，应该还在提篮桥监狱里乖乖待着呢。

林觅华似乎看透了王克飞的心思，小心地提醒道："听说抗战胜利后，那里的不少犯人都以各种名目减了刑。这福根，说不定也趁乱出来了呢。"

从分局出来后，王克飞立刻去了一趟提篮桥监狱。他怕开着黄浦警局刑侦科的小汽车去监狱太过招摇，便坐上了26路电车。

可在中途，他突然发现那个留两撇小胡子的男人竟出现在同一辆车上，戴了墨镜坐在最后一排。

王克飞一阵紧张：难道这个盯梢的家伙刚才已经跟踪自己去了漕河泾分局？

在离目的地还有两站的地方，王克飞突然站起来，从前门跳下了车。由于车上十分拥挤，那个小胡子男人并没有机会跟着下车。王克飞目送着电车远去。

他先去一家洋货公司逛了一会儿，然后才步行去监狱。

到了狱长办公室后，他才知道最担忧的事发生了。周福根在今年二月的时候因为有立功表现，提前出狱了。他的所有私人物品都已经被领走。现在身在何处，也没人知道。

王克飞只能从监狱里领回了他留下的档案和服刑记录。

20

王克飞晚上在办公室加班。桌上的电话突然响了。在夜深人静的时刻，这刺耳的铃声把他吓了一跳。他拿起来，听到一个微弱而沮丧的声音："王科长，我是君梅……"

"黄小姐？这么晚了，出什么事了吗？"

"我……我被人打劫了。"

什么？打劫？王克飞脑子里嗡的一声响。

"你现在人在哪儿？安全吗？受伤了吗？"他牢牢抓着听筒问。

"我在剑河路和乌木路这里，借老船长酒吧里的电话给你打的。我的钱包没了，您能过来接我吗？"

"好，你等在那里不要乱跑，我马上到！"王克飞丢下听筒，拿起外套就奔了出去。

王克飞曾经很熟悉老船长酒吧所在的这一带。那里以前是公共租界，开了不少招揽外国大兵的西洋酒吧和西餐厅。他记忆中的老船长酒吧，老板唐尼是洋人，室内光线昏暗，烟雾缭绕。除了水手外，还有不少打扮妖娆的陪酒女，她们和大兵们坐在一起，喝得醉醺醺的，彼此搂搂抱抱。

想到黄君梅一个人待在这样的环境中，王克飞十分焦虑。一个选美小姐已经出了事，可千万不要再有第二个出意外。他一边想着，一边以更快的速度赶往目的地。

王克飞老远就看到了老船长酒吧。这是一间民居改造的平房，铁窗框，小格子玻璃窗。白粉外墙上粉刷的那几个黑色英文词 "cold beer" "brownie" 已经快脱落了。在水手们纷纷离开后，店主大概更希望招揽中国客人，于是又写上了歪歪扭扭的中文：冰啤酒、巧克力蛋糕。

王克飞冲进了酒吧。

酒吧内空气闷热，只有几盏大吊扇在工作，灯光依然昏暗，烟雾依然缭绕。站在吧台后面的老板唐尼老了，但依然是个混混的模样。他穿一件白色背心，露出两臂的文身。

墙上多了一个飞镖盘和一些彩色木雕。酒吧里中国人和洋人都有，年轻女子很少。水手们走了以后，那些陪酒女郎也渐渐散去并改行了。几张桌前都只有男人们自己在喝酒。

王克飞在酒吧中奔跑环视了一圈，终于发现了一个人坐在角落卡座上的黄君梅，她正托着下巴发怔，手边有一杯棕色的酒。

人还在就好。他大大地松了一口气。

他走向黄君梅时，感觉今天的气氛不太对劲。黄君梅似乎情绪低落，和平常完全是两个样子。

"黄小姐没事吧？"王克飞走到她面前，问。

"现在没事了，"黄君梅抬起头，眼睛里仿佛含着泪光，"您到得可真快啊。"她的语速比平时慢了半拍，好像懒洋洋地提不起精神。

"刚才发生什么事了？"王克飞问。

"我走到黑巷子里时，一个男人突然从背后蹿出来，把刀架在我的脖子上。他抢了我的钱包就跑。我追了几步，脚还崴了。"黄君梅说着，俯下身，伸出一只手去揉自己的右脚脚踝。

王克飞顺着黄君梅的手往下看，并没有看到受伤或者红肿，倒是注意到肉色丝袜包裹的小腿笔直匀称。

"黄小姐受惊了。还好只是丢了钱，人没事。下次可千万不要追了。"王克飞向黄君梅伸出一只手，试图搀扶她，"现在，我送黄小姐回家吧。"

"我现在不想回去……"黄君梅回答。

"为什么？"

"您先陪我坐一会儿行吗？"黄君梅可怜巴巴地望着王克飞。

黄君梅一反常态，不再咄咄逼人，反倒让王克飞有些不适应。他略有些局促地在她的对面坐了下来。"可你怎么这么晚了还一个人在外面？"

"我是和朋友出来玩的，走到这里喝了两杯后他们还要去跳舞，我不想去了。他们离开后，我正打算找一辆的士，就遇到劫匪了。"

王克飞在心底琢磨着这打劫的故事到底是不是真的。他总是提醒自己对这女孩说的话多一个心眼。

"黄太太知道你在外面吗？"王克飞问。

"她以为我在房间睡觉呢，所以我也不敢打电话回家。"

"小陈那家伙呢？"

"他啊？我告诉他我今天感冒了，不会出去，就把他打发回家了。您别以为我不知道，他的主要任务可不是保护我，而是来监视我。他肯定会把我的一举一动都向你和黄太太汇报。"

"黄小姐不怕我向黄太太打小报告？"

黄君梅淡淡一笑，长睫毛扑闪了一下，问："王科长，你会吗？"

王克飞躲避她的目光，一本正经地回答："最近治安很乱，黄小姐不应该再冒险了。你若有个三长两短，我可担待不起啊。"

沉默了一会儿后，黄君梅突然幽幽地问道："王探长……您有没有听过这句话：爱情其实是幻觉？"

王克飞不置可否。

黄君梅的手指轻轻摩挲着酒杯上的水汽，说道："我们每个人爱上的多半是自己脑海中想象的那个人，就像湖中的倒影，和真实站在岸上的那个人不一定有什么关系。所以失恋最痛苦的，不是失去那个人——那个人其实从没有成为你的一部分——而是要打破你自己营造的完美幻觉……"

王克飞琢磨着这句话的意思：她失恋了吗？可是和谁呢？那个熊医生吗？

"您有这样的感觉吗？"黄君梅又问。

王克飞回想起与萧梦一起生活八年的点点滴滴，觉得甚是伤感。他一直以为自己是爱萧梦的，尽管他也知道萧梦有其他的情人。他对她的爱又绝望、又空虚。直到她在办完离婚手续后突然自杀，他才觉得自己从来都不曾了解过她。九年前，他们在舞厅相遇，只是一起纵乐狂欢的陌生人。九年后，他们阴阳相隔，依然是陌生人。

可是，他了解陈海默吗？如果共同生活了九年的人都谈不上了解，又怎么会了解一个甚至没有交谈过一句话的人呢？如果自己都无法了解她，又怎么能确定这是爱呢？自己爱的是否仅仅是自己创造的那一个陈海默？

王克飞喝了一口酒后，回答："可能人和人之间想要完全了解，也是不可能的吧？"

"所以……我觉得很孤独。"黄君梅垂下了眼睛，"我的童年是在上海度过的。可您也许不知道吧？七年前，我和我家人都在重庆。"

王克飞听老章说起过，但此刻只是摇摇头。

"那年我在念初中。那是个秋天，爹说带全家去黑山谷玩。您不知道我有多开心，为这个事兴奋了一个月呢。可是偏偏在出发前一天，我发烧了。

"第二天，爹妈带了我的两个弟弟上路了。我一个人留在家里，只有奶妈陪着。我是多么失望和伤心啊。可后来每个人都说，我太幸运了。因为——那天晚上他们没有回来。以后也再没有回来。

"他们的车翻下悬崖，车上连司机在内的五个人都死了。"说完，她轻轻抽泣了一声。

看到黄君梅如此悲伤，王克飞却不知道该说什么话安慰她。他犹豫了一下，伸出手握住了她放在桌上的手。她的手是那么冰凉。

"用人们坐在另一辆车上，跟在我爸妈的车后面。车祸发生后，他们自己回来了。他们什么都没对我说，只是窃窃私语，开始搬东西……他们把整个家里值钱的、能搬的，都搬走了……当时我只有十三岁。我不明白他们在做什么，我甚至不知道我的爸妈和弟弟们永远都不能回来了。”

眼泪在黄君梅的眼眶里打转，却一直没有落下来。

“您不知道当时的我有多害怕。陪在我身边的只有奶妈。她说，她会把我送到姑姑家去，她再回老家。可这时，黄太太却赶到了重庆，她坚持要把我接回上海。

“呵，那个所谓的黄太太，本姓朱，是我爹在看戏时看上的，抗战期间也一直都留在上海。您一定觉得黄太太很好心，我应该感激她。其实她跟我爹从没有办过手续，她连姨太太都算不上，怎么可以自称黄太太呢？

“她知道，我是黄家唯一的继承人。她争着要做我的监护人，是为了控制住我，控制黄家的财产。可那年，我什么都不懂，又伤心，又害怕，什么都只能听她的。

“我回到上海以后根本不想读书。我觉得自己只是一片浮萍，根本不在乎漂去哪儿。每个人都说我幸运，那天没有坐在车上。只有我自己知道，我宁愿和他们一起翻下悬崖。因为——”

一滴眼泪终于逃离她的眼眶，从她的面颊上滚落，掉在王克飞的手背上。“我在这个世界上，再也得不到那样的爱了。”

老船长酒吧内音乐嘈杂。他们坐在角落的卡座上，却仿佛听不到周围的任何声音。

…………

走出老船长酒吧，夏夜无风，和白天一样闷热。他们并肩走向王克飞的警车。

当他们走进黑漆漆的后巷时，黄君梅突然叫了一声：“哎呀，线开了。”

王克飞低头，看到黄君梅身上洋裙的腰部似乎脱开了一段线。

“呃，没事，我有这个。”黄君梅从鬓发上摘下一枚别针。她低下头，试图把它穿进腰间脱线的蕾丝上。

"别动。"王克飞突然按住了她的手,"小心伤到自己。"

他接过别针,蹲下身,半跪在地,小心翼翼地把别针穿在了橙色的蕾丝上。

当他站起身的那一秒,黄君梅的双手突然环住了他的脖子。

他们的脸靠得很近。她幽幽地说了一句:"王探长,其实您也并不了解我呀……"

"黄小姐……"王克飞不知道该如何回答。她究竟是不是一个傲慢、骄纵、虚荣、自私的大小姐?自己真的了解她吗?可了不了解有什么关系?

他看到她鼻尖的小痣上沁出一丝细小的汗水,眼泪冲淡了面颊的脂粉,让她的脸庞愈加光洁,在月光下楚楚动人。他一把钩住黄君梅的腰,把她搂进怀里。黑暗中,在酒精的刺激下,他们的嘴唇贴在一起。

夏夜无风,两人的毛孔渗着汗水,站在黑暗的巷子里忘情接吻。

一个声音在王克飞的耳边响起:

王克飞,你这是监守自盗啊!

但只是一闪而过。

21

福根看着经理捧着几只丝绒盒走进办公室,随后门内传来保险箱锁合上的声音。经理走出办公室,从裤袋里掏出钥匙,又转了几圈门锁。

"走了,明早见。"经理经过福根身边时,丢下一句话。

福根哈着腰,连忙说道:"经理走好。再见!"

直到看着经理的背影走出珠宝店大门,福根才直起腰来。在大门合上前,他才注意到门外的夜幕已经降临。

他转过身环顾这间装修豪华的宽敞店铺:橱窗已经被大幅幕布遮挡,所有珠宝都被锁进了办公室保险箱，小小的探照灯把光束投向空荡荡的玻璃柜台。那些平时站在柜台后笑脸相迎的售货员早就下班了。

他走进狭小的值班室，从写字桌底拖出一沓废报纸，打开它们，摸出一瓶酒。他抱着酒瓶，在椅子上一屁股坐了下来。

酗酒和多年的牢狱之灾令福根的健康大不如前。值了一个多月的夜班，他又变得神经衰弱。晚上没有条件入睡，最多只能坐在这把椅子上打一个盹，而白天回到住处却怎么都睡不着。

但同时，他又觉得这辈子从来没有这么亢奋过。

他离成功只差一点了。等那件东西到手，他这一生都吃喝不愁了。

他打开酒瓶，冲出来的酒精味道让他的大脑又活跃起来。

八年前，因为杀人和纵火的罪名，他被关进了牢房。他从来没有认过罪。那天晚上他喝醉了，这点他不会抵赖。可诬陷他故意纵火，那就太他妈荒唐了！

白天他输了钱，晚上出去喝了点酒，走回破屋时已经感到天旋地转。他把整个房间都翻了一遍，可就是不见那样东西的踪影。真不知道那个婊子把东西藏哪儿了。

他看到她那张脸就来气，一把抓住了她的头发，问她东西在哪儿。她却依旧装聋作哑。脸上的烙痕让她看起来那么丑陋，两只眼睛里燃烧着仇恨。这真让他窝火。他抓住她的脑袋，往床头的木头上猛撞了几下，或许十几下吧。她先是尖叫，喊着杀人啦，后来又开始哭泣，呜呜咽咽的声音充斥着他的耳膜。

他最终丢开她，推开门，冲了出去。

他记得自己一踏进院子，左脚一软，就摔倒在地。青石板地面突然像棉花一样软，他刚站起来，又摔倒。

他东倒西歪地进了开水房，往墙角的干草垛上一躺，合上眼睛，试图躲避这个疯狂旋转的世界。当时的炉火是生着的吗？他已经不确定了。后来发生的事，从没有被他的大脑记录过，所以也就无从记起了。但他清楚记得，在火点着他身下的干草垛时，他才清醒过来。因为醉酒后手脚不听使唤，他几乎是连滚带爬从后门逃了出来。他给警察看过他小腿上的烧伤伤口。如果是清醒时故意纵火的，他怎么可能不早点跑掉？

可他们就是不信，一会儿说这是他的狡辩，一会儿又说他喝醉了所以证词无效。这些王八蛋，就是想找个替死鬼交差罢了！

周福根在狱中的每一天都度日如年。喝不到酒、摸不到牌不说，遭狱卒和其他囚犯的毒打也是家常便饭。刚关进去的那几年，一想到漫长的牢狱生活，他就极度绝望，甚至想过一了百了，后来却也像行尸走肉般熬了下来。

天无绝人之路。

四年多前，一个陌生女人的来信，给他带来了活下去的希望。这女人一心想探听关于玉兰女儿的事。也真奇怪，她是怎么找到自己的呢？好像是请了什么私家侦探吧？

福根不识字，和她之间的通信多亏了牢里一个上过几天私塾的杀人犯。那家伙就靠替人读信、写信来赚些外快，再贿赂狱卒，过上了舒服日子。杀人犯把女人的来信念给福根听，又替福根回信。但福根并不完全信任他，也觉得有些话不能在信里说，于是就让那家伙转告女人：若想要知道那个女孩的事，她得亲自准备好"礼物"来监狱见他。

没想到有一天，她真的来了。

他至今不知道那个女人是谁，她是那么小心翼翼，不肯透露自己的姓名和身份。他想去查看探监登记簿，也被狱卒拒绝了。那天她戴了面纱，他连她的真容都没看清楚。但这女人端庄高贵的言谈举止，是福根多年没见过的。福根庆幸自己把握这次难得的机会捞了一笔。在女人把装钱的信封塞进探监窗口后，他告诉了她小山过去的那些事。

在和她的谈话中，他隐约听出了两个令他兴奋的好消息：一是玉兰的女儿没有失踪，而是被什么人家收养，飞黄腾达了。二是女人提到玉兰的女儿手上似乎有什么值钱的东西。不用说，那一定是玉兰的那件宝贝了。原来它并没有在那场大火里被烧毁。

周福根从此有了好好活下去的动力。他一边在狱卒面前低头哈腰，争取减刑，一边督促哥哥在外面散钱打点。逢上抗日胜利后的减刑大赦，他在今年二月被提前释放。

八年过去了，仗打完了，城市有了新主人，街道都很陌生。出狱那天阳光刺眼，晃得福根睁不开眼睛。他像一个刚学会走路的小孩，甚至不敢踩在这片陌生的土地上。

周福根出狱后的第一件事就是去找探视过他的女人，可她却像从世界上消失了一样。她留下的通信地址只是一个在邮局租借的邮箱，由于欠费，账户早已经停了。怎么会这样呢？正当他内心失落，恨自己在茫茫人海中又丢失了女儿和珠宝的下落时，他突然在一份丢弃在公园长椅上的报纸上看到了一张照片。

他起先并不明白自己为什么会对这张照片感兴趣。可当他又看了几遍照片后，立刻明白了原因：其中一个上海小姐的选手长得太像他记忆中的一个人了。

没错，是他最初遇见的玉兰。

那年玉兰也差不多是这年纪吧？她们简直像是一个模子里刻出来的，特别是那对乌黑的大眼睛。

这个念头只是一闪而过，但身边一些遛鸟大爷的闲谈却引起了福根的注意。他们说这个参加选美的姑娘是一个钢琴家的女儿，从小在国外长大，在一所叫什么震旦的教会学校读书……福根竖起耳朵听着，怀疑在心中像涟漪一般放大。

那个探视过他的女人曾在谈话中给他留下了不少线索。比如说，小山被收养后学过钢琴，在欧洲住过，又读过教会学校……这些线索竟然一一吻合。

可他并不敢相信，这个风度翩翩的大小姐，怎么可能会是那个一脸苦相、满脸污垢的小女孩？他内心疑惑，再仔细看看，又似乎不一样。

他决定冒险见一见她本人。

22

周福根去见陈海默那天特意刮了胡子，理了发。不管怎么说，这么多年不见了，也应该给女儿留下一个好印象嘛。

他扮作地毯维护人员混入新仙林舞厅的后台。他尾随她进入后花园，趁她一个人时，突然在她身后叫了一声："小山。"

她的肩膀抖动了一下。几秒钟后，她才转过身，问："你找谁？"

福根往嘴里灌了两口酒后，对着空荡荡的房间自言自语起来："玉兰啊玉兰，你想象不出你女儿现在的样子，说话都拿腔捏调的，真当自己是大小姐了啊。她装作不认得我，一口咬定我认错了人。她以为我这么好糊弄吗？见过她后我更确定了，她就是你那个小婊子——因为，我在她的眼睛里看到了恐惧。但我会让她知道什么才是她最应该害怕的。"

福根临走时对陈海默说："我知道你发达了，不想认我这个爹了，我不生气，我就当作你一时失忆了吧。我给你三天时间好好回忆。三天够不够？三天后，我会再来找你。如果你到时候还想不起来，我只能让全上海的记者帮你一起回忆了。"

三天后，福根又去找她。海默果然"恢复"了记忆。她说她把那件东西藏在了城南的一个地方，央求他再给她两天时间去取。她提到，福根总是去找她，会引起人注意，建议两天后的晚上在封浜村的铁轨边见。福根答应了。他不怕她跑掉，她也没地方可以跑。

两天后，如他们所约定的，福根去了封浜村的铁轨边。海默交给他一个信封，里面装着一对耳环。

"这真是只小狐狸啊！"福根又咕咚咕咚地喝了几口酒，自言自语道，"我后来问了珠宝店才知道，这对耳环根本不值什么钱！他妈的！别以为这么容易打发我。你娘的老相好可是个大人物，不可能只留下这点东西。如果你不把偷走的全吐出来，看我怎么跟那些记者聊你的过去！呵呵，大小姐？让他们知道你是一个什么样的大小姐！"

这时，周福根摸了摸胸前口袋。那个贴身放置的信封上沾着一些汗水。他把那对耳环从信封里取出来，拿在手中把玩。

它真漂亮，沉甸甸的，碧绿色，在他醉意朦胧的视线中闪着金光。

明晚就是他们再次约定的日子。

等拿到首饰后，他会辞掉这个低三下四的工作，去过逍遥快活的日子。

"我也不希望拆穿你。我会留你在台上好好风光，在台下尽一辈子孝道，哈哈。"他仰起头，又往喉咙里灌了一些酒。

这时，店铺的后门突然传来"砰砰砰"的敲门声。

吵死了！半夜三更了怎么会有人来？福根急忙把酒瓶藏回到报纸堆中。他回头看了看墙上的钟，十一点半，漫漫长夜才刚刚开始。

他起身走出值班室，向后门走去，脚步已经有些摇摇晃晃。

在他接近门时，又听到了"砰砰砰"的敲门声，让他心头一阵烦躁。他捏了捏拳头，如果是哪个流浪汉恶作剧，他会用棍子敲碎那人的脑袋。他打开门上的小窗格子向外看，首先看到的是一顶警帽。他有点困惑。一瓶酒下肚后，他的脑子已经有些转不动了。

"什么事啊？"他问。

"快开门！"那个身材矮小的警察退后一步，瞪着他，"有人听到店里传出喊救命的声音，怀疑有人打劫。"

他扑哧一声笑了："哪个小鬼在捉弄您啊？"

一看那警察竖起眉毛，手里紧紧握着警棍，他又有些怕了。惹毛了警察对自己可没好处，万一因为一点小事情又把自己搞进局子里，可就坏了大计。

他庆幸自己醉得还没那么厉害，于是努力控制面部的肌肉，语气尽可能地客气："探长大人，这里就我一个人，什么事都没有。您可以放心。"

"你是什么人？"这个乳臭未干的小警察不依不饶。

"我是值班的啊。"

"这里的每个值班的我都认识，我怎么没见过你？"警察打量着他。

"嘿，我是新来的，才做了半个月。"

该死。那警察的鼻翼抽动了一下，大约闻到了酒味。

警察命令道："开门。我要检查你们店。"

福根重重叹了口气。

好吧，好吧。如你所愿。让你们这些只用屁股办案的白痴看看自己错得有多离谱吧。让你像条警犬一样趴在地上闻遍可疑的气味吧。你们这些蠢货，永远只相信妓女的话。来，放你进来，看看到底是谁在说谎吧。

他用腰间的钥匙打开了门锁。在这个巡逻警察闪身进来时，他顺便望了一眼门外，夜色中逸山路静悄悄的，见不到一个路人。

他关上门，对着警察瘦削的后背说道："看到我穿的值班服了吧？这是我的编号。"

"保险箱在哪儿？"

"在经理办公室。放心吧，探长大人，任何人要去经理办公室，都要先经过我的房间。而且那房间是带高级保险锁的，连我都没钥匙。"福根绕到了警察的正面，为了看清楚他那两撇阴阳怪气的小胡子，"今晚连只耗子都没有。不信，您可以到处看看，哪儿有什么劫匪啊……"

他的话音未落，突然觉得一阵有灼烧感的热流涌过胸口。他低下头，只看到一个长长的刀柄插在他的胸腔外，刀刃消失在他的身体里。他用手摸摸那个位置，双手上沾满了自己的鲜血。

他迷糊了。这他妈的到底是怎么回事?

不,不可能。死亡不可能在这时候到来!

他想喊。但下一秒,刀刃脱离了他的身体,再次插入了他的胸口。

他在失去重心往后倒的时候,看到帽檐下一双黑溜溜的眼睛正专注地看着自己,看起来似曾相识。

我的好日子快来了啊!你这个浑蛋,你怎么可以这样?你为什么要杀我?

福根还没来得及骂出口,已经捂住胸口,嗵的一声跪到了地板上。随后他任由自己的身体向一侧倒去,再也没有力气挣扎。

23

逸山路上的华懋珠宝店是黄德胜家在沪上的三家珠宝店之一。虽然不是最大的一家,但因为地处闹市区,平日里一直灯火通明,人流如织。此时,它却突然拉上了所有的幕帘,挂上了一块"暂停营业"的木牌。

王克飞走进后门,看到几个女售货员站在角落里窃窃私语,等待接受问话。经理办公室被占作临时的审问室。

在离后门五六步远的地板上,躺着一具白布覆盖的尸体。

王克飞蹲下身,掀开白布。福根的眼睛睁得大大的,瞳孔已经散开。一把常见的长柄水果刀插在他的胸口。

王克飞昨天才刚刚找到周福根的大哥,并从他那里得知,福根出狱后游手好闲了好一阵,最近找到了一份在珠宝店看守的工作。唉,想不到自己还是晚到一步。

他拍了一下膝盖,直起身问:"是抢劫案?"

"是抢劫杀人。凶手应该是做足了准备,戴了手套,没有留下指纹,还不知道用什么办法骗他开了门。但幸好下班前经理都把珠宝收到保险箱里了,只留了一些水晶装饰品在没上锁的壁橱里。那人偷了几个水晶的小玩意儿,不值什么钱。"

"这人才刚来半个月,为了这几个小东西赔了一条命,可真够倒霉的。"另一个警员说。

"他生前喝过酒?"王克飞嗅了嗅鼻子,问道。

"王科长,您的鼻子真灵啊,"警员恭维道,"我们在值班室桌底下找到一瓶酒,看来昨夜喝得只剩个底儿呢。"

"每天晚上都是他值班?"

"是的,总共就四个值班的,三个白班,一个夜班。福根是新来的,安排他每天值夜班。是今天早上七点准时接班的人发现的尸体。"

王克飞把白布又掀开一些,看到福根穿的浅蓝色制服的胸口到处都是血手印,腰部、胸口、胯部……凶手似乎在他身上到处乱摸过。他是不是想在福根的衣裤口袋里找什么东西呢?可他指望在一个穷人身上找到什么值钱的东西?

王克飞环顾了一圈珠宝店后,走进狭小阴暗的值班室。里面干干净净的,只有一张桌子和两把椅子。桌子下有一堆乱报纸,应该是他们刚才说的藏酒的地方。王克飞用脚拨了拨报纸,眼睛突然注意到了一点闪光的东西。

他蹲下身,从一团废报纸中捡起那个东西,借着灯光一看,竟是一只繁复而华丽的女人的耳环。

另一只肯定也在附近吧?

王克飞仔细找了找,果然,另一只掉在桌子的脚边。这会不会是凶手在福根身上乱摸,想要找的东西呢?

这时经理向王克飞疾步走来,嘴里嚷嚷着:"真够倒霉的啊。出了这么晦气的事,生意肯定受影响了。黄太太怪罪下来可怎么办!"

"这是你们店里的吗?"王克飞拿起耳环给经理看。

"不，不是，我们绝对没卖过这种款式。"经理果断地回答。他接过耳环掂量一下，又对着灯光照了照，惊异地问道："这是从哪儿找到的？"

"值班室，"王克飞回头说道，"把另外三个人叫过来，让他们认认这是不是他们掉在值班室的。"

另外三个人走了过来，看了一圈，纷纷摇头：这不是他们的。他们也没见过。

"看来这东西是真的点翠啊！"经理依依不舍地捧着耳环，声音在嗓子里发抖。

"点翠？"

"是一种十几年前就失传的工艺，"经理没耐心给王克飞上一堂课，而是问道，"我能把东西留下检验一下吗？"

王克飞看到经理眼中的贪婪，立刻从他手上收回了耳环，说："不行，这是证物。"

"居然在值班时间喝酒？唉，我们都不知道他坐过牢。"经理用丝帕轻轻按着冒汗的额头，"看来这家伙太滑头了，把我和黄小姐都骗了！"

"你是说黄君梅小姐？"

"是啊，是黄小姐把他介绍到珠宝店工作的，所以我也一时掉以轻心，没有核实他的背景。"说着经理拿出一份合同，"看，他和我们签的合同。"

王克飞拿过合同瞟了一眼，上面看起来都是经理写的条条款款，只有在应聘人周福根那里，按了一个红指印。

经理解释道："这家伙不识字，连自己的名字都不会写。当时合同上的内容是我读给他听的。他同意，就按了指印。"

王克飞还在琢磨经理的这句话时，经理又咬牙切齿地说道："他跑到店里来，应该就是为了和劫匪里应外合。"

"为什么这么说呢？"

"否则他怎么会半夜替对方开门呢？他们来这里，我首先就是提醒他们晚上不能替任何人主动开门，哪怕是店里的其他员工回来也不行。所以，我猜是他和劫匪串通作案，因为内讧所以被同伙杀了。"

"平日里打烊前珠宝都会收到保险箱吗？"

"每天都这么做。幸好这保险门是德国进口的，防火防弹，双锁设计，可不是一般的贼能进去的。"

"所以不可能是合谋，"王克飞说道："他在这里当班半个月了，必定知道珠宝都会保存在办公室的保险箱里，他即便放同伙进来，也没法打开办公室的钢铁门，更别说打开保险箱了。假设他蠢到真以为自己可以偷走珠宝，那么他一定是做好了逃跑准备的。可你看，他昨晚事发前还喝得醉醺醺的，一点也不像准备作案和逃跑。况且，几乎都没偷到什么东西，也就不存在分赃不均和内讧了。"

"那您的意思是？"

王克飞没有说话。他有一个没有说出口的疑问：会不会这凶手根本就不是为了黄家的珠宝，而是冲着周福根或者周福根的耳环来的呢？

24

王克飞独自走进仙乐斯舞宫，站在墙边，环顾四周，寻找那个熟悉的身影。当王克飞从小陈那里得知，他今天傍晚又被支走回家了，就猜到能在哪儿找到黄君梅。

王克飞首先发现了黄君梅的那几个女伴，她们坐在桌边，陪伴的还有几个男子。他放眼望去，果真找到了舞池中的黄君梅。

她的舞伴是一个年轻男孩，王克飞以前没有见过。

王克飞径直走进舞池，来到他们身边。两人停了下来，吃惊地看着王克飞。黄君梅介绍道："这位是黄浦警局刑侦科的王科长，这位是交通大学工程系的学生——"

"我能请黄小姐跳一支舞吗？"王克飞没兴趣听完，打断道。

"不能等下一支吗？"男孩瞪着眼睛。

王克飞摇了一下头。男孩似乎被王克飞的气势震慑住，只好撇撇嘴，放开黄君梅的手离开了。

黄君梅倒也不生气，笑着接过了王克飞的手。他们的双手合在一起时，那晚的记忆又浮现了。王克飞这下才意识到自己刚才对那个男孩说话时的醋意。

"黄小姐，我找你来，是为了向你打听一些事。"他试图摆脱脑海中她那个晚上的模样，用从前的语气和她说话。

背景音乐的音量刚刚好，没人可以听到他们的低声交谈，他们可以观察四周的每个人。被人群包围着其实才是最安全的吧？舞池没有死角，舞池中却又都是秘密。在昏暗旋转的彩灯下，每个人脸上都带了一种快要被催眠的笑意。

"昨晚，黄家在逸山路上的分店发生了一桩谋杀案，想必你已经听说了。被杀的人是店里值班的，案发时正在值夜班。"王克飞说道。

"王探长就是为了这个找我？如果是珠宝店的事，你应该找我妈问去。"黄君梅似笑非笑地说道。

"我想向黄小姐打听的不是珠宝店，而是这个死者。因为听店经理说，他是你介绍进珠宝店的，所以我想你可能对这人的背景略知一二。"

黄君梅仰头看着王克飞说："我是几个小时前才听说这个案子的，是桩抢劫案？"

"现在下结论还为时太早。"王克飞能感觉到黄君梅腰肢的柔软，闻到她身上茉莉香水的气味。他有些分神。

"我哪儿会知道这人坐过牢啊？我和他也不熟。"

他们转了一个弯，又从舞池边缘转了回来。

"那黄小姐是怎么认识这人的？"王克飞看着黄君梅的脸，彩灯灯光在黄君梅的脸上闪过。

"因为三个星期前他到我们店里来，想让鉴定师给他手里的一件首饰估估价。"

"三个星期前？那就是海默给你看勒索信之前的事了？"

"没错。这是更早以前的事了。我当时正好在店里玩呢，觉得这耳环看着眼熟。一想，这不是陈海默戴过的吗？因为我家做这生意，所以我对其他选手戴的首饰式样会格外留意一些。我很奇怪那耳环怎么会落到他手上，以为是他偷的。我差点要报警。可他却说，这是陈海默给他的。"

"后来呢？"

"他想卖给我们，但我觉得不值这个价。他又去隔壁碰运气了。"

"他死时那首饰还在他那里，可见隔壁也没给出好价钱。"

"哦？你们找到了那副耳环？"黄君梅显得有些吃惊。

"是一副秋叶蝴蝶形状的耳环对不对？"

黄君梅想了一会儿，说道："是啊，如果他卖掉了，怎么还会来找我要工作呢？"

"既然交易没成，黄小姐又是怎么想到给他介绍这份工作的？"

"我给他介绍工作完全是看在陈海默的面子上。他说他是陈海默的亲戚，却连饭都吃不起。真可怜呢。我又正好听说店里在招人，就把他推荐过去了。但我对他的背景真的一点也不了解。"

"你告诉陈海默这事了吗？"

黄君梅摇头："陈海默都不认他这个穷亲戚，我告诉了她也未必讨好。"

"这个周福根很可能就是后来写勒索信的人。黄小姐这么聪明，恐怕已经想到，这副耳环，也可能是他从海默那里勒索来的吧？"

黄君梅抿着嘴，没有回答。

"可是，我有一点想不通……"王克飞更紧地搂住了黄君梅的腰，使她离自己更近。

"什么？"黄君梅紧张地盯着他的眼睛，问。

"周福根是个文盲。"

"文盲怎么了？"

"一个连自己名字都不会写的文盲，怎么可能写那么长的勒索信？"

"这确实是个问题，"黄君梅真诚地望着王克飞，"会不会，他是找什么人替他写的？"

"敲诈勒索是犯法的，他不应该不知道。据我所知，他刚刚被释放出狱，如果再被抓回去，肯定会被重判。他会冒险让无关的人知道自己勒索女儿一事吗？"

"那您觉得是……？"

"他应该有同伙。"王克飞观察着黄君梅细微的表情变化。

"哦，王探长……您到底是在调查哪个案子呢？抢劫杀人案，还是海默的案子？"

王克飞听出了黄君梅的话里有点要挟的意思。他沉吟了一会儿，说道："海默的案子已经结了。"

"那么，就是抢劫杀人案咯？无非就是死个人……"黄君梅眯起眼睛，说道，"这么小的案子交给下面人办就行了，怎么还劳烦您亲自过问？"

"发生在黄太太和黄小姐店里的事，我哪儿敢怠慢？这究竟是不是一桩简单的劫财案，里面到底有没有牵扯其他势力，我总是要彻底查一查才可放心的。"

黄君梅轻轻地笑了一下，说道："反正店里也没什么损失，您放心吧。"

舞曲结束了，换了另一支轻松的曲子。

两个人松开手，并肩走下舞池时，黄君梅突然说道："王探长，我有点累了，不想继续待在这里。您能送我回家吗？"

王克飞答应了。

黄君梅回到座位上和她的朋友告别。王克飞看到那个年轻男孩站了起来，似乎想挽留她，但是黄君梅坚持要走。男孩一脸失望，把充满敌意的目光投向了王克飞。

他们挤上了的士的后座。车行了一会儿，两人相对无语。

"这个夏天真热啊。"黄君梅打破沉默，说道。

"是啊，怕是还要热上一两个月呢。"王克飞心不在焉地回答。

"还记得去年那场大雪吗？"说这句话时，黄君梅的头正抵着车窗玻璃。她的脸庞上映照着街道上霓虹灯的彩光，五彩斑斓，表情模糊。

王克飞轻轻"嗯"了一声。去年大雪时，他还在为阴阳街上的连环谋杀案焦头烂额。

"到了下一场大雪的时候，我们不知道各自会在哪儿呢。"黄君梅自言自语道，声音竟有一点忧伤。

她的话是什么意思呢？王克飞无法看透这个紧挨着自己的女孩。她乍一看是如此简单、放任、坦率，却又显得神秘莫测，深藏不露。顾寿云是怎么说的？她的感情生活混乱？喜欢寻求刺激？她为什么现在和我一起坐在车上？

"黄小姐，我想为那晚的事……"王克飞有些支吾，"向你道歉。我喝多了，没有控制自己，是我的错。我不会再——"

黄君梅突然转过身，扑进了王克飞的怀里。王克飞无法继续说下去了。

他闻到了她头发中的茉莉香气，她的脑袋压着他的心跳，令他的衬衣因为汗水更加黏湿。他偷偷看了一眼专心开车的的士司机，也慢慢伸手抱住了怀中柔软的身体，低头亲吻她的头发。

…………

王克飞早上醒来，微微睁开眼睛，看到黄君梅正站在床头。清晨的阳光勾勒出她玲珑的曲线。她穿上了昨晚的旗袍，正在为自己套长筒丝袜。

"你一个晚上没有回去，没有事吧？"王克飞坐起来，问道。

"您指黄太太？她根本不会注意到我没回的。"黄君梅说着，已经穿上了皮鞋，"她现在应该已经出门了，我可以回家了。"

"我现在就送你回去。"王克飞说道。

"不劳烦您送了。您肯定也不希望被别人撞见吧？"黄君梅转过身看着他，试探地问。

是的。王克飞不希望现在和她一起出现在楼下，或者黄公馆门口。他没有说话。

黄君梅的笑容里掺杂了一丝失落和不屑。她转过身，拉开门，大步走了出去。

王克飞愣愣地坐在床上，阳光照着他赤裸的上身。

为什么危险的游戏总是格外诱人？

真不知道下一场大雪的时候，我们各自会在哪儿呢。

25

在狭窄而安静的小阁楼上，贾师傅正用一个放大镜仔细打量面前黑丝绒盒子里的耳环。

"没错，就是它。"贾师傅放下放大镜，抬起通红的眼睛，看看王克飞。他说话的声音那么轻柔，仿佛怕吵醒了谁。

一束光从小窗射进来，正照着耳环上秋叶蝴蝶的形状。

"这真的是你说的魏灏的封刀之作？"王克飞问。

贾师傅轻轻点头，为王克飞斟茶。

"为什么它这么特别？"王克飞问。

贾师傅指着蝴蝶身上的一缕若隐若现的金色说："看到了吗？就是这个颜色证明了它的不同。"

看到王克飞困惑的表情，他又幽幽地说道："我先给你讲个故事吧。这个魏灏是乾隆年间扬州府的首饰工匠，点翠手艺居全国之首。您了解什么是点翠吗？"

王克飞摇头。

"它是指从翠鸟身上拔下翠羽，一丝丝粘在金银底座上。这翠羽必须从健康的翠鸟身上活生生拔取，才能保证颜色鲜丽，永不褪色。也就是说，病的、死的翠鸟都不行。而且一只小鸟身上只有二十八根羽毛可以用，左右翅膀上各十根，尾部八根。"

王克飞皱起眉头，他想不到首饰加工这行还和动物有关，而且用这么残忍的方式虐杀动物。

"这翠羽究竟有什么好的？为什么有人会喜欢点翠呢？"王克飞问。

"那您就有所不知啦。翠羽富有自然纹理和幻彩光，用它做出来的首饰随光线和时辰变化，生动活泼，光彩夺目。而且翠鸟在湖边活动，羽毛极为防水，永不褪色。不过，大概在清末民初时，翠鸟濒危，珠宝界就逐渐用烧蓝工艺取代点翠。也有工匠用孔雀羽毛代替，但质地和防水性却大大不如翠羽。现在这门工艺几乎绝迹，很多首饰甚至用蓝色进口粗纹纸装饰，粗制滥造。"

"那你刚才说的魏灏是怎么回事？"

"这魏灏老来才得一女，自然格外疼爱。女儿出嫁那年他已六十五岁了。他像着了魔似的，一心想替女儿做一套世间最美妙的首饰做嫁妆。唉，这人疯了，他把扬州城附近能找到的野生翠鸟全都捕了，据说总共二十四只。一般翠鸟的颜色不外乎湖色、深藏青……但这最后一只很特别，它尾巴的羽毛是金色的。据说魏灏刚开始以为这只翠鸟身上的光芒是晨光晕染的，可等正午再一看才知道，这光芒是羽毛本身的色泽。

"这家伙居然胆敢在女儿的彩冠上做一只凤凰，那年头可只有皇后头上才能有凤凰啊。他用这最后一只翠鸟的金色羽毛装饰凤凰尾巴，并以玛瑙点睛，翡翠为爪，和田玉为喙。这凤冠上的凤凰真是太漂亮了，就因为多了这点变幻莫测的金色，据说比任何皇后头上的彩冠都更华贵，每根羽毛都像是活的。

"那一年，扬州的翠鸟几乎绝迹，一时"洛阳纸贵"，而魏灏劳累过度，眼睛半瞎，不能再做任何点翠。他刚完工的凤冠自然成了无价之宝。

"可惜，这个凤冠也给魏家带来了灾祸。扬州的豪霸觊觎凤冠，勾结官吏，给魏灏编了个罪名，阖家入狱。可他们却没有找到凤冠。有人说被一个丫鬟藏了，有人说被家丁埋了。总之这近两百年来，它都不知所终。"

讲完故事，贾师傅端起茶杯，吹开茶叶，慢悠悠喝了一口。

"这故事说的一定是真的吗？"王克飞小心翼翼地问。

"以这凤冠为蓝本的野史很多，有些人信，有些人不信。而我一直都是信的。我记得有本书中提到过，装饰完凤尾后多了几丝金羽，魏工匠把它们镶嵌到了耳环的秋叶上。"说到这里，贾师傅低头看了看面前的耳环，"所以您看看这惟妙惟肖的初秋枫叶之色啊，不正是凤冠存在的佐证吗？"

王克飞默然不语，只觉得这件华丽的首饰让案件更加扑朔迷离。

"我知道有些事情听起来似乎不可思议，但这是机缘巧合，是人类工匠和大自然创造物的合作，也是野心和情感的结晶。"贾师傅感叹。

王克飞吸了一口气，问："这对耳环和那只凤冠现在大概市价多少？"

"这就难说咯。这凤冠要什么价都是合理的，关键看多少买家出手竞价。这耳环的价格自然也跟着凤冠的价格水涨船高，"贾师傅想到什么，说，"对了，你说有人想把这耳环卖给华懋珠宝店，他们却没收？"

"是啊，他们不识货吧。"王克飞回答。

贾师傅"呵呵"地笑了两声，说道："不可能。做这行，只要知道点翠的，谁没听说过魏灏凤冠的故事呢？华懋珠宝店的人肯定知道这耳环的价格，也出得起价。"

"那你觉得他们没收的原因是什么？"

"既然这对耳环和彩冠用的是同一只翠鸟身上的金羽，要证实耳环是货真价实的，首先应该与那个凤冠比对。所以我猜他们当时可能以此为借口，让卖主把凤冠找来，才愿意出大价钱买。他们实际上是觊觎凤冠。哪家珠宝店没有这样的野心呢？可是……王科长，那只凤冠现在在哪儿呢？"

是啊，它在哪儿呢？

王克飞走出贾师傅的工坊时，也在思索这个问题。周福根家和陈海默家已经搜索过了，并没有凤冠的影子。

乾隆时期魏灏的凤冠怎么会在这么多年后到了玉兰的手上？她有这凤冠，倒也解释了为什么福根每次输了钱都会向玉兰要钱。而她若声称没有，他就对她动粗。因为他知道她明明有宝，却不愿意给他，这才是她激怒他的主要原因。

玉兰手上有凤冠的事，当时到底有多少人知情呢？她为什么宁可忍辱负重地生活，也不愿意当掉彩冠和耳环，换取更好的生活？

真不知道玉兰当年把首饰藏在哪儿了。茶楼后院的住处一定早被福根翻了个遍吧？这么贵重的东西托付给任何人，哪怕是亲戚，也是不可靠的。在利益面前，谁都可能翻脸不认人。

海默收到的勒索信中写道"把你偷走的东西带到老地方。一件都不能少"，这个东西应该就是指凤冠了。海默得到了首饰，这事又怎么被福根知道了呢？福根出狱后追踪到了海默，千方百计想要抢回凤冠。但他究竟抓住了海默的什么把柄，让她不愿反抗，甚至乖乖就范？如果福根只威胁把海默出身贫寒这一点捅给报社，她至于如此害怕吗？

王克飞揉了揉脑门。太多的问题在他的脑海中推来搡去，想冲出他的大脑。

周福根的死又是怎么回事？如果福根是在铁轨边杀死海默的人，那么又是谁杀了福根？仅仅是一次失败的劫财案吗？会不会也有人想找那副耳环，在杀死周福根后搜遍尸体全身，却没有找到呢？

还有那封勒索信。究竟是谁写的？王克飞不愿意朝那方面想。可是，他却无法控制自己的思绪：黄君梅究竟扮演了什么角色？

26

王克飞把顾寿云约在霞飞路上一家他们以前常去的餐馆见面。当他走到餐馆时，已经满头大汗。顾寿云正坐在角落的位置看报纸，等他很久了。

两人点了菜后，顾寿云指指报纸上的一个角落。原来华懋珠宝店杀人案的新闻已经见报了。王克飞草草地浏览了一遍报道，没有什么有价值的信息。对死者的描述也只是以"一个新上岗的看门人"一笔带过。看来记者们也只把它当作一起最普通的抢劫杀人案。

"这案子没这么简单。"王克飞放下报纸，咕哝了一句。

"这个案子也在你手上？"

"其实不算是。但我觉得它和我在查的另一桩案子有点关系，所以也参与了……"王克飞身体前倾，压低声音说道，"你知道吗？那个死的人刚好是陈海默的生父。"

"陈海默是收养的？"顾寿云十分吃惊。他想了想，突然意识到了什么，又皱起眉头问："难道你还在调查她的案子？"

"我只想知道真相。"王克飞尴尬地回答。他知道顾寿云又要开始喋喋不休了。

"唉，你这倔驴！就是不听我劝。黄太太可是只老狐狸。你想和她斗？"顾寿云果然开始教训起王克飞，"女人做起事来，比男人更绝情。你以后若捅出什么娄子，可别怪我没提醒你。"

"我自有分寸。我一个人调查，又不会公开调查结果。"王克飞嘴上这么说，心里却很没底气，他不禁又想到了留小胡子、戴墨镜，跟踪自己的男人。

"不要傻了，老弟。你既然不能把罪犯绳之以法，你知道了是谁干的，却让他们逍遥法外，又有什么意义呢？"

这时，服务员为他们上法式猪扒。两人停止了交谈。王克飞大口喝冰水，依然觉得浑身发热，脑袋发晕。

服务员走后，王克飞才说："我可以用我自己的方式寻求正义。"

"寻求正义？少来了！你和那个死掉的姑娘，陈海默，以前肯定有一腿。你是放不下她吧？"

"你这家伙在想什么呢？"王克飞吃惊地叫道，"我和她连一句话都没说过。"

王克飞无奈地摇了摇头。在他看来，陈海默如同天上的星星，遥远，只能仰望。虽然他也曾幻想过和海默接触，但并没有猥琐的念头。而在顾寿云这样的犬儒主义者看来，正义感只是借口，单方面的爱慕是一个笑话。

顾寿云听了，也一样吃惊。"你为一个连手都没碰过的女人冒这么大的险？况且，她已经死了。你以后也没机会和她发展了。"

"我这辈子干了太多坏事。我只想做一点对的事。"王克飞赌气似的说道。

"那让我来告诉你，什么才是对的事吧！"顾寿云切下一小块肉，往嘴里送，咀嚼了一会儿才说，"那就是——享受生活。"

看王克飞不解其意的样子，他又说道："你应该多花点时间和黄小姐在一起。有这么活生生的佳人在旁边，你就会少操心这些事了。"

王克飞想到了前一夜，脸上有些发热。他没有说话，只是专心地切着猪扒，把它们切成一个个小块。

这时门铃响了，店主亲自走出柜台前去迎接。进门的是一男一女。男的穿长衫，大腹便便。女的穿旗袍，身材玲珑有致。身后还跟了两个人。

"这是范绍增。"顾寿云轻声道，"他的这个女朋友姓王，原本是舞女，听说这次也参加了选美。"

顾寿云真的是什么都知道啊！王克飞这才回过头打量范绍增和他身边的女子。

"如果是他想要这个选美冠军，杜先生一定会给他。"顾寿云一边用眼睛瞟着他们，一边咀嚼着食物，说道，"他是四川的地头蛇。听说杜先生在四川那几年，还多亏了他的关照。"

看来这次选美表面风平浪静，背后的势力却是藏龙卧虎，竞争激烈。可奇怪的是，在王克飞的印象中他以前并没有见过这个女子。

"你说她也参加比赛了？可之前的初选都没见过她表演，而且她也不在警方保护的名单上。"

"人家有范哈儿，哪儿还需要你们的人保护？"

范绍增和女子被领上了二楼。

顾寿云这才把目光挪到王克飞脸上，带着坏笑问："你和黄小姐到底怎么样啦？"

"你又听说什么了？"

"媛媛都跟我说了。"

王克飞心想顾寿云应该正和那个媛媛打得火热吧？

可他和黄小姐到底怎么样了呢，自己也说不上来。他昏重的大脑时不时重温着她光滑的皮肤，眼睛中的光斑和茉莉味的发香……可他却没法想象爱上黄君梅。他似乎总觉得，这是对陈海默的一种背叛。

顾寿云仿佛有读心术似的，说道："你对陈海默的那不叫爱。在我看来，爱和欣赏是两回事。你欣赏一个人可以数出他有多好。而爱是什么？爱是无论他好不好，你都欲罢不能。"

"如果都做不到欣赏，那怎么能算作爱呢？"王克飞心底嘀咕了一句，难道顾寿云理解的爱只是异性之间的身体吸引吗？

顾寿云拿起餐巾擦了擦嘴，一本正经地说道："我给你讲一个笑话吧！"

"说吧。"

"有天一只青蛙遇到了一条蜈蚣。他很纳闷蜈蚣有一百只脚，走路时是怎么安排前后左右顺序的，于是他就问蜈蚣。蜈蚣停下来说道：'让我想想再回答你。'可是想了很久，蜈蚣却突然哭起来：'我想了以后，就再也不会走路了。'"

顾寿云说到这里停了下来，似乎想让王克飞自己琢磨故事的意思。

"什么意思？"王克飞想不明白。

"有些事情是自然发生的，却又是模糊的，就好像蜈蚣走路。当你想把它弄明白，甚至想去控制它的时候，你反而就无力了。这个啊，和爱一个人是一个道理。"顾寿云的脸上带着高深莫测的笑。

爱是什么？爱是无论他好不好，你都欲罢不能。王克飞又想起了那晚的黄君梅。她翻身跨坐在他的身上，眼中似乎带着泪光，垂落的发梢扫过他的胸口。

他故作轻松地笑了笑："在说什么呢？你和媛媛如何了呢？"

"她啊，"顾寿云放下刀叉，挤了挤眼睛，"她就像一颗进口巧克力球，一杯爽口的啤酒，一条透明的长筒丝袜。你呢，总是追求谜一样的女人，却不懂肤浅和天真自有它们的好处。"

27

晚上七点，王克飞站在陈海默家的公寓楼下。8 月 2 号那天晚上，陈海默正是在这个时间离开家的。

铁轨距离海默家大约有八公里。从海默离家到出事，中间有将近两个小时，步行走那么多路去封浜村是不可能的。夜间独自走路不仅危险，而且她的照片现在满天飞，也会太引人注目。海默家附近倒有一个小汽车站，但是晚上没有汽车发往郊区了。

当王克飞走到海默家旁边的车站广场时，他发现广场一角停放着许多辆三轮车。车夫们正聚在一起闲聊。如果坐三轮车去封浜村，只需要半个小时左右吧？而且有帘子遮蔽，也不怕路人看见自己。

这主意恐怕当时的海默也想到了吧？

王克飞上前问一群车夫："封浜村去不去？"

车夫们纷纷摇头："不去，太远了。"但他们给王克飞指了另一个人，一个坐在一棵大树下打瞌睡的年轻人："他肯定愿意。"

"去。你找对人了！我就是封浜村的。"车夫被王克飞叫醒后，兴奋地拍拍车座。

王克飞上了车后，车夫对他说："城里的车夫一般都不愿意去那里。因为是晚上了，拉不到人，还得空车骑回来，划不来。"

车夫的小腿粗壮结实。他埋头猛踏，一会儿就到了黑漆漆的城郊。出了繁华的市中心，沿途一下子冷清很多。

"前面不远咯。"车夫说道。他这才直起了身体，放慢动作的频率。

王克飞撩起帘子，向路边望去，天色已暗，附近也没有路灯，一切都只剩影影绰绰的树影。

过了一会儿，一块刻了"封浜村"村名的石碑出现，它立在村口的杂草丛中。王克飞让车夫把自己带到铁轨边。车夫的衣服已经全部被汗水浸透，脸和脖子涨得赤红。他用脖子上的毛巾擦去汗水，一边偷偷地打量王克飞，"前几天在这里撞死了一个人，您不会也是……"

"我不是来自杀的。"

"呵呵。那就好，"车夫喘着气笑了，"我就是这村子里的人。来卧轨的人多了，邻村的人说我们村晦气呢。"

"噢？死的不止一个吗？"

"反正隔两年，就会出一桩。"

王克飞借着星光看了看手表，才七点五十。这么说从海默家出发到这里，加起来不到一个小时。那剩余的一个小时里究竟发生了什么？

"你刚才说前几天撞死一个人，是一个女孩吧？"

"没错，那天还是我们村一个家伙把她拉来这里的。他一直感慨那女孩长得年轻漂亮，可惜了呢。"

王克飞心中一动。原来这么容易便找到了带海默来的车夫。

"你能帮我把那个拉她的车夫叫过来吗？"王克飞从口袋里掏出钱，比刚才说好的路费又多加了一些。

车夫自然十分高兴，爽快地答应了："能。您在这里等着。"

车夫走后，王克飞一个人在铁轨边转悠。铁轨在此地分岔，四周没有树木等遮挡物。大约怕铁轨吵，村民都把房子建在一里路之外。此刻四周万籁俱寂，一阵大风卷起沙尘，漆黑的农田里传来几声青蛙的叫声。

为什么自杀者偏爱此地呢？王克飞揣摩着，向东的铁轨打了一个九十度大弯，影响了火车司机的视野。而且火车经过此处时依然保持了较高的车速（再往前靠近市区，火车就开始减速了），所以就算司机发现异常开始制动，也无法让高速行进的火车即刻停下。也许死者还怕在热闹之处自杀被人在关键时刻救下吧？种种缘由加起来便可以解释封浜村的"晦气"了。

王克飞蹲下身打开手电筒观察那几段枕木，上面喷溅的血迹已经发黑，只有几颗小石子上沾的血迹还带一点红色。离枕木不远的草地上脚印凌乱，大约是围观的乘客和警察留下的。

铁轨边有两幢平房明显已废弃，门窗都只剩下黑洞。王克飞走进房子后用手电筒巡视一番，里面空空荡荡的，只有一些残破的桌面椅腿。如果有人站在窗前，倒可以借着星光看清楚窗外铁轨边发生的一切。

海默既然按时去了"老地方",那应该是默认了信中的要求,是带了那个"东西"去和福根见面的。否则她大可以不必赴约。会不会她临时改变主意不想给了,所以福根才杀了她?又会不会福根走后,海默心灰意冷,卧轨自杀了?

安静下来的郊野中突然传来"嚓嚓嚓"的脚步声。王克飞转身一看,一个穿着短裤的中年男子正吊儿郎当地沿着铁轨走来。

"老板,小牙说你找我?"小牙大概就是刚才那个年轻的车夫。

"听说那天是你把那个姑娘拉过来的?"

"您是说自杀的那个吧?是我。"车夫疑惑地打量着王克飞,"您是她的……"

"我是她的一个亲戚。"

"噢,"车夫将信将疑地点点头,"唉,您说,这人和人啊,可真是不一样。这一年瘟疫,我们村死了多少人哪。那么多人想活下去却没机会,可有的大活人却要跑这么远来找死。"

王克飞也听说上海周边一些村子入夏后瘟疫肆虐,但他此刻没有兴趣关心。

"那天她是怎么找到你的?"他问。

"我平时都在车站广场上拉客。那个姑娘自个儿走到我跟前,问我去不去封浜村。我也不知道她之前是不是问过其他人。"

"她当时看起来精神如何?"王克飞问。

"没啥不正常的。我就记得她说话挺有礼貌,一口一个'请'字。在路上我本来想和她聊天,问她是去走亲戚吗,她只简单地回答我'回家'。后来再问她什么,她都不开口,最多说一句:'请走快一点。'"

"你记得到达封浜村时大约几点吗?"

"老板,我没有表,不知道确切时间,但差不多也是这个时候吧。"

"从头到尾她都是一个人?"

"是啊,就她一个人,我还纳闷呢,一个大姑娘怎么大晚上的一个人来这里。到了村口，我问她怎么走，她却说：'就停这里。'我更觉得稀奇了，这么黑灯瞎火的，她一个人走路不怕？为什么不让我送到目的地呢？可她下了车，付了钱，一句话不说就朝铁轨方向走了。我也不敢多问，怕她以为我是坏人。唉，我怎么知道她是来……"

"你看到附近有其他人吗？"

"没看见。"

王克飞看也问不出什么，就摆摆手想让他离开。但这时，男子却突然说了一句："我在附近没见到人，倒是见了其他东西，可能对您有用。"他故意卖了个关子。

"什么东西？"王克飞觉得喉结跳动了一下。

男子突然不说话了。王克飞试图在黑暗中看清楚他的脸，黑黢黢的，却只见咧开的嘴里露出几颗残缺的牙齿，他反问道："您是她的什么亲戚？哥哥？叔叔？"

王克飞突然明白了他的意思。要让他不啰唆地乖乖回答问题，还需要其他的。王克飞从口袋里掏出几张钞票递给他。

那男子又把钞票举到眼前，认清楚了金额，满意地笑了笑，这才继续说下去："她离开后我也往村里骑，可突然发现一辆黑色小汽车停在村道边，藏在树荫下，不仔细看都会错过。"

黑色的小汽车？

"你把当时的情况仔仔细细说一遍，一点都不要漏。"

"当时看见那辆车，我以为是谁的汽车坏了，心想这下好了，如果能要个好价钱，我今天就再做一笔生意，把车主拉回城里去。"男子把钱塞进褂子里，慢悠悠说道，"可我凑近一看，车里没有人。拉了拉，门是锁着的。我等了会儿，没见人回来，就只好回家去了。"

"那车什么样子？什么车牌号？"

"我只记得是上海的牌照，没有记下号码。我一个乡巴佬，哪儿认识什么牌子啊？我绕着车走了好几圈，就记得那车屁股上的牌子像是个黑色的十字，就是长这样，"车夫用手指在掌心上画了一个十字给王克飞看，"可车身的右侧还贴了一个红色的十字。十字下面蹭掉了一块漆，当时我看着觉得怪心疼的。"

一辆上海市区的小汽车怎么会在海默出事的同一时间出现在同一地点？这事蹊跷，说不定可以成为破案的突破口。

当铁轨边又剩下王克飞一个人后，王克飞在铁轨边来回踱了几圈，突然躺下，把自己直挺挺地横在了铁轨上。他把头搁在一条轨道上，伸了伸腿，一截小腿露在另一条铁轨外面，身体和臀部陷在两段铁轨中间。那冰冷坚硬的铁轨硌得他的后脑勺生疼。王克飞更换姿势，尝试了一下用肚子趴在铁轨上，果然比较舒服。

他又想起了老章的理论：哪怕将死的人也终究是大活人。哪怕他将在几分钟后死去，他也不会放弃一个唾手可得的相对舒服的姿势，这可能是动物的本能。这也解释了为什么绝大多数卧轨自杀者都采取俯卧，把腹部置于铁轨上的姿势吧？

片刻后，王克飞听到身下的铁轨发出电流般"嗞嗞嗞"鸣叫的声音。他这才意识到八点半已经到了，"凯旋号"接近了。他试图让自己静下心来体会那一刻。死亡即将来临的一刻，躺在铁轨上的海默还活着吗？她会在想什么？她听到声音害怕了吗？可他的脑海里闪过的却是黄君梅的笑靥、顾寿云眼角的皱纹、海默在钢琴前挥舞的双手……

这一刻，两旁黑黢黢的树林已被灯光照亮，王克飞意识到火车已近转角。他慌忙从地上爬起来，倒向一旁的草地。人尚未停稳，一辆顶着闪亮车头灯的蓝色列车已经从他脚边呼啸而过。

王克飞吓出了一身冷汗。夜色又恢复了冷清和安静。他抬起头，看到了头顶璀璨的星空。在上海的市区有多久没有看到星星了？

28

　　上海市的小轿车在抗战前最为昌盛，但在抗战期间日伪当局因为石油紧缺抑制汽车发展，全市登记的汽车数量大量萎缩，不到战前的十分之一。虽然这一年各种进口贸易公司复苏，汽车数量回升，但整个上海市也不过两千辆小轿车而已。按照那个载过海默的车夫提供的信息，范围又缩小了很多。

　　这辆车必须符合三个条件。第一，黑十字必定是商标，在目前的汽车品牌中，雪佛兰的标志最像，全市只有两百辆不到。第二，红十字标志表示车要么是医院的，要么是红十字会的。第三，汽车的右下角还有剐蹭。

　　王克飞调出了所有登记在案的汽车资料，嘱咐孙浩天去现场实地查看可能同时符合这三点的汽车。

　　孙浩天很快就找到了答案——只有宁仁医院的一辆小汽车符合这三点，牌照是沪0397。

　　王克飞来到了宁仁医院管理车辆的办公室。一个懒洋洋的年轻人接待了他。"没错，这车是我们医院的。"

　　"帮我查一下8月2号的晚上这车派了什么用途。"

　　这年轻人也不翻簿子，只是跷着腿说："不用查啦。我们虽然不知道那天晚上车去了哪儿，但是知道是谁在用。所以你得去问他。"

　　"谁？"

　　"传染科的熊医生。"

　　"你说熊正林？"王克飞脱口而出这个名字。

　　"是啊，"工作人员似乎不明白这有什么好惊讶的，"熊医生是传染科主任，需要经常去郊区义诊，出于卫生隔离的考虑，这车只由他用。"

熊正林的车怎么会同时出现在陈海默出事的地方？

一离开办公室，王克飞便急冲冲地向熊正林的办公室走去。可是就在快走到诊室门口的时候，他突然站住了——在火化海默尸体时，熊正林读过海默意外身亡的报告，为什么会对这个时间地点的巧合只字未提？

王克飞在门诊大楼外来回踱步，思考了几秒后，转身离开了医院。

明天就是上海小姐的选美决赛和游园活动了，整个上海的上流社会已经为此摩拳擦掌。观众小姐们早已选好了游园时穿的礼服，准备在那天争奇斗艳。选手的后台们也准备好了买选票的钱。所有人唯一的期盼，是明晚的天气凉快一点。不然又是露天舞台，又是人山人海，怕是会热死人了。

王克飞带着满心的疑问，忙碌了一整天，部署第二天选美的安保工作。到了黄昏时分，又赶往黄公馆向黄太太汇报工作。

他悄悄站在大院墙外抽了半支烟。

他需要让自己的肌肉放松一些，以免待会儿在黄太太面前太过紧张，露出破绽。

今夜的黄公馆灯火通明，整个院子里却静悄悄的，都能听见草丛树木后的虫鸣声。一个用人把王克飞带入了书房。书房里留声机依旧吵闹，不过这次放的是《穆桂英挂帅》。

"王探长，真是抱歉！"十分钟后，王克飞的身后才响起熟悉的嗓音，"让您久等了。"

黄太太身穿一件绣着大牡丹花的红色丝质长袍，走进房间。"最近珠宝生意上的事都忙不过来，您看，这个点还接了几个生意上的电话。"

黄太太叹着气，脸上却难掩心满意足的神情。

"黄太太为苏北难民如此劳心，老天有眼，一定助您的生意蒸蒸日上。"王克飞说奉承话时感觉有些别扭。

"唉，我一个女人家哪儿会做什么生意。这些都是我先生生前拼下的产业。我也是被逼的，我不打理就没人管啦。"

"黄先生若在天有灵，一定会很感动。"

黄太太抿嘴一笑，往沙发上一坐，问道："明天的安保工作部署得怎么样啦？"

平日里她的头发都是一丝不苟地盘在脑后的，今天则散落在脖子上，带着一丝慵懒。谁都不会否认，已近不惑之年的黄太太依然有几分姿色。

王克飞还没回答，黄太太就慢条斯理地说道："明天在新仙林后花园办的游园活动可谓规模空前，我估计光买票的观众就会达三千人，再加上政要人士、演员、嘉宾评委和选美小姐，这安保问题是重中之重啊。万一谁有个闪失，不要说你，就连我也担待不起。而且美国米高梅公司都会来拍摄，我们是绝对不能出什么差错的……"

"您放心，我基本已经部署好各个分局的警力。"王克飞说着，拿出随身带着的新仙林的手绘位置图，向黄太太介绍工作。

首先，他们在新仙林舞厅附近的停车场设立关卡，检查进出车辆；其次，在门口验票，并派便衣警察混在观众中间随时留意突发情况；最后，在后台给每个参赛选手和嘉宾配备保镖。

黄太太默不作声地听着。在王克飞讲完后，她才开口说道："人是保护到位了，但是，王科长，也别忘了保护另一样重要的东西。"

王克飞困惑地看着黄太太。

"是钱啊！"

王克飞恍然大悟，心底埋怨自己今天的反应怎么如此迟钝。

"明天的门票和选票都是现金交易，数目巨大。这些可是几十万灾民的救命钱。活动结束后，您一定要派人在后台盯着，直到赈灾款顺利装上车才行。"

王克飞赶紧拿个小本子记下。

"明天的这时候，一切终于可以告一段落了。选美能不能顺利收场，有一大半取决于您的工作，"黄太太突然问道，"您这几天脸色不大好，没事吧？"

王克飞知道自己这几天没心情也没时间理发和收拾胡楂，和当初刚见黄太太时的形象大相径庭，再加上晚上失眠……

"没事，请黄太太放心，只是昨晚没休息好。"王克飞回答。

"最近为选美的事，压力太大了，您可要注意身体。"

王克飞点点头。趁着沉默的间隙，他问道："不知道您听说过魏灏的凤冠没有？"

他曾猜想这消失了的凤冠会不会最终落入黄太太的手上。所以他问这个问题时，眼睛一直盯着黄太太的脸，试图捕捉她在听到凤冠时的瞬间反应。

黄太太的神态倒轻松自若。她眯起眼睛问道："王科长怎么也关心起珠宝来了？"

"只是最近从书上读到了，觉得很奇异。珠宝行业真是既怡情养性又开阔眼界。"

"这只是个传说吧？"黄太太仰头抽了口烟。

"您不信？"

黄太太笑了笑，露出眼角的鱼尾纹。"我是不信的。翠鸟生性凶猛机警，谁能把扬州府的翠鸟全都活捉？我也从没听说过翠鸟有金色的羽毛。恐怕只有当我真见到了这凤冠，我才会相信。"

这时，黄太太一边拿起一把指甲刀锉着指甲，一边以漫不经心的口吻问道："那件事后来怎么样了？"

她在说"那件事"时拖长了调子，王克飞立刻心知肚明她在说哪件事了。他感觉有些胸闷，想尽快离开这个房子。

"没留什么尾巴吧？"黄太太抬起眼睛瞟了一眼王克飞。

　　两人的目光相撞，王克飞有些慌乱。

　　留尾巴是什么意思？有什么能瞒过黄太太的眼睛？跟踪我的男人是黄太太找来的吗？她会不会发现了我的调查？要坦白吗？不要？要？可万一她并不知道呢？

　　王克飞吸了一口气，正视她的眼睛，回答："那件事已经过去了。一切都已处置妥当，没有留下任何尾巴。"

　　王克飞又坐了片刻后起身告辞。黄太太本想叫用人带王克飞下去，但唤了半天也不见人影，嘀咕道："今天人都不知道去哪儿了。"

　　王克飞急忙摆手道："我来了那么多次，自己出去就行，不用人带路。明天是大日子，您早点休息。"

　　他一边下楼，一边奇怪今天的黄公馆怎么特别安静，没看到其他客人不说，用人也都不知道去哪儿了。

　　他到达一楼时，经过一个房间，看到门虚掩着。透过虚掩的门缝，他留意到靠墙的一排书架上放着很多笔记本。既然身边没人，他也就不那么拘束了。

　　他推开门，走了进去。第一次来黄公馆时，黄君梅带他来过这个房间，并试图从他嘴中套话。这像是间画室，支了四个画架，除了有一幅画被白布盖住外，其他都是普通的静物水粉画。

　　靠墙的书架前插了很多皮笔记本。他打开几本随意翻了翻，像是黄君梅的读书笔记。王克飞犹豫了一下，最终拿起一本，放入包中。

　　他想要离开时，又注意到了那幅白布盖住的油画。画的是什么呢？为什么盖起来呢？他走到画架前，揭开了白布的一角。这一瞬间，他感觉有些反胃。

　　这幅油画画的是一个双头怪物。在同一个宽肩膀上长了两个看上去七八岁小女孩的脑袋。她们中的一个头仰面大笑，几乎可以望见深红色的喉咙；另一个表情凶恶，眼睛里闪着寒光。

　　一种不祥的气氛从画布上跳跃出来，在房间里弥漫，让四周的家具看上去都如同黑压压的乌云，房间光线也暗淡了下来。

"你喜欢吗？"一个声音突然传来，把王克飞吓了一跳。

29

王克飞回头，看到了站在门边的黄君梅。她裹了一件宽大的浴袍，鬈发还是湿漉漉的。或许因为刚洗完澡，她的面颊潮红，棕色的眼珠发亮，盯着王克飞。

"你画的？"王克飞问。

"是啊。"黄君梅看着自己的画说道，"她们生活在本世纪二十年代的法国。"

"这是真实的人？"王克飞好奇地问，他曾以为这种双头人只是马戏团里骗人的把戏。

"嗯。她们共用一个身体，但长着两个脑袋，性格又截然相反。"黄君梅踱到王克飞的身边，说道。

"我在想啊，如果她们不喜欢对方，会怎么样呢？每天不停争吵，可又不能像正常人那样绝交。她们每天无论做什么事，都不得不脸贴着脸，这有多痛苦？她们巴不得对方去死，因为如果其中一个死了，另一个就可以成为完整的、完好的人。可怎么做才能杀死对方，而不弄死自己呢？"黄君梅的脸上露出一个讽刺的笑。

"怎么做？"王克飞转向黄君梅。

"可惜那一期杂志缺了一页，我也不知道结局是什么。"她的瞳孔在这个夜晚放大，颜色变得极淡，像猫眼一样透着一丝兴奋。

王克飞沉吟了一下，问道："对了，关于那副耳环，我能问下福根上次给珠宝行开了什么价吗？"

"这恐怕不便多讲。"

"噢，抱歉，我不应该多问。但是……"王克飞不紧不慢地说道，"我那天找了位权威的珠宝专家。经他初步鉴定，这对耳环是清朝乾隆年间的一件珍宝，价值不菲。"

"是吗？那看来是我们有眼不识珠了。"黄君梅的声音里听不出一点惋惜。

这时，黄君梅走到王克飞跟前，仰起天真的脸庞，小声说道："您一定猜到了，那天晚上，其实并没有抢劫案吧？"

那天晚上？王克飞立刻想起了他们在黑巷子里接吻的那个晚上。黄君梅给他打电话，声称自己被人抢走了钱包，叫他去老船长酒吧接她。其实，王克飞早就怀疑并没有什么抢劫案。只是，她为什么现在突然提起这事呢？她为什么要承认？

"那天我觉察到你的情绪不对……"王克飞迟疑了一下，问道，"可是，你那晚究竟遇到了什么？"

黄君梅裹了裹浴袍，踱步到了窗边，自言自语道："您有这样的感觉吗？人的意识有时候总是比直觉慢半拍的。比如说，有些小细节并不会被你的意识觉察到，却与你经验培养的直觉冲突了，所以有着说不出的别扭。只有等到意识也察觉到的时候，你才恍然大悟之前为什么会觉得别扭。"

王克飞仔细琢磨着这句话。也许的确如此。比如说，人们总是沉迷于一些人和物，当意识觉察到的时候，已经晚了，难以自拔。意识比直觉，也比情感慢半拍。

"还记得我对你说过的吗？"黄君梅面对着夜色中的花园，说道，"第一次在海默那里见到那封恐吓信时，我就觉得哪儿不太对劲，有一个地方不合理。当时这个念头只是一闪而过……直到某一天我自己写信时，才突然明白过来。"

"哦？是什么？"王克飞很好奇，虽然他并不觉得这有什么重要的。

黄君梅轻轻叹了口气，颓唐地说了一句："不过，这已经不重要了。"

王克飞还想追问下去。他的心里有太多的疑问，或许只有她能回答。但黄君梅却下了温柔的逐客令："王探长，明天是大日子，我要回房休息啦。"

她走到门边，回头望了一眼，又说道："您也早点回去休息吧。晚安。"

"晚安。"王克飞迷茫地回应了一句。

平时负责接待来访者和送客的用人一直不见踪影。

王克飞快走出黄家大门时，见到一个小伙计已经推开了铸铁门，正往大花园里张望。

他见到王克飞迎面走来，立刻上前说道："敲了半天门，终于有人出来了啊。"说着，他递上一个信封，"先生，您在这里签下字吧。"

"这是什么？"王克飞问。

"我是太古轮船公司的，来给黄小姐送船票的。"

王克飞接过信封，打开，取出船票一看，竟是后天大清早的"牡丹花"号。

目的地：香港。乘船人：黄君梅。

王克飞怔了一怔。明天晚上才是选美决赛，难道一结束黄君梅就要离开上海？刚才她为什么只字未提后天要走的事？难道刚才的互道"晚安"便算正式的告别了吗？

她这么晚了还没睡，应该正在等自己的船票吧。

他的内心有说不出的失落。

"对不起，你亲自给她吧！"

又是一个不眠夜。

王克飞躺在床上，紧紧闭着眼睛，却没有丝毫的倦意：陈海默、黄君梅、熊正林、周福根、凤冠、耳环、选美、封浜村、汽车……他在脑海中把这些人和事物联系起来，在它们中间画上了密密麻麻的连线。它们互相交织，组成了一个谜团。

王克飞感觉自己在这个谜团面前是多么弱小啊，仿佛这些线条都在嘲笑自己的无能。他翻身爬了起来，拿出笔和纸。

窗外月光清冷，夜风徐徐地吹进来，带来了一点湿气和潮热。

王克飞在纸上写下了黄君梅的名字。

熊正林是黄君梅的……王克飞迟疑了一下，在两个人的名字旁边写下了"情人"。陈海默是黄君梅的朋友，周福根被黄君梅介绍进珠宝店工作，黄太太是黄君梅的后妈……

所有人的关系都集中在了黄君梅的身上。周福根是个文盲，他连自己的名字都不会写，怎么可能给陈海默写那样一封勒索信？他必须依靠别人。他刚出狱不久，谁才是他可以信赖的人？

想到这里，王克飞不敢继续想下去。他躺下来，翻了个身，房间里依然燥热，他却觉得浑身发冷。

他的枕头上似乎还留着她头发里的茉莉香气。

既然没有什么抢劫案，她那天晚上为什么要把我叫去酒吧？

他努力回忆那一晚：她的一笑一颦，她说的每句话、她的每个动作，她讲的故事和眼泪。试图找出蛛丝马迹，证明她喜欢自己，或者……只是利用自己。

那一晚，他们回到他的家中，她走在前面，脚步轻快。他们进门后倒在床上，她搂住他的脖子，发出傻笑声，眼中却闪着泪花。

她的头发散落在他的枕头上。他俯下身，温柔怜惜地亲吻她。可顷刻间，她翻身跨坐上了他结实的腹部。趁他不注意，从床头拿起他那副冰冷的手铐，把他的双手铐在床栏杆上。

他有一些紧张，却因此更觉刺激。她用手引导他滑入自己的体内，一声不响，扭动着腰肢。她那上挺的乳房和背部的线条都印在了月光映照的白墙上……

她一半如天使，一半如魔鬼。

一切不言而喻。是她杀了陈海默。

30

8月20日，第一届"上海小姐"选美比赛的决赛在新仙林舞厅举行。为了吸引更多的观众，新仙林后花园还将同时举办一个盛大的夏日游园活动。

晚上七点，天边还留着一丝霞光，但地面的暑气已经散去。整个城市的光芒都聚集到新仙林舞厅。

小汽车如流水一般开至新仙林舞厅，在门外留下一个个盛装男女。入口处大门上端，"苏北难民救济协会上海市筹募公园大会"的金字红绸横额高高地挂着，下面四盏红灯连成"游园大会"四字，映照着宾客欢天喜地的面孔。

上海黄浦警局指挥所有警力，担负着这场决赛的保卫职责。今天上海政商界的大人物基本到齐了，再加上最近各种反内战、反贪腐、抗议政府的事件层出不穷，周局长对这次活动拿出了最高规格的安保措施。在新仙林舞厅内外附近，四处可见警察出没。

白天，王克飞已经把安保工作布置妥当：一些人负责检查往来的小汽车，尤其要警惕炸弹；一些人注意观察出入的宾客，警惕可疑人士混迹其中；另一些人把守舞厅后门等其他出入口，防范破坏分子和逃票者出入。还有一些经验丰富的，穿着便衣，在舞厅附近游荡，在暗地里监视。

今天凌晨，王克飞终于解开了谜团。整整一夜，他都无法合眼，这个发现如同一块巨石压在他的心头，让他无法喘息。

但正如黄太太私下里的交代一样，今晚的工作一点马虎不能有。所以他不得不打起精神，在几个地点之间往返检查，统筹全局。

有一瞬间，他以为自己在喧嚣之中真的忘记了一切。

直到他看见人头攒动，打扮得各式各样的女选手一个一个嬉笑欢闹着从汽车中钻出来的时候，一个心灰意冷的念头涌上来：这里本该站着陈海默。

前天陈海默意外去世的消息刚刚上了报。这些和她同台竞技的女孩子纷纷参加各种怀念仪式。她们在记者面前一把鼻涕一把泪地回忆陈海默的点点滴滴。陈海默给过她们的每一个笑脸，每一次帮助，都被她们翻来覆去地讲述，好像她们每个人都是和陈海默认识十年的老友。

这才过了一天，她们便涂脂抹粉，笑逐颜开地欢度这个本是为失去家园的灾民组织的晚会。

这时，一辆汽车缓缓驶入停车场，找了一个最偏僻的位置停下。

沪 0973。

车上的人还没下车，王克飞已经认出来了：这是宁仁医院熊正林专用的小车。

王克飞把小孙拉到身边，说道："看见那辆车没？这不是上次你查到的那辆吗？赶紧带几个人上去搜查一下。"

"可这车应该是有主办方的许可才进来的，现在去查合适吗？"小孙小心翼翼地问道。他们一方面要严格执行任务，另一方面也怕不小心得罪了权贵。

"废话什么！安全第一，任何可疑的车辆都不能放过！"

既然有王科长的指示，小孙也就不怕了，赶紧带了几个警察冲了上去。这时熊正林刚好下了车，他见几个警察来势汹汹，便叫道："你们想干什么？"

小孙朝后车窗里探了探头，一眼就见后车座上摆着两只鼓鼓囊囊的大牛皮包，脑子嗡的一下响了！来看一场演出怎么会带这么大包？莫非是汽车炸弹不成？他立刻命令熊正林打开皮包。

熊正林被冒犯了，喊道："我是有停车证的！你们没权乱动我的东西！找你们上司来！我要和他说话！"

小孙因为有了王克飞的嘱咐，所以胆子也格外大。他让几个小警员把熊正林架到一旁，又挥挥手让其他人后退，以视死如归的精神把两只皮包打开了。

没有炸弹爆炸。

于是，小孙又把包里的东西一件件全都翻了出来。

王克飞躲在远处悄悄看着这一切。

他看差不多了，才走上前去，一边嚷嚷着："怎么回事？"

"王科长，我们发现这两只大皮包……"小孙殷勤地向王克飞汇报，谁知道王克飞对他的话压根没有兴趣，而是径直向熊正林走去："啊，原来是熊医生啊，想不到这是您的车。恕罪，恕罪！"

看到这一幕，小孙和其他警员都傻眼了，耷拉着脑袋站到了一旁。

王克飞瞥了一眼车后座，大皮包的拉链都被打开了，里面的东西也被小孙搅乱扯到了后座上——一大堆五颜六色的衣服和书本。

嗯，他看到自己送给黄君梅的三本英文书也夹在里面。

王克飞转身对小孙大声呵斥道："你怎么办事的？瞎了狗眼了啊！熊医生不认识吗？他是黄太太的私人医生！还不赶紧跟熊医生道歉？"

"对不起，熊医生，是我瞎了狗眼。"小孙心底万般委屈又不能说什么。他嘴上道歉，语气里却带着几分怨气。

熊正林整了整身上被警员拉扯过的礼服，冷冷地回答："看在你们王科长是老朋友的分儿上，这事就算了。"

王克飞又命令小孙把这些衣服叠好，帮熊医生塞回到皮包里。而他则亲自把熊医生送到了后花园门口。

想起了昨晚在黄家看到的那张船票，王克飞突然觉得一切都解释得通了。

熊正林待会儿正是要送黄君梅去坐船的，车上的那两包是黄君梅的随身衣物，那些书大概是她要在路上看的吧。

晚上七点，捐款晚会和选美比赛正式开始。

舞厅门口的人少了很多。王克飞看外围没什么情况，又走进舞厅后花园。

新仙林舞厅的后花园内张灯结彩，火树银花。王克飞独自穿过绿荫夹道的花径，只见月桂、玫瑰、枇杷、扶桑都被彩灯照着，带着妖媚的绿色。

游园大会已经开始了，音响里传来苏北难民救济协会总干事的致辞。走在王克飞身边的小姐、姨太太们一窝蜂向前赶，个个打扮得珠光宝气、花枝招展，一边嚷着："快，快，表演要开始了。"

王克飞踱步来到一片大草坪。草坪上、舞池中已经人山人海，几乎没有落脚的地方。草坪上摆开铺着雪白桌布的长桌，摆满了各式果品和酒水。新仙林临时添了不少侍应生，举着酒水和点心穿梭在人群中。

王克飞看到草坪向南搭起了一个舞台，舞台对面是主席台，坐了几位嘉宾。

王克飞一眼认出了梅兰芳。他旁边瘦削身材、穿藏青色袍子的是杜月笙，左边那个是社会局的局长吴开先，再旁边的是浙江兴业银行董事长王开青。

主席台上点缀着盆景，挂着彩灯。台前排列着四个挂着彩绸的投票箱。

旁边搭着脚手架，站着准备就绪的摄影师们，美国米高梅电影公司的记者也在其中。

王克飞情不自禁地向两旁张望。他或许自己都没有意识到，他在寻找那个身影。

他在人头攒动的大草坪上发现了她。温暖的夜风撩起她的裙角和秀发，一朵橙色绢花夹在她的耳后。她周旋于男人之间，像蝴蝶在花丛中飞来舞去。

她似乎觉察到了他的目光，转过头来。两人的目光相遇。

在这个欢声笑语的夏夜啊，一切都美好得令人生疑。

31

游园大会的第一个节目就是姚慕双和周柏春的滑稽戏。

台下爆发出阵阵笑声。

王克飞环顾四周，一眼发现了在人群中显眼的熊正林。他站在一棵桂花树下，双手插在裤袋里，白衬衫衬得他十分精神。

虽然他的双眼目不转睛地盯着舞台，表情却十分冷峻，似乎完全沉浸在自己的思绪中，和台上的滑稽戏毫无关系。

"熊医生。"王克飞叫了一声。

熊正林转过头来，隔了两秒后，才回过神："噢，王科长。"

王克飞就刚才属下搜查车子一事再次向熊正林道歉。

"没什么，他们也是为了活动的安全，可以理解。"

"我敢保证他们不是针对你个人的……"王克飞说道，"我刚才问了他们为什么要去搜查你的车。你猜他们怎么说？这辆车曾经在陈海默出事那天，在事故现场出现过。"

"陈海默？就是你上次让我开证明火化的那个？"熊正林一脸困惑。

装得可真像啊！王克飞在心底想。熊正林在这时特意强调开证明的事，显然是为了暗示自己有把柄在他手上，给自己一个下马威。

"在开证明之前，你不会没听说过她吧？"王克飞问。

熊正林摇头。

王克飞不禁冷笑了一下。"陈海默和黄小姐是同学，又一起参加选美，在比赛初期应该是最热门的人选，报纸上关于她的报道也最多。熊医生竟然不知道她？"

"说实话，我的工作太忙了，还经常往外地跑，对选美真是一点都没关心过。"熊正林又补充了一句，"今晚的门票还是医院的同事送的呢。"

王克飞本以为熊正林听到车的线索后会慌乱，没想到他不仅泰然自若，而且都不承认以前听说过陈海默。

"她出事的那个时间，你的车也出现在她出事的地点。而我让你火化尸体时，你读了我们的调查报告，应该会注意到时间地点的巧合，却只字未提。"

"那个调查报告……"熊正林轻轻笑了笑,"我们都知道是后来补写的了,我根本就没必要读,对不对?"

熊正林不慌不忙又把话题引到了王克飞造假案上。王克飞心中恼怒,又不敢说什么。

占了上风的熊正林转过头,看着王克飞问:"不知道王科长这么问是什么意思?我为什么要否认自己知道这姑娘呢?"

"那么熊医生能不能说说,8月2号那天晚上你的专用汽车怎么会出现在那里?"

熊正林没有立刻回答。他想了想,从胸前小口袋里拿出一个黑色小笔记本。他往前翻了几页,手指停在一页上,恍然大悟地说道:"您说的是封浜村啊?那晚我确实是在那里。"

他合上笔记本,面露轻松地说道:"这下我全想起来了,那天晚上我去封浜村接一个瘟疫病人到宁仁医院。她答应参加新的抗生素试验。"

"那个病人现在还好吧?"

"她情况不太妙,我们也正在努力。王科长,我说的这些您如果不相信,都可以到我们医院去查证。"

"想不到熊医生不仅要治疗医院的病人,还要亲自去接外面的病人。善心难能可贵啊!"

"其实我每个月都会去上海近郊义诊。封浜村是其中之一,我之前就去过很多次,和那里的不少村民都成了朋友。我能做的事也很有限,只是带些他们买不到的药品去,给他们普及些传染病的防治知识。"熊正林仿佛完全听不出王克飞口气中的嘲讽,一本正经地回答。

这时,轮到黄君梅上台演出。她身穿亮片桃红色裙,披了羽毛披肩,唱的是一首英文歌曲——美国电影《卡萨布兰卡》里的插曲。她的嗓音略带沙哑。一边唱着歌,一边轻轻扭动腰肢,眼神不时瞟向熊正林和王克飞这个方向。

王克飞和熊正林站在一起默默看演出。王克飞的脑海中挥之不去的是那张船票的时间。过了今晚，黄君梅就要离开上海了。熊正林会和她一起走吗？过了今晚，随着上海小姐选美的落幕，陈海默案件也将彻底被人遗忘。可自己能做什么呢？

黄君梅唱完歌后，音响中传来响亮的声音："谢谢大家！"

现场的观众可以到投票区去买票。熊正林并没有去投票，而是站在原地欣赏下一个节目。

黄太太对选美比赛的设计费了很大心思。普通人进场看选美比赛是要门票的，每张法币两万元，这就是一笔不小的收入。但这和今晚投票所得相比，就不值一提了。"上海小姐"的桂冠花落谁家，看的不是评委的评分，而是看谁的投票多。而这个投票，是要用钱买的，只要有钱，想买多少就买多少。为了便于不同收入水平的人购买，票还分不同的价格。有法币一万元的，有五万元的，还有十万元的。十万元的票一票能当一百票用，真是花样百出。

经过这番设计，最后的决赛便成了掷银比赛。"某小姐一千票"的叫声此起彼伏。看到此情此景，王克飞心里稍稍有了点安慰，他想，如果要陈海默参加这样的比赛，那倒是对她的羞辱了。

"看，给我送门票的人来了，"熊正林朝前方抬了抬下巴，又小声说道，"若不是他们拖我来看，我可不会来。我不喜欢吵闹的地方。"

两对打扮隆重的夫妇朝他们走来。熊正林向王克飞介绍宁仁医院普外科的马医生和王医生，以及他们的太太。

马太太转过头问他们："两位想好了投票给哪位小姐吗？"

王克飞摇摇头："我今晚有任务在身，不参与活动。"

"我相信两位太太的眼光。你们投给谁，我就跟着投。"熊正林的回答博得了两个太太开心的笑声。

她们一致认为今晚的结果没有什么悬念，冠军肯定非谢家骅莫属了。谢家骅，今年十九岁，就读复旦大学商科，是化工原料大老板谢葆生的女儿。此前除了陈海默，就数她的呼声最高。

"谢小姐长相大气，口才好，再加上背后有这个爹撑腰，不是她当冠军还能是谁呢？"马太太说道。

随后，大家聊起周末时做了什么，熊正林说起他昨天又去了乡下义诊。

"义诊这项目是抗战刚胜利那会儿医院发起的，可到了今天啊，据说全医院只有熊医生一个人在坚持了，"王医生对王克飞说道，"平时已经够忙了，难得的休息日还要去义务伺候那些乡下人？我可做不到。所以啊，我才格外佩服熊医生。"

熊正林谦虚地回答："我只身一人，只是比你们拖家带口的多一些自由而已。"

王太太拿他打趣道："熊医生一表人才，又医术高超，女护士个个为他倾心。我们劝他早日成家，不然影响整个医院女性的美好未来。"

马太太也帮腔道："是啊，熊医生你要抓紧时间，不要每个周末往乡下跑了！一星期七天都是病人，哪儿还有时间找女朋友啊？"

马太太的丈夫则说道："谁知道他是不是在乡下藏了个姑娘呢？"

大家笑。王克飞的心头却有一些疑惑，熊正林为什么丝毫没有在同事面前提起过黄君梅？

十点多的时候，主持人宣布结束投票。观众们面露疲惫，就连上海小姐们也在台上忍着哈欠。扎着朱红、粉红、青、绿四色绸缎的票柜被搬上主席台，当场开票。

半小时后，所有的选票清点完毕，当总监票在台上念出"上海小姐"冠军的名字"王韵梅"时，台下一片哗然。

王韵梅以六万五千多张选票的高票数获选，原本的热门选手谢家骅，得票数不到王韵梅的一半。

"谁是王韵梅？"身边的两个医生太太也向王克飞打听。

梅兰芳上台颁奖的时候，王韵梅才从后台走出来领奖。王韵梅向大家挥手致意，却只得到零零落落的掌声。她发髻高耸，眼睛细长，举手投足也没有少女的活力，和其他选手相比，并不出众。更离谱的是，她此前都没有进行才艺表演。

显然这六万多张选票是有人一掷千金砸出来的。在场的人们纷纷谈论这个王韵梅到底是何方神圣，有人说是哪个委员家的小姐，有人说是哪个军阀的姨太太。

王克飞当然早就认出来了。她正是那天在西餐馆遇见的和范绍增在一起的女子。

王克飞对此毫不关心，这场比赛从一开始就是有钱人的游戏。杜先生给有钱的人们提供了一个花钱的场合，有钱人也乐得砸钱，既有了乐善好施的美名，又捧红了自己的女人。

这本是皆大欢喜的事情。

只是……王克飞这时注意到台上台下都不见黄君梅的踪影。她上哪儿去了呢？

32

王克飞走进新仙林舞厅的后台，那里静悄悄的。大家都在这时候跑出去观看决赛颁奖了。王克飞看到负责保护黄君梅的小陈孤零零地站在化妆间门口，就知道黄君梅一定在里面。

王克飞示意小陈离开后，敲了敲门。

黄君梅的声音从门后传来："进来吧。"

黄君梅正坐在化妆镜前补妆。当她从镜子里发现走进来的是王克飞后，眼神中有一些错愕，在脸上扑粉的手停住了。"王探长，是你。"

王克飞从镜子里捕捉到了她的表情。

黄君梅瞟了一眼手表，转过身说道："您来得真不是时候，我过会儿还要上台。"

王克飞心里知道：如果现在不把话说出来，自己将永远没有机会了。他在身后关上了门说："只占用你几分钟时间。"

她似乎有了不好的预感，匆忙说道："真的抱歉，我得出去了。"说着，她便想往外走。

王克飞突然挡住了她的路。

愤怒终于冲破了自我防线。他一把抓住她的胳膊，把她拖回椅子上，吼了一句："是你杀了陈海默！"

黄君梅受了惊吓。她瞪着暴怒的王克飞，身体瑟瑟发抖，不敢大声出气。

王克飞在房间里来回踱步，试图让自己冷静下来。他听到黄君梅冷冷地问了一句："我为什么要杀她？"

"因为你忌妒，就像你画的那对连体姐妹。你必须要杀死她。而且你想得到那只凤冠，她母亲留给她的那只。"王克飞觉得自己大脑发热，语无伦次，"你堂堂一个珠宝大亨的千金怎么会为了首饰去杀人？因为你我都知道，那不是一般的首饰，那个凤冠也许比你所有的首饰加起来更值钱。况且，我们都知道黄太太不同意放你去美国，处处管着你，你想要自由，必须要有钱。"

"我的确看不惯她那么虚伪，满口谎言，但我为什么要忌妒？"黄君梅反驳道。

王克飞打断她，自顾自地说下去："我说过，福根是个文盲，不可能写那样一封信，他需要一个人执笔。这个人当然就是你！他口述，你来写，可他并不知道你写了什么。你在信中偷偷把见面的时间提前了。"

黄君梅转过身，双手撑住了梳妆台，低头不语。

"不管海默拿不拿出凤冠，她都将难逃一死。因为她一旦看见来接手的不是福根，而是熊正林，恐怕是死活都不肯交出凤冠的。就算她交出了，你想到以后她若认出来这是你男友，必定会带来麻烦。解决麻烦的唯一办法是，杀了她。

"你知道纸包不住火，周福根还在等着和海默见面的那一天，而海默已死的消息很快就会见报。这又是一个留着后患无穷的家伙。幸亏你早已收留他，他的去向一直在你的掌控之中。于是，你心狠手辣，又杀死了周福根！"

说完所有的控诉后，王克飞突然有些泄气。他站在房间中央，满心的沮丧和空虚。

狭小的化妆间里只剩下令人窒息的沉默。

黄君梅突然抽泣了一声，对着梳妆镜自言自语道："那天晚上，您怕我用别针伤到自己，突然跪了下来，为我别上别针。这个细节您或许已经忘了吧？那一刻，我是多么感动，以为自己找到了一个真正保护我的人，一个不会伤害我的人。可我没想到您会这么看我……我真的很难过……"

黄君梅转过身，眼睛里闪烁着泪光。"您真的认为我会杀人？"她哽咽道。

王克飞突然心软。他又想起了那天晚上她掉在自己手背上的一滴眼泪。那个位置，现在似乎还是温热的。

"你当然不可能亲自动手。熊医生是你的杀人工具。"他沮丧地回答。他多么想再问一句：那么我呢？我是你干什么的工具？

黄君梅听了，只是轻笑一下，摇了摇头。

"我看到船票了，"王克飞带着一丝苦笑，说道，"祝你一路顺风。"

"既然您认定我是凶手了，为什么放我走？"

王克飞不愿意回答这个问题。

是的，我会放手，让你离开。他在心底对自己说。但这并不代表我对你有什么特殊的情感。我让你离开，只是像我曾经做过许多次的那样。我放走了那些最危险的罪犯、杀过人的人、作过恶的人。我不是英雄，改变不了世界。我让他们离开，只是因为我知道这世界上本无正义可言。

这时，门外传来广播里主持人的声音："下面，我们将颁发本次选美大赛的最后一个奖项！"

黄君梅默默站了起来，顺了顺刚换上的系带衬衫和西式裙。她走到王克飞身前，抬头看着他，双眼红通通的。

"我没有杀死陈海默，更不知道周福根的死是怎么回事。我已经告诉您了，海默是自杀的。这就是我知道的真相。"她走到门边，拉住了门把，回头淡淡地望了王克飞一眼，"抱歉，我该上场了。"

"最后一个奖项：感人奖！"广播里的声音。

感人奖？看来黄君梅今晚的演出才刚刚开始。

"现在，我宣布，感人奖得主是——"主持人喊道，"黄君梅小姐！"

组委会的几个人率先在台下大声叫好，台上的西洋乐队随即开始演奏。黄君梅换上了笑容满盈的面孔，腰肢摇曳，登台领奖。她冲台下鼓掌的人们招手。

王克飞也来到了台下。他站在舞台的侧面，看着歌舞升平的场面，一种巨大的空虚感突然抓住了他。他的身体里空荡荡的，却说不出究竟是什么掏空了他，对海默的怜悯，抑或对黄君梅的不舍？

领奖过后，黄君梅在台上发表了演说。她讲了一个催人泪下的故事，关于她和一个染上瘟疫的难民小女孩的友情。

没人在乎这故事是真实的还是虚构的。只是，若没有这个矫情的故事，谁还会记得今晚的盛会其实是为了外面露宿街头的难民们而举行的呢？

当所有人假苦难之名而歌舞升平的时候，谁还能真正感受到苦难的重量呢？

33

晚会接近尾声。子夜时分，舞台后方突然砰的一声闷响，一道白光冲入夜空，绽放出彩色的流光。

烟花接二连三地升上天空。城市一角被照亮了，夜空被涂抹得五彩缤纷的。

小姐太太们用手帕捂着耳朵看烟花，有些宾客早已困乏交加，也趁这时机离开了。

越来越多的人离开了会场。舞厅前后又变得混乱起来。王克飞打起精神，让下属们在前门后门戒备起来，防止混乱中出差错。

等王克飞部署完工作回到后花园时，大草坪上的宾客已经离开了大半。铁椅东倒西歪，酒杯酒瓶滚得满地都是，几个穿马甲的侍应生正在懒洋洋地收拾残局。

王克飞独自前往黄太太的临时办公室。今晚还有最后一项艰巨的任务：保护赈灾款。

他远远地看见自己指派的四个警察正荷枪实弹地守在办公室门口。

刚才唱票结束之后，主持人已经当着记者和政要的面公布了决赛门票和选票的大概收入。此刻账房的人应该正忙着清点赈灾款，把它们交给中央银行保管。

知道黄太太的办公室里此刻一定人满为患，王克飞也就不想进去凑热闹了。他站在门口的花坛前一边抽烟，一边等候。不一会儿，门打开了，中央银行的一个经理带了三个员工从办公小楼里走出来，每人手上都提了两只大保险箱。

在几个警察的护送下，他们一行人从后门上了银行专用的防弹汽车。

一切看来都井然有序，毫无差错。

等了一会儿不见黄太太出来，王克飞扔掉烟头，推开了办公室门。他看到昏暗狭窄的临时办公室内，只剩下黄太太、黄君梅和其中一个年纪稍大的账房先生。

在橙黄色的光线下，小木桌上的一捆捆现金极为刺眼。账房先生正站在桌前，手脚麻利地把现金装入一只大皮包。黄太太双手抱胸，站在一旁看着。而黄君梅则漫不经心地跷着二郎腿，坐在角落里的一张椅子上。

王克飞的闯入显然令房间里的三个人都有些措手不及。账房先生停下了手中的动作，警觉地望了一眼黄太太，不知该如何是好。黄君梅则低下头，假装视而不见。

王克飞有些困惑：选美比赛的所有收入刚才不是都已经交给中央银行的人带走了吗？那么这桌子上的钱是……

"王科长……"黄太太迎了上来，尴尬地笑道，"不好意思，我们这里还有点事没结束……"

噢，黄太太之前就说过：选美比赛是一桩"生意"。是生意，那就是要赚钱的喽。

"打扰了，我去外面等着！"王克飞立刻知趣地走出去。

他在办公室门外又抽了一支烟。等了大约十分钟，办公室的门又打开，黄太太春风满面地走了出来。她的身后是账房先生，拎着两个棕色皮包。对个头矮小的他来说，包里的东西显然够沉的了。黄君梅跟在账房先生背后，表情冷漠，带着一丝倦容。

黄太太一边脚步匆匆地走向停车场，一边对身边的王克飞表达她对安保工作的满意。

"一切终于都结束啦！您也赶紧回去休息，好好睡一觉吧！瞧把您累的！"

一行人刚走到花园大门口，突然听到一个人叫了起来："快看，黄太太出来了。"

原来有五六家报社的记者没离开，还在守着采访黄太太呢。黄太太回头冲黄君梅悄悄使了一个眼色。黄君梅会意，带着账房先生和用人立刻转身，朝后花园的后门走去。

记者蜂拥而上，围住黄太太。

"电台里说今天凌晨就要下雨。黄太太真是贵人多福，老天也帮您忙，非等比赛结束才下雨。"一个穿长衫的男记者恭维道。黄太太听了笑得合不拢嘴。其他人都纷纷祝贺她比赛办得成功，问她将如何处置赈灾款，如何包装上海小姐，也有人打听王韵梅的背景。黄太太的脸上难掩倦容，但依然认真回答大家的问题。

王克飞走出舞厅大门时，却不小心听到了身旁两个阔太太的议论。

"不过是个小老婆，有什么资格叫'黄太太'？底下哪个观众记者心底不明白？只不过不拆穿她罢了。"

"就是，还不是因为黄家人都死绝了，她得了黄家的好？小丑一个，真觉得自己能代表黄家了？"

王克飞低头苦笑了一下。

看来，没有谁是真正的赢家。

34

王克飞觉得自己这辈子从来没有这么疲惫过。他回到家，立刻脱掉鞋子，上了床。结束了！是时候把一切都抛开了。他的头一沾上枕头，便立刻进入了梦乡，窗外电闪雷鸣，他却一点也听不见了。自从接手选美比赛的安保工作后，他第一次可以安稳地睡个好觉。

黑夜之中，王克飞迷迷糊糊地睁开眼睛，被吓了一大跳。一个女人的黑影挡在床边。借着一道闪电，他才看清楚这是黄君梅。

王克飞的头脑瞬间惊醒，紧张地问道："你不是去坐船了吗？"

黄君梅不说话，只是慢慢走近他。王克飞想要坐起来，却猛然发现自己的双手竟被铐在了床上。他努力挥动双臂，却无法挣脱。

这一次，再没有刺激的感觉，剩下的只有恐惧。她想干什么？

黄君梅跨坐在王克飞的小腹上，长发垂落，让她躲在阴影里的面孔愈加阴森。她突然从腰间取下一根细长的别针，是王克飞帮她别在蕾丝上的那一根——锋利的针头闪着银光。

"你疯了吗？"王克飞努力挣扎，想要摆脱束缚，可他知道一切都是徒劳。她举起了那根针，嘴中喃喃道："我真的很难过……"

随后，她拿起针猛扎了下去——

王克飞绝望地闭上眼睛。一秒钟后，他没有感觉到任何疼痛，再次睁开眼睛，却恐惧地看见那根针已经扎在了她自己的喉咙上，鲜血喷薄而出……

这时，夜空中炸响了一声惊天动地的霹雳。

王克飞腾地从床上坐了起来，浑身盗汗。

他的身上没有黄君梅。她从这黑暗的房间里消失了。是梦，只是一个噩梦，幸好。

依然是黑夜，窗外的雨声淅淅沥沥。

"丁零零！"

刚好这时，床头的电话铃声突然响了，刺破了黑夜。这铃声从来没有如此刺耳过。

王克飞伸手摸到了听筒，举在耳边。一个低沉的男声说："是王科长吗？黄太太让您必须马上到黄公馆来一趟！尽快！"

王克飞愣愣地问了一句："现在几点了？"

问题还没问完，对方已经挂断了电话。

哪怕选美期间，王克飞都没有听过更紧急的命令。

王克飞的心依然沉浸在噩梦的恐惧和悲痛中。他又呆坐了一分钟，才缓过神来。他揉了揉眼睛，看了下床头闹钟的时间：凌晨三点半。这么说自己只睡了两个多小时。

他真不想离开这张床，回到潮湿的夜色中去啊。但是电话中人的语气这么紧急，也不知道到底发生了什么大事。

他动作迟缓地从衣柜里拿出一件干净的衬衣套上，离开了家门。

黄公馆的院门大开，管家站在大门口，急得满脸大汗，一见到王克飞立刻迎上来说："王科长，您可来了。我们太太疯了一样要找您。"

管家不顾平时的礼仪，拉着王克飞急匆匆地往屋里走。黄太太仍旧坐在平时接待王克飞的那间书房里，不过这次再也没有京戏声，留声机寂寞地放在一旁，停止了转动。

屋里有些闷热。黄太太依然穿了今晚盛会上穿的那件旗袍，只是领口纽扣解开了，头发散落在脖子上，也顾不上体面了。在她面前的桌子上，摆着两个棕色大皮包，拉链被打开，里面的衣服被翻成一团，一堆书摞在沙发上。

"钱不见了……"黄太太愣愣地盯着皮包说。

这两个棕色大皮包，这些五颜六色的衣服和那些书……王克飞立刻想起来在选美开始前，他曾让小孙搜查熊正林的车，看到过这两个皮包。王克飞走上前看了看这堆书，其中有他送给黄君梅的那两本，但另一本《呼啸山庄》不见了。之前在车后座上时，它们还都在的。不管怎样，他已经明白了发生了什么——有人把熊正林车后面的包和黄太太装钱的包调包了。

他先前竟然没有注意到车上的皮包和装钱的皮包是一样的。或许他注意到了也没觉得有什么稀奇的，本来就是一家人用的东西。

这么说，黄君梅……王克飞的脑袋一下子有点乱。

"君梅她，也不见了……"黄太太带着哭腔说道。

难道黄太太不知道黄君梅将在今天清晨去香港？

"您不知道黄小姐订了一张去香港的船票吗？"王克飞问。

"船票？这是怎么回事？"

"那么，您也不知道熊医生会接黄小姐去坐船？"

黄太太依然紧张地摇摇头。

王克飞告诉了黄太太一个伙计曾到黄公馆来送船票的事，以及在选美决赛开始前，他在熊正林的车后座上看到过这两个皮包。

听完这番话，黄太太张着嘴，跌坐在沙发里，眼睛有些失神。

"账房先生说那两个包只有那么一小会儿离开过他的视线，就是当君梅和他走到停车场时，君梅突然说自己的外套忘在办公室了，差他去取……"黄太太喃喃道，"果真是她做的……她这是要置我于死地啊！"

王克飞这时也想明白了：包里塞了那么多书，并不是因为黄君梅想在旅行中读书，纯粹是为了增加包的重量，让后来提包的人不会察觉到被调包了。

自己一直以为黄君梅的离开黄太太是知情的，可怎么会想到，黄君梅居然把黄太太的钱都偷了！她真是铁石心肠，贪得无厌！

"您现在能联系到熊医生吗？看看他是否知道黄小姐现在在哪儿？"王克飞提醒道。

黄太太如梦方醒，立刻拿起身边的电话，给熊家和医院分别打电话，但两个电话都没人接听。

这么说，现在熊正林和黄君梅应该还在一起，说不定两个人一起上船了。

王克飞看了看手表，凌晨五点半了。

"我记得船票是今天早上六点的。"王克飞说道。

还有半个小时……

黄太太从沙发上跳了起来，用尖厉的嗓音怒喊道："你们赶紧给我去码头！马上把她给我找回来！"

王克飞带了几个下属上了小汽车，拉上警笛，直奔码头。

一路上，王克飞骂自己蠢，此前竟然认为黄君梅和黄太太是一伙的。黄太太本来只是黄君梅父亲的一个情妇，连姨太太都算不上。她一定是处处防着黄君梅，因此才以各种借口不让她插手珠宝店的事。而黄君梅在人前不得不叫她妈妈，却打心底看不上她，甚至恨她鸠占鹊巢。

既然黄君梅和黄太太不再是同盟了，自己还能放黄君梅离开吗？

王克飞远远地看到那艘去香港的"牡丹花"号还停在码头，没有发船，但是烟囱里已经冒出了滚滚浓烟。王克飞催促司机加快速度，汽车直接开上了码头。

虽然清晨下着雨，但码头上已经很热闹了。岸边停着三艘大型邮轮。岸上雨伞、雨衣挤来挤去。

王克飞带着人冲向"牡丹花"号的时候，跳板刚刚撤掉。"牡丹花"号上的笛声发出开船的长鸣。

"停船！停船！"手下的喊声被淹没在笛声中。

"牡丹花"号的船尾掀起了浪花，船身开始缓慢地移动。王克飞拉过码头上一个看上去像是负责指挥的人，举起手枪，对着他的脑袋，喊道："快叫他们停船！"

那人吓坏了，立刻吹响挂在脖子上的号子，冲"牡丹花"号大喊"停船"。旁边的旗手见到这副场景，也连忙打出了停船的信号。

"牡丹花"号上的船员发现了岸上的情况。在开出去了十几米后，停住了。

35

北方的天边有一道闪电滚过，浑厚的雷声接踵而至。从窗户里吹进来的夜风阴森森的。快下暴雨了吧？

经历了几个小时的选美大赛，踩着高跟鞋站了一个晚上，黄君梅觉得身心疲惫。

她回头看了看床上昨晚就已经收拾好的行李——一只手提的帆布包。正林说得对，不用带太多东西。有了钱，到美国后什么不能买呢？

她还是决定在包里放一本书，在旅途中看。但是看看空空的书架，大部分书都放在那两个大皮包里了，剩下的也没什么好选择的。她突然想起了那本书，于是悄悄走进了书房。

那两只棕色的大皮包还在那里。自从她和账房先生把它们带回来后，就一直搁在书房的沙发上。它们可真够沉的啊。

黄太太现在还在新仙林舞厅门口被记者们缠着呢。是黄君梅提前通知那些记者守在那里的，她要为自己赢得一些时间。黄太太喜欢被采访，就让她被采访个够吧！

待会儿她一回到家，就会迫不及待去查看那两大皮包的现钞吧？也或许她累了，明天早上才起来查看？如果她发现钱变成了两包旧衣服和旧书，会是什么表情？

想到这儿，黄君梅的嘴角浮起一丝笑意。

她拉开一只包的拉链，从里面翻出了那本《呼啸山庄》。

她环顾书房。这里是父亲生前最爱待的地方了，现在却成了那个老女人接待各种男人的场所。

她跪下来，趴到书桌底下，用手指撬开一小块地板。从童年起，她就知道这个地板窟窿是她父亲藏宝贝的地方。黄太太用了这么久书房，也肯定没察觉到吧？

黄君梅从地板里取出一个用牛皮纸包着的东西，打开，放进自己的风衣口袋。

她跑回房间，把书装进了行李包。看了看手表，必须马上离开了，黄太太应该已经在回来的路上了。黄君梅背上旅行包，偷偷下楼，看到账房先生还在一楼大厅的椅子上打瞌睡，等黄太太回来。她顺利地从侧门离开了黄公馆。

她走远了几步，回头最后看一眼这栋灯火通明的白色小楼，心底却没有丝毫的留恋。在这里，她再也见不到爸爸妈妈和弟弟们的身影了，他们永远永远地离开了。它早已经不再是家了。

她深深地呼吸了一口下雨前微凉的空气。空气到达她的肺部，让她轻松起来，感觉自己扑入了自由的海洋，于是小步奔跑了起来。

她一路小跑，比约定的时间提前十分钟到达了跑马场后门。想不到熊正林的那辆小汽车已经停在马路对面了。

她站住迟疑了一会儿，才慢慢走向汽车。

前方等待自己的将是什么呢？

她走到车边，拉开门，坐上了副驾驶的座位。熊正林的手放在方向盘上，橙黄的路灯灯光只照亮了他的下巴，他的眼睛躲在阴影中，嘴角露出一个模糊的微笑。

"护照证件和入学通知书都带了吧？"熊正林问。

黄君梅拍拍怀中的旅行包，回答："都在。"

黄君梅回头望了望车后座，那两个结实的鼓鼓囊囊的棕黄色大皮包正躺在座椅上。里面是黄太太贪污的赈灾款。刚才账房先生数了有多少？少说也有五千万法币吧。那个姨太太那么贪心，一定想不到自己最后会两手空空。

"咦？你的行李呢？"黄君梅突然意识到了什么，问。

"行李和船票还在办公室，我们现在回去拿一下。"熊正林发动汽车，说道。

"怎么不带在车上呢？"黄君梅有一点不满。

"没事，离开船还有时间。"

车刚开出不多久，骤雨急降，硕大的雨点敲打在车身上噼啪作响，雨刮器也来不及清除。夜空时不时被闪电打亮。

黄君梅坐在车座上含糊不清地哼着歌，抖着腿。汽车越来越接近医院，她的右手插在外套的口袋里，握住了里面那个冷冰冰的东西。

"你在紧张吗？"熊正林瞟了一眼她的脸色，问道。

她停住了大腿的抖动，承认道："嗯，有一些。"

"紧张什么？"他注视着雨幕后夜间的马路，问。

"说不出来，也许是不知道前方等着自己的是什么吧。"黄君梅转过脸看着车窗玻璃。在雨帘上叠加了她的脸，她是那么年轻貌美。她甚至有些为自己的倒影陶醉。

她在玻璃倒影里发现他也转过脸来看她，那嘴角的斜度似乎带着一丝苦涩。

车子驶入了医院后门。暴雨中的宁仁医院大楼像一座平地而起的大山。深夜了，门诊大楼的每一个窗口都黑漆漆的。熊正林停好车，对黄君梅说道："把行李留在车上，你和我一起去办公室吧，以免被值班的人看见你在车上。"

两个人下车后合打一把伞，来到了花园里的一栋独立小楼。两人半侧的身子都被雨打湿了。在熊正林用钥匙开门的时候，一道明晃晃的闪电掠过，照亮了红色铁门上的牌子："隔离区域，禁止入内。"

紧接着，夜空中炸响一个惊天动地的霹雳，仿佛老天抡起愤怒的铁锤，要把整个世界砸烂。

黄君梅的心脏随之颤抖了一下，抱住了熊正林的胳膊。

熊正林打开灯，楼内静悄悄的，空无一人。日光灯的光照着绿油油的墙壁，气氛阴森诡秘。

熊正林又拿出口袋里的一串钥匙，打开一扇绿色的铁栏门。

"里面也有病人吗？怎么像监狱一样？"黄君梅跟在他身后，探出脑袋问。

"都是重症瘟疫病患，所以要防他们乱跑，也要防外面的人进来。"熊正林笑了一笑。黄君梅说不出为什么，觉得他的笑容怪怪的。

熊正林把黄君梅带入一个空房间后，指着一张小桌子说道："我去我的办公室拿一下行李。你坐在这里，给那个姓王的写几句话吧。"他不知道从哪儿变出来一张明信片和一支笔。

黄君梅翻看明信片的正面。是红色的金门大桥，跨在湛蓝的海湾上。

"我写什么呢？"黄君梅好奇地问。

"随便写什么，感激的话、挂念的话，什么都可以。"

黄君梅皱了皱眉头，问："为什么要写呢？"

"他不是怀疑我们杀了人吗？我们一离开上海，他就更确信你是畏罪潜逃了。他现在不抓你，是忌惮黄太太，但他一旦发现你得罪了黄太太后，说不定会去美国找你。所以，唯一的办法是让他以为你已经上了船，人在香港。这张明信片可以等我们到了美国后，转交给香港的朋友寄给他。"

熊正林离开房间后，黄君梅放下了笔，双腿止不住颤抖。她环顾自己身处的房间，在惨白的灯光下有一张孤零零的手术床，角落的铁托盘上排列着锋利的刀具。

"你怎么没写？"熊正林回到房间后，发现桌上的明信片依然是空白的，一脸不悦地问。

"我们在船上不是有大把时间吗？为什么这时候写这个？"黄君梅抬起眼睛，忧郁地望着熊正林。

熊正林皱起眉头，推了推眼镜，像一个厌烦孩子反抗的家长。

"我们什么时候才能走？"她看看手表，"差不多已经到了可以登船的时间了。"

"你必须立刻就写！写完才能走！"熊正林把笔往桌上一拍，面无表情地命令道。

黄君梅被他的语气和眼神震慑住了。

他的行李呢？他根本没有打算和我一起上船吧？我们为什么要待在这间手术室里？他什么时候戴上了手术手套？

她此刻身在这里，只因为始终怀有一线希望——他或许是爱自己的。可是，希望终究落空了。

一切可怕的想象都成真了。

她把手插入口袋，又摸到了那件冷冰冰的东西。

委屈的眼泪瞬间涌上眼眶。她无法思考，好像某根神经线路被剪断了，大脑中只留下重复而单调的"咔嗒咔嗒"声。

这时，她听到身旁传来窸窣声。

她木讷地把目光转向大门，一个身影令她的一根神经猛地抽动了一下。她打了一个冷战，无法呼吸，大脑一片混沌。

这是世界上最可怕的噩梦吗？求你了，正林！让我醒过来吧！

可一切无法停止。那个身影穿着条纹病号服，像幽魂一样朝她走来，笑容一如既往地温柔和虚伪。

36

王克飞和下属坐着小船上了"牡丹花"号。"牡丹花"号是一艘小吨位的远洋客轮，乘客却也有上百人。王克飞叫来了船长。船长保证每一名上船的乘客都在名单上登记过，并没有黄君梅的名字。王克飞担心她用的是化名，拿了一份乘客名单，要求刚刚赶到码头和自己会合的下属们，逐层逐间地搜查，不漏掉每一个乘客。

王克飞不愿意把黄君梅放走，她应该为海默的死付出代价。最初他以为黄君梅不过是一个娇惯任性的大小姐，却从没想到她如此狠毒，谋划了一个蒙蔽所有人的大计谋。他的愤怒里，或许还有一些不甘心。他不甘心自己从没有得到过她的感情，短短几天的相识中，他只是被她玩弄利用的工具。

搜查行动持续了很久，警员们在各种抱怨和咒骂声中往来穿梭。这半年来因为镇压上海和南京发生的游行事件，加上整顿摊贩引起的冲突，上海警察的声誉在百姓心中已经降到了最低。王克飞听到身后不时传来咒骂声："狗腿子""孬种""净跟中国人横"……不绝于耳。

警员们在人们怨恨眼神的包围中，把所有的乘客都搜查了一遍，却没有发现黄君梅的影子。

此时王克飞已经在船上待了一个小时，船长和头等舱的乘客开始严厉地向王克飞抗议。"牡丹花"号迟迟不走，码头也不乐意。码头上还停着去美国、马来西亚、澳大利亚等地的国际客轮，因为"牡丹花"号占着航道，那些客轮只好慢慢地绕过它开出码头，港口一片混乱。

在王克飞搜查的工夫里，船长把情况报告给了轮船所属的英国公司太古公司。太古公司的值班经理叫王克飞接电话，故意说起伦敦腔的汉语，问道："尊敬的密斯特王，敢问贵处的行为是因为公事呢，还是因为私事？请问总部是否知晓此事？是否知会过我国大使馆呢？'牡丹花'号上有很多尊敬的国际友人，贵处能否就此次行动给敝公司一份正式的书面答复呢？"

对方话没说完，王克飞就答应结束搜查。其实，第二遍的搜查已经没有必要，王克飞只是不愿意承认自己判断错误而已。

王克飞叫自己人在三等舱里挑了一个穿着破烂的乘客，捆了，把嘴堵上，也不解释他犯了什么错，在船上众人面前大摇大摆地押了出来。船长和乘客们看警察对这人五花大绑，又语焉不详，还真以为抓到了什么谍匪或者江洋大盗，也都闭了嘴。

王克飞回到岸上，暴雨依然下着，七八点的天色如同深夜一样黑，似乎太阳都罢工了。"牡丹花"号终于开走了。其他几艘船依然停在岸边，它们周身灯火通明，躲在滂沱的雨幕后面，如同一团团燃烧的烈焰。

这时，一个穿单薄风衣的女子与王克飞擦肩而过。她的伞打得很低，挡住了整张脸。王克飞转过身，看到她的衣摆被风卷起，瘦弱的身形在暴风雨中微微摇摆。王克飞怔怔地看着她的背影在人流中若隐若现，走向末日般的烈焰……

"王科长。"

王克飞听到有人叫自己，才转过头，发现老章也赶来了。老章打了伞，站在王克飞身边悄声说道："我觉得啊，您是被那个丫头给骗啦。"

"怎么说？"

"为什么黄君梅没有在'牡丹花'号上呢？上海小姐选美比赛的决赛日子是两个月前就定好的，如果黄君梅早就谋划好了这件事，她可以及早去买这张船票，怎么会只提前一天买？万一船票没买到怎么办？她要买船票，怎么会让轮船公司那么晚送到家里来？万一让黄太太，或者哪个用人收到，这事不就露馅了吗？我想，恐怕黄君梅这张船票是要故意给您看的。"

王克飞如梦方醒。仔细回想一下看到船票那天的细节，自己果真是中了圈套啊。当晚为什么黄府特别安静，都没有用人带他出门呢？估计用人都被黄君梅支走了吧？而他刚走出黄府，那个送船票的伙计为什么都不问他是谁，就把船票塞到他手上叫他签收？黄君梅料定了自己在调查她，一定会好奇地打开船票来看。

唉，自己怎么这么容易就中了调虎离山计？刚才自己搜查"牡丹花"号的时候，她可能已经上了码头的另一艘船，或者坐火车离开了上海。

王克飞垂头丧气地回到黄府。

"不用费力了，我知道她现在在哪儿。"黄太太叹了一口气。

"您是说……"

"美国，她一定是在去美国的路上，"黄太太说道，"我刚才才从学校那里得知，她在一个月前就办好了去美国大学的一切手续：签证、入学手续和在美国的银行账户——她就等着这一天了。"

王克飞问老章："从上海去美国，有几条路？"

老章说："路多了。直接坐船，可以从上海到美国西海岸，或者从香港、澳门、东南亚任何一个城市，再转去美国。"

"既然我们知道她在美国上的是什么大学，"王克飞向黄太太提议，"我们想办法去美国找她可不可以？"

"她只是申请大学并办了去美国的签证手续，到了那里是不是真会去上学也难说。况且，就算见到她又能怎么办？"黄太太反问道，"逮捕她？用什么名义？别费劲了，她想的是万全之策。她在美国的一切手续都是合法的。她现在还是黄家合法的继承人，在美国是合法的留学生，我拿她一点办法都没有。"

王克飞心底也明白，通缉是不可能的，用什么名义通缉？在选美比赛的决赛现场偷了组织者贪污的几千万法币？这几千万是哪里来的？这笔钱根本就是见不得光的赃款啊。这只是贼喊捉贼。

"或许，您可以给她写信。她还是孩子，做事冲动，没准会体谅您的处境。"老章提议道。

"不会的，她不是小孩子啦。我了解这丫头，从小就这么狠毒。都怪我自己心软，当年看她都成孤儿了，就当了她的后妈，把她带到上海，叫她好好读书。她却从来都指责我管束她，整天就想跳舞喝酒，书都没读完，就想做生意。不是亲生的孩子，哪儿能理解我这一片苦心啊。"黄太太说着，擦了擦眼角的泪水。

王克飞想到了黄君梅说过的另一个版本的故事，对黄太太的眼泪也不再那么信任。这对母女虽然不是亲生的，但都是演戏的好手。

黄太太转过身，叹了一口气说道："事情已经出了，我也没什么好瞒你们的了。想必你们也猜得到，君梅拿走的那些钱不是我的。如果逮捕她，我先得进监狱。我和账房先生做了个手脚，在四亿赈灾款里少报了五千万……唉，不是我贪婪，我也是逼不得已啊。"

黄太太身上裹了件棕色的袍子，脸上的妆容洗掉了，显得苍老而憔悴，和昨天在舞台上光芒四射的样子判若两人。

"你们一定以为黄先生死的时候留下了很多产业吧？"她在沙发上坐了下来，点了一支烟，慢慢地说道，"其实啊，那都是假象。他在世时生意受战争影响，一直亏损，年年在吃老本。后来又把家财七七八八捐给了国家，支援抗日。他倒好，带着正房死了，留给我的只是一个虚名啊！

"我接过这个烂摊子，也想好好做。可是前年，有人给我设了圈套，介绍了一批缅甸的宝石，以次充好，让我欠下一大笔债。我一个女人家，容易吗？现在债主也追上门了，说如果今年再不还钱，就要我的命。

"我接杜先生的这笔生意，想着金额巨大，从中能扣留一笔中间费来还债。虽然说这些是赈灾款，但你们说句公道话，如果没有我辛苦这两个月，前后操劳，厚着脸皮到处求人，能拉到那么多钱吗？那些记者还不给我面子，说什么王韵梅不配当上海小姐。她是谁的情妇又怎么了？我们办选美的最终目的不是筹款吗，又不是为了真的捧红什么大小姐。"

黄太太的情绪有些激动。"这丫头带了钱跑了，把我的老命留在这里等人来取啊！她怎么能这么狠心啊！"说完后，她抽泣了一声，又低头抹眼泪。

王克飞也不知道如何安慰黄太太。如果一切真像黄太太说的那样，便真的束手无策了。老章也是唉声叹气的。

黄太太擦干眼泪，站起来说道："两位今天辛苦了，按理我应当好好答谢今天出力的兄弟们。可我实在是有心无力。不送啦。"

听到黄太太的逐客令，王克飞感到一阵解脱的轻松。

又是一个不眠夜刚刚过去。王克飞真的觉得累了。

他虽然内心同情黄太太，但是自己又能做什么呢？仔细一想，这件事其实和自己的牵连真的不大。身为侦缉警察，预防黄君梅犯罪是他的职责，可是黄君梅偷盗的是见不得人的赃款，没有任何知情人会报案。

说到底，黄太太自己犯了监守自盗的大错啊！

今天晚上发生的事情，使她从一个人人想攀附的权贵，一夜之间变成了人人避之则吉的烫手山芋。王克飞突然想象，随时可能有一帮凶神恶煞般的汉子冲进这府第讨债。他忍不住加快向外走的脚步。这样做自然不够仗义，但黄太太也不是值得他仗义舍命的人。

王克飞和老章快步出了黄公馆。

黄公馆门口一个人都没有，夜色平静如常。

37

王克飞回家打了个瞌睡，决定给自己放一天假。他中午出门溜达。天气炎热，太阳明晃晃的，各种摊子在街边摆了开来。牙医、算命先生、耍猴的、擦鞋的……几个黄包车车夫围在卖茶水的老太身边喝凉茶，绣花鞋摊前的女人们拿着各色花鞋在脚上比画。

抗战胜利后，上海经济形势没有好转，反而持续恶化。失业严重，物价飞涨。人们为了养家糊口，在大街小巷摆起了无数个小摊。可政府却下了命令，要在两个月内清除所有摊贩。虽然是以整顿市容为借口，但大家心里都明白，摊贩影响了零售商家的生意，一些大商家对政府又是贿赂又是施压。

六月时，王克飞也曾带手下便衣上街，武力驱逐摊贩，没收货物。那会儿到处鸡飞狗跳，陆续抓了上千人。可是这里刚赶走，那里又摆起来了。王克飞心底同情他们：如果连小生意都不让做了，叫他们怎么活呢？

王克飞吃了一碗羊肉面，刚走出面店时，看见几个工人正站在街对面的通惠地产大厦楼顶上忙碌。一块巨大的广告牌在吆喝声中冉冉升起。

广告牌上是一个穿米色泳衣的少女，鬓发上架一副墨镜，斜躺在碧蓝的泳池边。她手上握着一个酒杯，眯起眼睛，一副享受的表情。画像旁边画了一个装棕褐色液体的淡绿玻璃瓶，配上广告语：上海小姐都喝可口可乐。

选美比赛刚刚结束，敏锐的洋商已经嗅到了商机。王克飞望着广告女主角的面容，齐下巴的短发，饱满的面颊，微厚的嘴唇，觉得她很像一个人。

没错，是陈海默。也许广告商就是照她的形象画的吧。

"号外！号外！"这时，一个小报童从街的那一头飞奔过来。他亢奋的吆喝声，引得王克飞也扭过头去。

报童一边挥舞手中的报纸，一边高声叫喊："上海小姐陈海默死于谋杀！黄浦警局刑侦科涉嫌造假！"

王克飞的脑袋嗡的一声炸开了！耳边轰隆隆直响，其他声音都听不见了。

两个人拦住报童，掏出零钱买报纸。王克飞挤上去，也从报童手上抢过一份号外。他读完标题，立刻觉得站在烈日下的自己有些眩晕。

完了！这消息怎么泄露的？报社怎么知道了？为什么没人通知自己？

王克飞立刻往警局跑。

他远远看到警局门口围了六七个记者，有两个他还在昨晚的选美决赛结束后见过。他们被两个全副武装的警卫挡在大楼的台阶下，正嚷嚷着要求见周局长或者黄太太。

幸好他们都不知道王克飞长什么样。王克飞假装是一般办公人员，出示了下证件，就从小门溜了进去。

一进办公室，下属就立刻对王克飞说："王科长，您来啦。周局长正到处找您呢。"

王克飞是靠关系当上的科长，和周局长的关系不算亲密，但也不能算差。大家总是公事公办，王克飞不给长官添麻烦，周局长也不会找王克飞的别扭。

这消息应该已经传到了周局长的耳朵里。在去局长办公室的路上，王克飞在心里盘算着应该如何解释。关键要揪出来到底是谁向报社泄密了。如果这个告密者手上没有证据，自己完全可以抵赖。黄太太和老章都是一条船上的人，一定也愿意为自己做证。

但是在推开周局长办公室门的那一刻，王克飞被眼前的景象惊呆了——坐在办公室中间的，是神情自若的黄太太。

黄太太穿了一身名贵的貂皮大衣，戴上了华丽的珠宝，脸上精心化了妆，像要去参加高档派对。王克飞推开门的时候，周局长好像正说着一个什么笑话，黄太太用指尖捂着嘴，笑得浑身乱抖。

看到王克飞，周局长的表情立刻沉了下来。他冷冷地说："你，过来。"

王克飞小心翼翼地走到办公桌前。

周局长把报纸啪的一声甩到桌子上。由于力气太大，王克飞感到一阵凉风扇在自己脸上。他低下头，不敢直视报纸上的标题。

"陈海默不是意外死的？"周局长厉声问道。

王克飞没有答话，发根开始渗汗。看黄太太和周局长的交情似乎不错，她怎么不出来替我说几句话呢？既然要保护黄太太，自己怎么可能承认？

"堂堂黄浦警局刑侦科科长，竟然袒护杀人犯，让杀人犯逍遥法外，真是无法无天了！要是没有黄太太举报，我他妈还蒙在鼓里呢！"

黄太太举报？怎么会这样？黄太太为什么要举报她授意我做的事？王克飞把惊诧的目光转向黄太太。黄太太抽着烟，故意扭过头去不看他。

"你现在还不承认？"

"周局长啊，这件事……唉……不是您想的那样……"王克飞按住报纸的手有些发抖，既因为气愤，也因为恐惧。

"王科长啊，我真是想不到，"黄太太开口了，声音冷得像一把刀，"出于对你的信任，我才把保护选手的重任交给你，想不到你不仅搞砸了，而且为了逃脱责任，竟然安排下属做假报告。你怎么对得起这可怜的姑娘，怎么对得起灾民呢？"

王克飞只觉得浑身发冷，他简直不敢相信自己的耳朵。曾经往自己手里塞钱，劝说自己做假案的黄太太为什么要反咬一口？她怎么完全变成了另外一个人？她难道得了失忆症吗？

听了黄太太这番话，周局长更是气不打一处来。"现在记者全都围在门外要采访我呢！你让我的脸往哪儿放？你真是胆大包天了，故意要丢我的脸！"

"我怎么敢？只是我真的冤枉啊，老章可以做证，我这么做是因为受到了压力……"王克飞不敢直接冲撞黄太太，只想给点暗示，让她不要做得太绝了，"老章也是知道全过程的。"

"老章……"黄太太鼻子里轻轻哼了一声。

"叫老章进来。"周局长朝门口大喊一声。门外传来一声警卫的应答："是！"

门打开了。老章畏畏缩缩地走了进来，站在门边。他挠了挠脑袋，躲开了王克飞的目光，低垂着脑袋。

"你说是怎么回事吧。"周局长对老章说道。

"王科长啊，我们都知道这陈海默的死疑点重重，她很可能是被谋杀的。自从上次您让我编造了那些报告后，我一直良心不安，晚上觉都睡不着。"老章虽然是对着王克飞说话，脸却是朝向周局长和黄太太的，"我觉得我们这么做对这个女孩太不公平了。我是为了良心解脱，才向黄太太坦白这个事的。"

完了。王克飞知道一切都完了。

这是一出多么精彩的演出啊。他们是什么时候串通好的？是什么时候彩排得如此熟练的？昨天晚上我们不都在黄太太家吗？他们这步棋走得真是高明啊！他们可能知道此事迟早要暴露，便把一切都推在了我身上，其他人要么假装不知情，要么就是受我的指使。

王克飞明白自己已经陷入一个设计严密的陷阱之中，再没有可以挣脱的可能。现在再说任何话都已经晚了。

看到王克飞怔怔地站在那里，黄太太对周局长说道："陈海默被杀了，君梅也不知道去了哪儿。我看我的处境也很危险。"

"您放心，在抓到凶手以前，我们一定尽最大能力保护您。"周局长说道。

周局长扯着脖子大喊："来人！"

警卫飞快地跑来："到！"

"从今天起派三个配枪的日夜守在黄府，二十四小时保护黄太太。"

"明白!"

"您太周到了。"黄太太冲周局长笑着,站了起来。路过王克飞身边的时候,黄太太目不斜视,仿佛和他根本不认识。

黄太太一出门,周局长就跳起来,冲王克飞骂了句:"丢你妈……"习惯性地摸腰后的手枪。摸了一个空,就抓起了桌上的一只闹钟,朝王克飞扔过去。王克飞没敢躲,只是本能地用手抱住了头。闹钟没有砸中他,把旁边的橱柜玻璃砸了个稀巴烂。

"把他铐起来!"周局长一声令下,旁边两个警卫立刻架住了王克飞。

"把他带到地下室关起来,让他好好反省!"周局长命令道。

当警卫把王克飞押下楼梯时,一楼大厅里传来一阵骚动。原来看守门的警卫已经把外面的记者放进楼内,黄太太正在接受采访。

拿着钢笔和小本子的记者们挤到黄太太面前。

"我是《大公报》的记者,请问陈海默一案是不是和上海的黑势力有关?""听说您是受到了黑势力的要挟,才到警局来的,是这样吗?""听说您的女儿已经受威胁,躲到海外去了,您是不是也要考虑离开上海呢?"

黄太太是天生的演讲家。她双手虚按了一下,清了清嗓子,大厅立刻安静了下来。黄太太嗓音洪亮,吐字清清楚楚:

"各位报界的友人,我有几件事声明如下:第一,陈海默一案,一切交由上海黄浦警局刑侦科查办,我并不知情,也从未插手。在调查结果出来前,请不要轻信任何坊间谣言。哪怕其中有猫腻,我相信也只是个别人的私下行为。第二,坊间传闻我被黑势力威胁,不能回家,我要告诉各位,这是不真实的。我和周局长夫妇是多年的好友,我不过是应邀造访而已,请大家不要再听信谣言。对于上海市政府,对于上海市的治安,我是百分之百有信心的!"

一瞬间,王克飞明白了黄太太这么做的意图。

所有关于陈海默的消息都是黄太太故意透露给报社的。刚才报社说"听说"

黄太太受到黑势力威胁，这"听说"的当然也是黄太太故意散布的。她刚才的那番辟谣，明显是欲盖弥彰，欲说还休。

王克飞忍不住对黄太太表示佩服：她这么做实在是太聪明了。

黄君梅卷走钱后，黄太太已经陷入了绝境，杜先生不可能保护一个监守自盗、敢伸手从他口袋里拿钱的人。她说过她欠钱得罪的黑帮势力很大，那么他们唯一可能忌惮的只有两个：警察和报纸舆论。

黄太太先把消息透露给媒体，这些记者的蜂拥而至给周局长施加了无形的压力。然后，她又故意在记者面前维护黄浦警局，反过来又替周局长保全了脸面，换取了周局长的感激和保护。

想到这里，王克飞不禁苦笑了一下——出了这么大娄子，周局长要是再不收拾自己的话，这脸面往哪里放？

黄太太这一招堪称完美，保全自己，安抚其他人，只需要一个牺牲品——王克飞。

无论如何，现在的她都立于不败之地。

38

关押室只有四面坚硬的墙，没有窗户，昏暗的光线从牢门上方的通气孔中射进来。空气混浊，旁边的蹲厕散发着难闻的恶臭。王克飞想抽根烟，摸摸没有火柴；他想喝水，可这里根本无水可喝。他只好盘腿坐在冰冷的地面上，尽量远离那个蹲厕。屁股坐疼了，就换个姿势躺一躺。在这样的黑暗和寂静中，他失去了时间和空间的概念，剩下的只有自己的记忆。

经历了一个时代的动荡，自己这几年变得越来越谨小慎微，明哲保身。他只想好好活下去，可为什么一样走到了死谷？

他到底哪一步走错了？也许自己不该受名利蛊惑，又被美色迷惑，在最后一刻放黄君梅逃脱。也许，他这样的小人物，无论做什么，命运都不由自己掌控吧？

王克飞又想起因为贪污赈灾款而被枪毙的那几个人。他们中的两个王克飞以前还打过照面。他们跪在刑场上，胸口中枪，头一歪，就这么结束了。不知道他们当时又是什么心情呢？当时的王克飞对于那场面无动于衷，但现在，那一阵密集的枪声在他的回忆中反倒令人心悸。

在这难挨和无尽的黑暗中，王克飞感觉陈海默是如此真切，似乎在黑暗中与他做伴。她的脸庞像天使一样圣洁，身体却是如此冰冷，提醒着他阴阳相隔。

突然，门"吱"一声被推开了。王克飞警觉地往后挪了挪身子，紧靠墙角，一道光移进了暗室。

王克飞的眼睛适应了光亮后才看清楚，站在身前的是老章，他手里举了一根蜡烛。

"克飞啊，两天了，你饿不饿？"老章问道。

饿算什么？王克飞扭过头去，不愿意搭理老章。

"唉，周局长现在让我顶替你当了刑侦科科长。"老章淡淡地说道。

王克飞的怒气升到了胸口，在心底咒骂了一句：小人。

"克飞啊，我也没办法，"老章盘腿在王克飞身边坐了下来，"瞧我这把年纪，哪儿有什么野心。你不会怪我吧？"

王克飞换了一个姿势，把头靠在冰冷的墙壁上，依旧没有说话。

"唉，你可别怪我，我也是身不由己。"老章把蜡烛放在地上，吸了吸鼻涕，说道，"那天清早没抓到黄君梅，我们出了黄宅，各自打道回府。可刚到家，黄太太的电话就追来了，又把我叫了回去。她要我按照她说的做，不然她就会说是我擅自做主，办的假案。我没的选择啊！不是我死，就是你亡。如果换作你是我，你会怎么做？"

王克飞听到这里，心软了一点。他相信老章说的是实话。如果他是老章，恐怕他也会不假思索地选择自保吧？可是黄太太为什么要这么对自己呢？我到底哪儿得罪她了？难道她知道我在继续调查陈海默的事？

"你啊，还是太年轻，太嫩了，玩不过他们。你随时都要留一点后路给自己。你想对别人效忠？你得先对自己效忠。"老章又悄声说道。

王克飞突然对老章一点也恨不起来了，他只是和自己一样的小人物罢了。可他恨黄太太吗？不，好像也不怎么恨。周局长呢？黄君梅呢？不，他已经失去了体会爱恨的能力。是自己直接下令火化海默的尸体的，是自己中了黄君梅的圈套让她逃脱的，是自己软弱不敢在周局长面前指认黄太太的……自己哪儿做错了？哪儿都没做错才是最大的错。他恨的还是自己。

可现在走到这一步还能怎么挽回呢？

老章压低声音说道："我替你向周局长求情了，他答应宽限你三天。这三天是你唯一的机会，你必须找到杀害陈海默的凶手。然后我们可以造一些文件向报社说明，所谓陈海默是意外而死的公开结论，其实是为了麻痹凶手的障眼法而已。"

王克飞抬起头看看他在烛光中的脸。这么说，自己还有希望。

"这三天，我们必须把真凶找出来，才有一条生路……"老章的嘴唇微微动着，吐出这些沙哑的句子，好像在念什么咒语，"如果三天内做不到这一点，在现在的形势下，真不知道他们会拿你怎么样。"

两个人都陷入了沉默。

找出真凶。三天。王克飞又何尝不想呢。可是真凶……不正是熊正林和黄君梅吗？

"其实，我一直都在调查这个案子……"王克飞突然开口了。由于两天没说话，他的声音格外嘶哑。

"你果真一直没有放弃，"老章叹了口气，"是我的错，我不该提醒你那个卧轨伤口的疑点，结果让你越陷越深。唉！你现在有什么结论了吗？"

"我知道凶手是谁。"

"谁？"

王克飞透过烛光，看着老章随着烛影而抖动的脸，回答："是黄太太的私人医生熊正林和女儿黄君梅。"

在现在的形势下，王克飞显然也没有必要替谁再保守秘密了。他把自己如何暗中调查陈海默案件的经过和盘托出。

老章听后极为惊讶。他摩挲着下巴，陷入了沉默，似乎在思考要不要相信王克飞。

他突然问道："既然你怀疑周福根第一次是亲自上门去找陈海默的，并勒索到了耳环，第二次他为什么改成写信了呢？"

"老章，你忘啦？大约一个月前，黄太太为了选美安全，让我们安排警力二十四小时保护选美小姐。自那以后，陈海默身边随时有人，周福根根本无法再接近她，而这反而成了黄君梅的机会。她一方面挑拨离间，对周福根说这对耳环并不值什么钱，他被海默骗了，凤冠才是宝贝；另一方面，又提议由她执笔写一封勒索信寄给陈海默。"

老章若有所思地接着道："然后，她在信中提前了见面时间，由熊正林代替周福根去和海默见面……"

"没错，我们不是早就推测过，陈海默的死是一次有预谋的谋杀吗？选在那个时间是因为火车不久后就会开过，像闹钟一样准时。选在那个地点，是因为那里有个转角，司机视野受局限，更容易伪装成自杀。

"我们发现疑点，否定了海默是自杀，这让黄君梅开始着急。她故意拿出勒索信给我看，是为了给我一个海默自杀的动机，混淆视听，可我依然不认为海默是自杀的。黄君梅或许一直暗中观察我的进展，知道我最终会找到周福根，便提前一步把周福根杀死。"

"周福根那个不是珠宝店抢劫案吗？"老章吃惊地抬了抬下巴问。

王克飞一直觉得老章是一点就明的人，脑子转得快，总能透过表象看到本质，但现在他却显得有点笨，什么都要问自己。难道是因为两个人交换了位置？永远是不在位的那个人看得更清楚一些？

"那桩抢劫案有太多蹊跷的地方。凶手用心思骗福根开门，显然是有预谋的，但他却没有事先了解下，珠宝会不会被锁进办公室的保险箱。我认为凶手真正的动机根本不是冲着那些他根本偷不到的珠宝，而是要杀周福根灭口。"

"可他到底是怎么骗周福根开门的呢？"

"我向经理打听了他们交代新来的人会注意什么。每个人都应该知道，除了经理以外，其他任何人在夜间敲门都是不准开的。可这个'任何人'也有例外。如果是黄太太和黄小姐来了呢？可我调查过，当天晚上，这两个人都没出门。我左想右想，突然觉得自己漏掉了一个可能性。恐怕还有一种人来敲门，他们会自动开门，也是手册上不会写明了提醒的，那就是：警察。"

"你的意思是，那个凶手伪装成警察骗福根开了门，随后把福根杀死。他偷走那些水晶，只是为了把谋杀伪装成一起针对店铺的抢劫杀人案。"

"没错。还有，周福根尸体上到处都是血印，看来凶手当时想在他身上找什么东西。我认为他要找的正是那副耳环。周福根在喝醉后也许拿出那副耳环把玩过，不小心掉在了值班室的书桌下，掉在废报纸堆里，因此凶手没有找到。如果凶手当时带走了耳环，我也就不会有后面的那些调查了。"

老章又沉默了一会儿后说："我觉得仅靠这些无法完全说服人，你怎么证明熊正林和这些事情的联系呢？你怎么让熊正林供出黄君梅呢？难啊，王克飞。"

老章摇了摇头。

他的态度让王克飞有些烦躁，他还没有习惯让老章成为自己的上司。

"我知道有困难……但是看在我以前待你不薄的分儿上，你一定要想办法立刻把我弄出去。我一定有办法让熊正林招供！"

老章沉默了一会儿，轻轻点了点头。

39

王克飞重新走出黑屋子时，已经是第三天的上午了。这两天他没有吃饭，只喝过一点水，一直蜷缩在冰冷潮湿的地面上，此时此刻，他感觉浑身像散了架，没有力气，走路都有些摇晃。但是他不愿意在椅子上多待一分钟，立刻要求去搜捕熊正林。老章召集了几个手下，调集了两辆汽车，和王克飞一起奔赴熊正林的公寓。

听老章说，熊正林还在上海，并没有和黄君梅一起登船。这虽然有些出乎意料，但也并不能就此证明自己错了。熊正林这人做事小心谨慎，也许是怕一起逃跑太过明显，引起国际通缉，故而分头行动，等过阵子再去美国和黄君梅会合。

熊正林的住所在华德路上的一栋四层公寓内。王克飞带人冲上了三楼，敲了半天门，却没有人应门。一群人这么大动静惹得同一层楼的其他房客都悄悄打开门向外窥探。不在家？王克飞有些紧张。难道跑了吗？

这时，年迈的门房也跟着爬上了楼梯，喘着粗气对领头的王克飞说："探长大人啊，熊先生今天真的不在家。您咋就不信呢？他周末一般都在医院加班。"

王克飞不和他废话，对旁边的警员使了一个眼色："把门撞开！"

那个警员起先不敢动，先瞟了眼老章，看到老章点头许可后，他才猛踹了几脚，把门锁破坏了，冲进了房间。

一进门就闻到一股淡淡的干草药气味。王克飞环顾四周，房间内私人物品很少，门后挂了两件干净的白大褂。一切一尘不染，井井有条，房屋主人仿佛有洁癖一般。

桌上有一沓文件。王克飞随手翻了翻，都是病例报告。看来这个熊正林真是工作狂，把家都当成了门诊室。

客厅的一面墙壁上摆放的不是书籍或装饰物，而是一个个蓝花陶瓷罐。王克飞打开一看，里面都是各种中药。难怪一进房间，就闻到了奇怪的味道。听说他出身于医药世家，果真名不虚传。

"注意找找有没有以前女人戴在头上的凤冠……"王克飞在头上比画了一下，"对了，再看看有没有假的警服。"

王克飞自己则扭动门把，打开了房间门。房间的窗户敞开着，窗帘在风中飘舞。

床上只简单铺了一条草席，依然看不到有女人存在的痕迹。

床头柜上摆放着一只闹钟和一个微型人体模型。

模型只有头部和上半身，看上去像是塑料的儿童玩具。王克飞拿起来在手中摆弄了一番，发现肚子中的器官都可以拆卸。他轻轻一碰，这些塑料的肠子、胃、心脏、肝全都倒在了他的手掌上。他一时不知道该怎么装回去，索性一大把都放在床头柜上。

"看来这熊正林没什么情调，把家当成了医院，不知道黄君梅怎么看上他的？"老章在王克飞身边说道。

王克飞打开了床头的抽屉。一个不起眼的小东西映入他的眼帘，令他瞪大了眼睛。

是两撇假胡须，深棕色的。

王克飞猛然想起来，曾两次发现一个戴墨镜、留小胡子的男人跟踪自己。

现在想想，一点没错，那人的身高和体形都与熊正林符合。王克飞因思维定式，一直以为盯梢的人是黄太太派来监视他的，却没想到竟是罪犯自己想要了解他的破案动向。

我在明，他在暗。原来一切都在他的监视和掌控之中。

王克飞走出房间，对两个警员说："你们留在这里继续搜索埋伏，如果熊正林回来，就立刻控制住他。其余人跟我去宁仁医院。"

他们跟着王克飞冲下楼去，吆喝着等在门口的司机快点发动汽车。汽车的开门和关门声此起彼伏，不一会儿，两辆汽车就咆哮着冲入了街道。

王克飞赶到宁仁医院的时候，熊正林正坐在传染科门诊里给病人看病。熊正林只是用眼角瞥了一眼王克飞，仍不紧不慢地继续和病人说话："您可以吃点阿司匹林，家里宽裕吗？……那就算了，吃一种药就可以了，回去多喝点水，多休息几天就好了。"

病人离开以后，他才看着站在门外的王克飞问："王探长，我还有几个病人在排队，您有什么事吗？"

王克飞让其他警员在门外等着。

他走进门诊室，关上门后的第一句话便是："黄君梅人呢？"

熊正林神情自若地回答："您不是第一个来问我这问题的人了，黄太太也来找我问过。据我所知，黄小姐已经到美国留学去了。"

"选美的钱呢？"

"选美的钱不是悉数交给中央银行了吗？我不知道您在问什么。"

王克飞摇摇头说："是你和黄君梅合谋杀了陈海默和周福根。现在黄君梅已经带了赈灾款和陈海默的凤冠跑了！"

"王探长，我实在听不懂您在说什么。您认为我是凶手？周福根又是谁？凤冠是什么？"熊正林显得很吃惊，"我知道，您怀疑我，是因为8月2号那天我的车凑巧也在封浜村。可我真的是去接一个染病的女病人。这事在医院备过案，您可以去查。您也可以问本院任何一名知情的医生和护士，他们都可以为我做证。"

王克飞早料到熊正林是个老滑头，肯定早已准备好了一套托词。他轻蔑地笑了笑说:"既然你打算打持久战,那么只好请你回去了。"

王克飞打开门,对着门外的两个警卫喊一声:"带回去!"

两个警员扑了过去,把熊正林押解了出去。熊正林丝毫没有反抗。

正在办公室外排队的三个病人吃惊地站了起来,在背后纷纷喊着:"熊大夫!""怎么把熊大夫带走了?""我的挂号费还能退吗?"……

王克飞不放心,来到医院办公室又查询一次,一切确实和熊正林说的一样。那天晚上,他的确是去接一个名叫谢柳娥的病人。人接了回来,试验了新型抗生素。但不幸的是,这个病人前天去世,已经被火化。所有手续都符合程序,都在医院的记录里。

搜查熊正林公寓的人也回来了。他们把熊正林的公寓翻了个遍,没有找到假警服、击打头部的凶器和任何值得注意的线索。

时间正在一分一秒地过去。

如果不能抓住这个机会,王克飞就再也没有翻身的可能。横竖也是毁灭,不管是合法还是不合法的手段,王克飞都要用一用了。

40

国民政府刚接管上海不久,百废待兴,很多政府机构都沿用了日伪时期的旧人。刑侦这块专业性强,日伪时期的侦缉警察只要没有当过汉奸,没有抓过抗日分子的,都留了下来。

这样的上海黄浦警局刑侦科,免不了留下一些过去的习惯,王克飞多少了解了一些。其中有一套日伪刑侦科的看家本领,能把人折磨得生不如死,不会失去神志,又没有多少外伤。

过去王克飞是不让用的,他从心里觉得,国民政府在文明程度上怎么也不能跟过去在一个水准。打一打，吓唬一下，便是王克飞的底线了。但是今天王克飞已经顾不上这些。他以老章的名义找来科里那些精通此道的老人，允许他们用任何方式，只要拿到口供。

在这漫长的一天中，位于地下室的屋子里不时传来一声声惨烈的喊叫和痛苦的呻吟。

屋内，光线强烈的探照灯始终照着坐在铁椅上的熊正林，他的白衬衣被撕烂了，眼睛充血，嘴角一片淤青。

但是，他要么沉默不语，要么只是说出令人不满意的答案。

"我不知道黄君梅带走了巨款，她请我送她去码头而已。"

"我并没有留意行李被调包了，我一直以为里面是衣服。"

"不，我们不是情人关系，我帮她忙，只是因为她是黄太太的女儿。"

"我去封浜村是为了接一个病人。我九点不到就离开了，火车撞人的事是后来才听说的。"

"我以前没留意过陈海默这个人。工作太忙，也没时间关心选美的事。"

"我没见过周福根，也没听说过这个名字。"

"我从没去过华懋珠宝店。"

"凤冠是什么？我真的不懂。"

"假胡子？哦，那是在去年医院举办的化装舞会上用的。"

…………

审讯和拷打持续了一夜。警察进进出出，换了一拨又一拨。

熊正林到后来已经没有力气惨叫，只是偶尔轻轻咳嗽，哼哼两声。负责上刑的人折磨着这具安静的肉体，下手都觉得有些麻木了。

天亮了。

熊正林吐出一口混合血水的唾液，对着王克飞露出一个轻蔑的笑容。"无论你们重复多少遍问题，我的答案都是一样的。"

王克飞一夜没睡。早晨,他走出黑屋子,跑腿的警察给他拿来了早餐和今天的报纸。上海各大报纸都在报道黄太太的声明和陈海默案的"真相"。说法千奇百怪,有说陈海默是因为和青帮头目有感情纠葛才被杀的。有说陈海默为了爱情背叛黑帮和大学生情人私奔的。

王克飞只看了一眼标题,就把报纸扔在一旁。现在选美落幕了,钱已经圈到了,黄太太也根本不会在乎陈海默的声誉了。

又一个审讯的警察从黑屋子里走出来。他打了个哈欠,连连摇头:"从没见过像姓熊的这么能扛的人。一夜没让他睡,上了五六种家伙,他的脑子还是这么清楚。就连说的话都和昨天下午说的一字不差。这家伙当年没被军统笼络走真是咱们的幸运……啊,不对不对,真是党国的损失啊。"

熊正林的意志力远远超出王克飞的想象。熊正林越能坚持,王克飞越确定他有问题。可是,是什么力量在支撑着熊正林无底线地承受着肉体上的痛苦呢?是什么让他如此毫无恐惧,一点都不关心自己?是他对黄君梅的感情吗?

王克飞回到了黑屋子,支走了其他人。

于是黑屋子里只剩下他和熊正林。

王克飞搬了一把椅子坐在熊正林的对面。

两个人在寂静中坐了一会儿后,王克飞轻轻叹了一口气,终于开口了:"熊医生,其实我打心底里敬佩你。我知道你很坚决,这次一定会死扛到底。你这么做,是因为你想竭尽全力保护一个人对吗?"

听到这句话,熊正林微微抬头,看了一眼王克飞。他的眼镜被摘掉了,在探照灯的刺目灯光下,双眼通红,盈满了泪水。或许是因为强忍疼痛吧。

王克飞转身调弱了探照灯的灯光,又回到椅子上。

"可是你想过没有,这真的值得吗?黄君梅已经带了钱远走高飞,或许永远不会回到你的身边,"王克飞停顿了一会儿,又说道,"更何况,她未必真心对你。或许,只是利用你罢了。"

熊正林的眼珠似乎转动了一下，又好像充耳未闻。

王克飞身体前倾，犹豫了一下，呓语般悄声说出了那句话："她曾经找过我。我们共度过一个晚上。"

熊正林依旧没有任何反应。但王克飞相信他已经听进去了。

"我会给你点时间，你再想想清楚吧。"王克飞站起身离开。

当他走到门边时，突然听到了熊正林沙哑的声音："不，不用想了。"

熊正林抬起脖子，望着王克飞："我能说的都已经说了。接下来，我不会再回答你们的任何问题。"

两个人的目光相碰，熊正林执拗地重复道："不会再说一个字！"

"浑蛋！"王克飞这次真的被激怒了。他冲到熊正林的面前，一记拳头击中熊正林的额头。

当他提起手要打第二拳时，突然听到身后一声大喝："住手！"

老章背着手踱步进了黑屋子。

他看了一眼情绪激动的王克飞和身体瑟瑟发抖的熊正林，面无表情地下了命令："立刻暂停审讯。给熊医生穿上衣服，带到楼上的房间去。"

王克飞刚想表示反对，只听跟在老章身后的警卫答道："是！章科长！"

王克飞差点又忘了，老章已经顶替了自己的位置。自己现在在办公室里不名一文了，其他人听自己使唤，只是因为自己假老章之名。

"王克飞，你跟我来。"老章声色俱厉地说道。

王克飞跟着老章走进了自己从前的私人办公室，想不到办公室的装饰和盆景转眼间已经被人换掉了。看来，自己永远不可能再坐回到这里。

老章一屁股坐上了王克飞以前坐的皮椅，跷起了腿说："你居然敢对熊医生用刑？你真是不想活了啊！如果他以后要告你，我是绝对不会保你的！"

"不然，他怎么可能会招供？"

"熊正林有了那天晚上去封浜村的充分理由，那么他到底是不是凶手，还真就不能确定了。"老章的态度突然发生了一百八十度的转变。

王克飞跳了起来，道："老章，你这话是什么意思？你认为我抓错了人？"

"你现在既拿不到口供，又无证据，全凭胡乱推测。"老章也提高了嗓门。

老章说得也对，自己完全没有证据。就连唯一可能的证据，陈海默的尸体，也已经被自己给销毁了。证据……

"对了，笔迹！"王克飞一拍脑门。

他立刻从包里掏出了那封勒索信，交给老章。由于反反复复读过太多遍，信纸已经有些折损了。

"我的老同学董文枫，是位笔迹鉴定专家，"王克飞说道，"我们可以找他比对一下黄君梅或者熊正林的笔迹。我认为执笔写信的人是他们中的一个。"

老章点点头，默许了王克飞的行动。

董文枫早年喜好练书法和钢笔字，后来开始钻研各种人的书法。他研究过上千人的笔迹，并从中分析概括了每个人的笔迹中最关键的几十处特征。王克飞去年曾和他合作破过一个案子。

王克飞先给董文枫看了勒索信。

"写信的人明显伪装了字迹……"董文枫沉吟了一会儿说道，"但这要破解，倒也不难。每个成年人都养成了自己的写字习惯。有一些习惯是我们自己都没意识到的，因此在伪造时也会疏忽，还保持着原貌。但另一些习惯是我们已经清晰意识到了的，在伪造时会刻意去掩盖和改变。"

王克飞拿出从黄君梅画室里偷走的读书笔记，心中微微带着一丝歉意。但他不得不承认，当时这么做，就是想到了今天的用途。

董文枫拿着信纸和笔记本走向了另一个房间。"老兄，多给我点时间。我需要一个人安静地待一会儿。"

半小时后，董文枫走出了房间。从他的脸色中，王克飞就知道结果不是自己想要的。"这明显不是一个人的字迹。"

"你确定吗？"王克飞问。

"是的，确定。"董文枫回答。

王克飞说不出来自己到底是失望，还是松了口气。

"那么，你再看看这两个人的呢？"

他交上一沓字迹潦草的病例报告和在熊正林家搜到的通信信件。他故意不告诉董文枫这是同一个人的，想测一测他的能力。

董文枫再次从小房间里出来时说道："这个病例和信件的笔迹虽然表面看大相径庭，但明显是出自同一个人的手。"

他说对了。

"但是，"董文枫公布答案，"这个人也不是写勒索信的人。我可以确定。"

怎么会这样呢？如果不是他们两人，那么，写这封信的人会是谁呢？难道周福根还有别的同伙？

董文枫看到王克飞一脸失望，拍了拍他的背说道："老兄，继续加油啊。"

41

王克飞回到办公室，满心的迷茫和失望。他觉得自己钻进了一条死胡同，面前只有一堵密不透风的厚墙，想往回退找其他的出口，却已经没时间了。

老章看到王克飞一脸沮丧，就猜到笔迹鉴定的结果了。

"我叫人把熊正林送回去了。"老章不动声色地说道。

"什么？你怎么能不问我一声就放了他？"王克飞激动地站了起来。

"别忘了，我才是这里做主的人。"老章厉声说道。

王克飞顿时泄了气，跌坐回椅子上。老章说得一点没错，他有权力这么做。

"我查过了，华懋珠宝店的抢劫杀人案不可能是熊正林做的。"老章突然说了这么一句。

"为什么？"王克飞叫道。

"他有不在场证明，"老章不耐烦地说道，"案发当晚他根本没有时间去珠宝店杀人，因为他通宵都在住院病房值班，很多护士都可以做证。"

看了一眼王克飞的表情，老章继续说："周福根身高一米六五，根据刀插入他心脏的位置和角度，法医推断出凶手是个右撇子，个子和周福根差不多高。熊正林至少一米七五，这点也不符合。"

"黄君梅一个人肯定做不了这两个命案，必须要有一个男性替她动手。那晚她待在家，没有出门。除了熊，还可能是谁呢？"王克飞问。

"我们先不说黄君梅到底是不是背后的主使者吧。熊正林不是已经否认了他俩之间的特殊关系？"

"不。他在撒谎！"王克飞又想到了第一次去赴黄太太的宴会时，无意中在桌底下看见的摩挲的那两只脚，"我亲眼看见他们——"

"你已经告诉我了，"老章打断王克飞，"可是，我问了和黄君梅最要好的三个女朋友，问了熊医生的同事和朋友，甚至问了黄太太，都没人听说他俩在谈恋爱。熊正林甚至在选美比赛上都没有给黄君梅投一票。"老章盯着王克飞看："为什么只有你知道？"

王克飞没想到竟会是这样，他绝对不相信是自己看花眼了。他又想起了在选美大赛时，熊正林在同事面前只字未提黄君梅的存在。

难道这是他们一开始就精心设计的局？难道他们早知道有今天，故意保持了地下关系，不让其他人知道？

"如果他心里没鬼，为什么跟踪我？你看，我们在他家找到了那两撇假胡子。"

"可他说这是在医院的化装舞会上用的。我也查了，去年宁仁医院的化装舞会上他确实戴了这两片玩意儿。至于跟踪的事……"老章用暗示的口吻说道，

"也只有你自己知道。"

老章究竟在暗示什么？是我出现了幻觉吗？是我故意陷害熊正林吗？王克飞抱住脑袋，没有说话。

"王克飞啊，我虽然没问出来熊正林和黄君梅有关系，但是，我倒在调查过程中，听说了你和黄小姐的一点事……"老章放慢了语速。

王克飞咽了咽口水，没敢抬头看老章，他开始心虚了。如果被人发现他和黄君梅之间有那么一层关系会怎么样？他说的话会不会再也没有人相信？

"有一个黄君梅的追求者——在交通大学读书的男学生说，他在舞厅里见过你纠缠黄君梅。"

王克飞立刻想起了那次请黄君梅跳舞的事。那天是黄君梅主动提出要和自己一起提前离开舞厅，也是她主动在车上抱住了自己。

"不，这不是真的。"王克飞抬起头，用哀求的目光看着老章，"我那次是去找她问话的，就是关于案子的事。你觉得我会纠缠女人？"

老章冷笑一声，说道："还有另一种解释。你和黄君梅之间有感情纠葛，你被她拒绝后，怀恨在心，所以才这么执着，非要给她安个杀人的罪名。"

"老章，你还不了解我吗？我是这种人吗？"王克飞心里着急，提高了音量。

"一个是继承家族珠宝生意的大小姐杀了两个人，就为了什么至今没影儿的凤冠；一个是平时就有造假习惯的警察因爱生恨，栽赃陷害。你说别人会更相信哪个版本？"

王克飞没有说话。他的背上在冒冷汗。如果连老章都不愿意相信他，那么还有谁会相信呢？记者、法官、同事、周局长……谁会相信他？

"你现在没有棋子可以走了……"老章站了起来，绕到了王克飞的身边，他俯下身，对王克飞说道，"就算你是对的，你找到了证据，又能怎么样？黄君梅跑了，抓不回来了，熊正林又是黄太太的私人医生。黄太太怎么可能接受你交一份卷子的答案，说凶手是她身边的两个人？那她自己能逃脱干系吗？"

王克飞开始感到绝望，整个胃像翻转了一样难受。是啊，这盘棋已经下不下去了。

他只有等死。

"我是为了你好啊，王克飞。现在唯一的办法是，"老章顿了顿才说，"大鬼杀不了，就杀小鬼。"

王克飞听明白了这句话的意思——找个更弱小的人做替死鬼。他抬起头看着老章，难道自己要一错再错，让更多的小人物受难吗？

"依我看啊，'凶手'只有一个最佳人选，"老章瞪着混浊的眼睛，说道，"那就是——周福根。"

周福根……王克飞往椅背上靠了靠，没有吱声。

"没有人比他更合适了，"老章补充道，"他人不在了。你说他是，他就是，他也不会从棺材里跳出来反驳你。而且刚出狱的罪犯，没什么社会关系，比较好摆平。我看啊，他就是现成的凶手。"

王克飞没有反驳老章。

把周福根当作凶手，确实有个好处——他已经死了，至少不会再拖累一个无辜的人。况且，他确实也不是什么好人，不仅虐待陈海默母女，烧死玉兰，而且一出狱就勒索陈海默，等于间接害死了她。给他安个罪名也不算太过分。

王克飞并不想急着表态。

老章继续说："第一，他有动机：勒索、谋财；第二，有证物，你手上的这封信，我们暂且不管是谁执笔的了，至少暗示了写信人和陈海默的这层父女关系；第三，他有前科，无论是报社还是民众，周局长还是黄太太，都比较容易接受这样的人是凶手。"

王克飞默默点头，同意老章的说法。虽然他依然不甘心让真凶逍遥法外，但当务之急是拿一个人来交差，先保住自己的小命。

"你说得有道理。可是动机，还不够充分……"王克飞分析道，"是周福根抓着陈海默的把柄，又不是陈海默抓着他的。他最希望的事应该是海默好好地活着，这样他就永远有一棵摇钱树。勒索人怎么会去杀死被勒索人呢？这道理说不过去。"

"这确实是个问题……"老章摸着下巴想了想，说道，"所以你得给他找一个其他的动机。比如说，他会不会怕海默报警，所以才下手的？他一个刚出狱的人，如果再被抓回去肯定会被重判。"

"他应该有把握，他手上掌握的秘密足以控制海默，让她乖乖就范，不敢报警。"王克飞反对道，"事实上，他也成功了，不是吗？海默不是在没有告诉任何人的情况下，给了他那副耳环？"

"那陈海默这么害怕被人知道的秘密到底是什么呢？"老章问。

王克飞也无法回答。

"这是你的工作了，你再好好想想。要把这个报告写得让人心服口服。"老章嘱咐道，"记得彻查他的人际关系。可疑的地方要么藏起来，要么索性消灭掉。你懂我的意思，总之别给那些记者抓到把柄，说我们找不到凶手，就赖一个死人。"

王克飞苦笑一下。以前这些烦琐复杂的脏活儿都是他丢给老章干的，自己什么都不用操心。老章总能出色地完成任务，俨然已是一名造假专家。这下终于要轮到自己了，但这次自己这么干不再是为了讨好大人物，而是为了挽救自己的命运。

"你剩下的时间不多了啊……"老章指指手表，离开了房间。

其他人已经下班了，王克飞独自留在办公室。此刻天已经黑了，整个黑洞洞的黄浦警局大楼里只有他的窗口亮着灯。

王克飞的面前是从提篮桥监狱领回来的一大堆资料，他之前一直都没时间好好查看它们。

为了把报告写得逼真，让凶手的动机、人格、作案手段都能自圆其说，王克飞需要像了解一个朋友那样去了解周福根。他先浏览了一遍周福根在监狱里的表现。看来他在监狱没有什么不良行为，只有两次劳动偷懒受了处罚。头几年有过几次和其他犯人的冲突，但都是别人挑起的事端，而他只有挨打的份儿。王克飞看了有些解气，这个打女人打孩子的浑蛋，在监狱里终于被人好好教训了。

最后几年，竟还有一个表彰，奖励他救下一个意图自杀的狱友。哦，原来就因为这个奖励，他才提前出狱了，又是这个套路。王克飞怎么会不懂呢？花点钱打点一下，假装有人自杀，他把那个人救了，两个人再去狱卒那里证明、申报，审核的人也睁一只眼闭一只眼。

这人看来没什么亲朋好友，在坐牢的十年间，他的探监记录寥寥无几。最近两年中只有两次探视，都是同一个名字，周福胜。这是周福根的大哥，王克飞曾经找过他，也是从他那里知道了周福根在珠宝店当看门人的事。王克飞打了一个哈欠，继续把探监记录往前翻……

就在他昏昏欲睡时，格子里一列潦草的毛笔字突然映入眼帘。

访客：冯美云。时间：民国三十一（1942年）年7月4日。

王克飞的瞌睡一下子跑了。这个名字似曾相识，好像在哪儿听到过。冯美云……王克飞在心底又默念了几遍。

是她！王克飞在心底叫了一声。陈海默的养母，陈逸华的妻子！

42

可是，冯美云为什么会和周福根有联系？她怎么会在四年前去监狱探望周福根？这两个人是怎么认识的？

这个新线索令王克飞莫名兴奋，但同时又极为烦躁。烦躁的是，他现在只想写一份完美的报告，并不想看见这些节外生枝的东西。多了一个人名，意味着他多了一个疑点要掩饰。可是，这个名字到底意味着什么？

他清楚地记得陈逸华说过，陈海默到了他们家后，和过去没有任何联系，而他和妻子也完全不知道陈海默的身世。那么，冯美云怎么会在四年前和周福根联系上呢？他们是谁先找了谁？又是为什么要见面？

陈逸华是不是还有事瞒着自己？

这个线索折磨得王克飞睡意全无。整个晚上，他一边抽烟，一边思考着种种可能，报告写写停停。直到快天亮时，他才靠在椅子上打了一个盹。

天亮后，他直奔陈逸华家。

王克飞敲门后，门缝里露出一张堆满赘肉的面孔，一对浮肿的眼袋。两只眼睛警觉地看了一眼后，把门拉开了一些说："是王探长啊！老爷现在不在家呢！您和他约好了吗？"

"不，我来找的人是你。"王克飞对那个叫梅姨的女佣说。其实，他算准了陈逸华现在已经出门，去国立音乐专科学校上课了。

"找我？"梅姨显得有些慌张，"为什么找我啊？"

"找你了解一些有关陈太太生前的事。"

梅姨迟疑了一下，缓缓地打开门。"您进来坐吧。"她似乎对王克飞的话并不惊讶。

王克飞在他熟悉的那张沙发上坐了下来。梅姨急忙要去倒茶，王克飞阻止了她："不用忙了。你先坐下，我简单地问几个问题就走。"

梅姨侧着身子在另一张沙发上坐了下来，脸色忐忑不安。

"今天我来找你问话的事，你能对陈先生保密吗？"

梅姨有些犹豫，最终点了点头。

"我知道陈太太已经去世很久了，"王克飞忍不住望了一眼墙上冯美云的遗像，她依然躲在黑色木相框内，目光祥和地俯视着屋内的一切，"我只是想问问你，平时陈先生和陈太太相处得如何？"

"太太和老爷非常恩爱，两人感情非常好，这么多年我都几乎没见他们红过脸。"她说起这些话时，脸上洋溢着一种温暖的表情。

"我听太太说过一些和老爷的事。他们刚认识时，老爷还是音乐学院的学生，太太的父亲正好是老爷的老师。据说是太太的父亲一手撮合，把自己的女儿许配给了自己的学生。太太在婚后便随老爷一同去奥地利留学，我也是那年跟他们一起去的。我在陈家做了快三十年啦，从一个二十多岁的大姑娘做到了五十多岁的老婆子。

"唉，但太太的一生又是不幸的。她一直体弱多病，后来又被诊断出糖尿病。她一心想为陈家传宗接代，可惜身体不好，一直无法怀上。他们在欧洲到处看医生，也没有什么效果。老爷虽然很想要孩子，但也从未埋怨，依然对她一心一意。"

"你觉得陈太太的脾气、人品怎么样？"王克飞虽然这么问，但也不对答案抱什么格外的期待。

"太太是我这辈子最敬重的人。"梅姨说着，深情地望了一眼墙上的遗像，"她的性格仁慈、宽容，富有爱心，对待任何人都很平等。我比她稍长几岁，她对我啊，就像对大姐一样。"她说到这里，神色又有些忧伤。

王克飞突然想起土山湾军乐队的马修士提到的一个细节。他在答谢演出会上本想阻止冒失的小山表演弹钢琴，但是，当时是冯美云网开一面，首先许可小山表演。这倒也符合梅姨说的性格。

"这么说，你也早就知道陈小姐并不是他们亲生的了。那么，陈太太和养女相处得如何呢？"

梅姨对于这个话题，似乎有些犹豫。她紧紧抿着嘴唇，没有说话。王克飞耐心地开导道："现在她们两个人都不在世了，也没什么可藏着的了。"

"我还清楚记得太太和老爷刚收养小姐时有多开心。太太曾经跟我感叹，一定是自己上辈子修来的福分，老天才会恩赐给她一个这么漂亮孝顺的女儿。她当时唯一担心的是没有出生证明等材料，能否顺利办完收养和更名的手续。

"收养了小姐后，他们带着她又回到欧洲生活了将近一年，随后搬回了上海。他们一向把海默视如己出，当作掌上明珠。太太知道小姐童年时吃了不少苦，生怕她会在同龄人中自卑，便尽可能地在物质上满足她，对她的教育和培养也倾尽心血。幸好，小姐没让他们失望，一直都非常上进。可是啊……唉，差不多四年前，事情却慢慢变了……"

43

那天是花花死了一个月的祭日。

花花是太太刚回到上海定居时从公园里捡来的流浪猫，养到那时候也有四年了。一个月前的黄昏，它走路时突然东倒西歪，口吐白沫，倒在地板上抽搐一阵后便死了。死时状态恐怖，全家人都被吓到了，却又束手无策。梅姨按照太太的要求把它葬在了附近的公园里。

太太在最近一年都有些郁郁寡欢，在花花死后情绪愈加低落，时不时独自坐在窗前抹眼泪。那天下午，当二楼房间里只有梅姨和太太时，梅姨突然听到身后传来太太的一声抽泣："花花死得太惨了，好端端的怎么会这样呢？"

梅姨叹了口气，回答："可能是跑到外面去不小心吃了什么老鼠药吧。"

"不可能……"太太眼睛直愣愣地看着窗外的樱花摇头，"那天门窗都关得好好的，它根本没出去过。"

梅姨不知道怎么回答。最近一年，太太的脾气变得有点古怪，疑神疑鬼。但是花花的死也确实太突然，有些蹊跷。

"我觉得花花是被人毒死的，"美云冷冰冰地说道，"而毒死它的人一定就在这个家里。"

她的语气让梅姨倒吸一口凉气。她自然知道太太在说谁。

小姐和花花本来一直都相安无事。在太太或者客人面前，小姐经常还会爱抚花花，陪它一起玩耍。

但半年前的一天，却发生了一个插曲，令梅姨每次回想起来，都感到背脊发凉。那天傍晚她买菜回来，在家门口听见了如婴儿啼哭般的凄厉惨叫声。

她急忙拿钥匙开门，竟看见小姐抓住花花的尾巴，把它往水泥窗台上猛摔，嘴里发出肮脏的咒骂。

啊！梅姨大惊失色，急忙推开门，叫了声"小姐"！

海默的手一松，花花便掉在地上，呜咽着一瘸一拐地逃跑了。而海默脸上的愤怒还没来得及撤走。

"是它抓花了钢琴。"海默面无表情地说完这句话后，转身走回了房间。

梅姨对这件事守口如瓶，但太太自己似乎觉察到了什么。她有次歪着脑袋说道："你别看她在人前好像喜欢花花，背地里却对花花正眼都不看的，更别提碰了。都是领养的，她怎么就没有一点爱心呢？"梅姨也早已觉察到了这一点。但是毒死花花，她还是不敢相信。小姐才十五岁呀！

看到梅姨一直沉默，美云突然又说了一句："我现在总算看穿她了，谎话精。"

"发生了什么事啊，太太？"梅姨从果盘上拿起一个苹果，问。

"你还记得吗？她说她从记事起就跟着一个捡垃圾的老太太在城北的火葬场附近长大，而那个老太太在我们遇到她前刚死了，葬在那附近的墓地。可前几年我们带她回去上坟，她却说找不到了。"

梅姨一边削苹果，一边回答："这话没有什么不对呀。想必您也看到了，租界之外都是废墟，一个野坟可能早不在了。"

"我再回想当年收养她的前前后后，越想越觉得蹊跷。比如说第一次见到她时，她混在一个只有男孩的唱诗班里，才得到了上台的机会。如果没有那次演出，她根本没有机会提出单独弹钢琴，更不会有后来发生的事。"

"您的意思是小姐被收养一事不是偶然发生的，而是她有意安排的？可她当时不过十岁啊。"梅姨有些吃惊。

美云自顾自地说道："我和逸华都以为这是我们自己的意愿，是缘分，殊不知只是踏进了一个小女孩的圈套。"

"太太，您说得我都觉得背上发冷啦，"梅姨把苹果切好，放在太太的床头，坐了下来，"可我们也没有证据这么说她啊。"

美云把一片苹果放进嘴里，因为酸，微微皱起了鼻子。"我上个月已经请了一个私家侦探……"

"啊，您派人调查她？"梅姨低声叫道。

"嘘，小声点，调查的事老爷不知道。"太太望了眼关紧的房门，陈逸华和海默正在楼下客厅陪其他客人下棋，"你还记得她十三岁那年有一次说在学校补课，却没有去吗？"

梅姨点点头说："那天下午突然下大暴雨，您让我去学校给她送伞，可我去了才发现，那天并没有课，学校都关门了。我记得特别清楚啊，是因为我当时还和学校门房闹，死活要让他们放我进去呢。"

美云接着说："那天，她到了晚上五点才回到家，身上却一点都没被雨淋到。她开始还像煞有介事地说在学校如何补课云云，被我拆穿后，她又改口说去找同学玩了。"

"是啊。可我记得您当时也并没有为这事太生气。"

"我哪儿顾得上生气啊，我当时只是担心她出事。看到她好端端地回来，是松了一口气。"美云说道，"可我心底，其实一直都不信她去找同学玩了。我们什么时候反对过她去找同学，她何必撒谎呢？"

梅姨点点头，她也觉得小姐当时应该去做了什么不能让家里人知道的事，否则没必要编造补课的事。可她当时只有十三岁，她会去见什么人，会去做什么事呢？

"虽然我知道那是很多年前的事了，但我觉得说谎是一种习惯，她现在也不会老实。我请的那个侦探啊，跟踪了她半个月。果真，有那么一个下午，她对我们说去见朋友了，其实根本不是。"

"啊？那小姐是干啥去了啊？"梅姨吃惊地问道。

"她一个人去了邮局。"

"邮局？为什么？"

"邮局里有一种保险柜服务你知道吗？你可以寄存东西在里面，并且只有你有钥匙。侦探查到了柜子号码，可没钥匙打开。"

"她租了个柜子，专门存放贵重物品？可有什么物品放在家里都不放心呢？"

美云撇了撇嘴道："我也不知道。但为了弄清她的过去，我让侦探又去调查了一个人。"

没等梅姨发问，美云继续说下去："就是当时把她介绍进孤儿院的高老师。侦探回来告诉我，那个高老师原本是住在城南一带的，还有邻居见过一个女孩时常去他的住处。所以啊，他们更可能是在那里遇到的，而不是什么城北。"

"可他们为什么要串通说假话？"

"我给侦探提供了刚收养时她的照片，还在继续调查，"美云一脸憎恶地说道，"但小小年纪如此有心机，令人心寒啊！"

"我觉得调查这件事……您还是告诉老爷一声吧？"梅姨小心翼翼地建议道。

美云从鼻子里不屑地哼了一声："我看他早被这个小妖精迷昏头了。跟他说有什么用？阿梅啊……"她又把眼睛转向梅姨，"你相不相信女人的直觉？"

梅姨紧张地看着太太，没有回答。自从摔猫事件发生后，梅姨也越来越觉得自己看不透这个女孩。她在别人面前是那么乖巧温顺，可爱善良。可是那个残暴失控的小女孩也是她吗？那个满口粗话的女孩也是她吗？是她的另一面吗？哪一面才是真实的呢？

王克飞听完后沉默不语。这么说，冯美云最终联系上周福根，很可能也是那个侦探的功劳了。看来这个私家侦探调查功夫很好，不知道手上还有没有更多的信息。

"你还有那个侦探的联系方式吗？"

"没有。太太从没告诉过我这个侦探是谁，而且那是四年前的事啦。"

"你知道后来的调查结果吗？"

"大约在我们那次谈话后又过了一个月，太太告诉我，侦探替她找到了一个知道海默过去的人，但是那个人在牢里。他们通了几次信，那个人似乎要见了太太本人，才愿意告诉她一些事。太太当时犹豫要不要去。"

梅姨理了理从发髻上散落的头发，说道："我劝太太不要去。这么做太冒险，被老爷发现了肯定要生气，让小姐发现了也伤感情，而且谁也不知道那人到底是怎么回事，一个罪犯说话可信吗？太太似乎被我说服了。可是没过几天，太太就出事了……唉！7月4日，刚过了太太的四周年祭日呢。"

"等等——你说7月4日？"

"是的。"

王克飞的心脏被重击了一下。四年前的7月4日，不正是冯美云去看望周福根的那一天吗？怎么会那么巧，那天去完监狱回来后就出事身亡了？

"陈太太去世到底是因为什么样的意外？"

梅姨把目光投向靠墙的一段狭窄的木梯，回答："太太一个人在家时，从那楼梯上摔了下来。自从车祸后，她的脊椎一直没有复原，那天摔得不巧，摔到了这个位置……"梅姨拍拍自己后脑勺的位置，眼泪突然涌出了眼眶。

她轻轻抽泣了一声，又说道："太太死得太惨啦。她走的时候，身边一个人都没有，没人可以扶她一把。她比我年轻，怎么可以先走了呢？我说好要一辈子照顾她的。我总是禁不住想，她死的那会儿在想什么，会不会挂念老爷。想到太太，我的心口就疼啊，疼得晚上都没法睡觉。"梅姨用掌根抹去眼泪。

王克飞也不知道该如何安慰她。

"可当时，其他人都在哪儿呢？"

"那天老爷在北京办事。而我，唉，太不巧，我那几天不知道吃坏了什么东西，呕吐个不停，昏迷过去，像要死掉了似的。我女儿把我送去医院后，我又在她家住了几天，所以没在陈家。

"那天还是小姐放学回家后发现太太的，"她又扭过头看了看楼梯，"据说当时已经断了气。我知道太太的死讯，都是两天后的事啦。"

说到这里，她的眼泪又扑簌扑簌地往下掉。

44

陈逸华每个月都会在国立音乐专科学校的大讲堂上一节有关欧洲音乐史的公开课，这门课被列为本校最受欢迎的课程之一。最近一阵他精神萎靡不振，上课的学生们几乎都已经从报纸上听说了他女儿遇害一事，自然也十分同情。今天他的讲课几次被他自己的咳嗽中断，即便这样，讲课结束时，掌声依然热烈。

陈逸华走下讲台时，又看到了那个熟悉的身影。他犹豫了一下，站着没动。

"陈教授，"王克飞挤过人群，来到陈逸华的身旁，"我想和您聊一聊，不知道您现在有时间吗？"

他们来到了教学楼后的小花园。花园虽小，却被照料得鸟语花香，郁郁葱葱的。由于是上课时间，周围看不见其他人。

"我看到铺天盖地的报道了。"陈逸华背过身去，声音冷静，"默默是被谋杀的，对不对？那个凶手是不是给她写勒索信的人？是不是周福根？"

幸好陈逸华是背对王克飞的，让王克飞有机会调整自己的表情。他总是不善于当面说谎。如果陈逸华认为凶手是周福根，那不如顺水推舟吧。

"是的，他是唯一的嫌疑人，"王克飞回答，"公布海默是意外身亡只是为选美大赛的声誉着想，我也是身不由己。其实我没有放弃调查。您也知道，我一直在追踪勒索信的线索。"

"可惜这浑蛋已经被劫匪杀了……"陈逸华气若游丝地说了一句。

"我今天来是想再确认一下，您真的是从我这里得知陈海默的真实身世的吗？您以前真的不知道周福根的存在？"

"你这话是什么意思？"陈逸华转过身，瞪着眼睛问，"如果我早知道这个人的话，我会亲手杀了这个畜生！是他毁了默默啊！可惜我知道得太晚了，他已经死了！"

"可是……"王克飞看着自己的皮鞋尖，正踢着一棵小草，"您的太太冯美云在去世前，却去监狱里见过周福根。"

"你说什么？她认识那个浑蛋？"陈逸华大为吃惊，"你怎么知道的？"

"说来话长，但我这里有她去找周福根的探监记录。因为日伪时期探视犯人需要出示真实身份证明，所以，如果不是她，那只可能是一个同名同姓的人。"

陈逸华沉默了半晌后，喃喃自语道："这么说，她早就知道根本没有什么捡垃圾的老太太了？她知道后为什么什么都没对我说？她瞒着我去找那个浑蛋干吗啊！"

"会不会是怕您反对呢？"王克飞问。

陈逸华想了一会儿，才无力地点了点头。是的，她知道自己一定会反对，甚至发怒，所以她才不敢说吧？

当初收养海默，其实是美云提出的主意。在孤儿院看过答谢演出后不久，他们请小山和几个孤儿来家中做客。那天晚上，他们有过一次长谈。

　　陈逸华清晰记得那晚的美云。她穿着亚光的枣红色丝质睡衣，歪着脖子靠在床头软枕上，头顶上有几根醒目的白发。自从脊椎受伤后，她便很难坐直或者站直。

　　"逸华，我觉得很对不起你，一直以来也没能为你膝下添一子一女，"她低下头，盯着他们握在一起的手说，"你有没有想过收养一个孩子？"

　　"我们不是讨论过这问题吗？孩子需要花很大精力去培养，你现在的身体不好，需要人照顾，我也忙于工作。"陈逸华回答后，又违心地加了一句，"就我们两个人不也挺好的嘛！"

　　"我也想过这问题。如果孩子太小，等到他长大成人时，恐怕我们已经太老了。所以……"她抬起头，眼眶里闪着激动的泪光，"你觉得这个孩子如何？她的年纪刚好合适，已经会照顾她自己。她出身贫苦，有一份勤勉和感恩的心。更难得的是，她待人接物得体。收养她以后，万一我先走了，你也可以有个人照应。"

　　"唉，什么走不走的，说这些不吉利的话干吗？"陈逸华斥责道。但他心底却也有些动摇。

　　第一次见到小山时，她扎着两根乖巧的辫子，穿着一件洗得发白的男孩穿的蓝布衫，混在只有男孩的唱诗班里。他当时并不对她的演奏水准抱有期待，默许她的演出只是不想打击一个小女孩的积极性罢了。但几秒钟后，他已经被女孩双手的力量和她专注的神态吸引。

　　虽然她的技术远谈不上优秀，但她是用她的心，用她的灵魂在弹奏。他从事音乐教育那么多年，深知技艺可以靠练习改进，唯有对音乐情绪的感知无法传授。他遇见很多成年人，从小习琴，技艺精湛，但意识却好像始终没有开窍。他一直认为对音乐的理解和对生活、对人性的感悟是一体的。而她小小年纪，想必也没什么生活阅历，却能够如此透彻地演绎音乐，这令他惊异。表演结束后，他和美云都情不自禁地鼓起掌来。

他从前一直幻想有个儿子继承自己的音乐细胞，再经过他的精心培养，能够达到他未能达到的音乐殿堂的顶峰。他在自己的音乐生涯中总结了很多失败的教训和成功的经验，渴望能够像输血一样传授给另一个未定形的生命。自从知道美云没有可能生育后，他早已死了这个心。但是现在突然出现了这个女孩，虽然不是亲生的，也不是男孩，但她确实富有音乐天赋，是个好苗子。

他转身握住了美云冰凉的双手说："如果你愿意接纳她，我也愿意。"

…………

美云谈起海默时的骄傲和温存还历历在目，可几年后事情却慢慢发生了变化。

"为什么她后来再也没提起那个收养她的老太太了？"大约在四年前的一天，美云突然问道。最近，她时不时会提起这个话题。

陈逸华有几分烦躁地回答："这是多久前的事了，你提这个又是什么意思呢？"

"可别忘了我们第一次见到她时，她哭得有多伤心。"

"总有些不好的记忆你不想提起吧？"他冷冷地回应自己的妻子，"谁希望一直活在痛苦的过去呢？"

他听到美云拉灭了床头灯，翻了一个身，咕哝道："我觉得这姑娘年纪小，却很不简单。"

听到这句话，陈逸华积压很久的不满终于爆发了。他跳下床，冲妻子的后背吼道："整天拿这些过去的事说事，你到底说够了没有！我真庆幸你没生自己的孩子！"

想到这里，陈逸华的身体微微颤抖。他把手中的讲义放在了旁边的花坛上，一手撑住了台阶旁的石狮。

"可到底是什么让您太太即便发现她说谎后也没有向您吐露呢？难道仅仅是

怕您发火吗？"王克飞问。

陈逸华向旁边走了几步，面朝着一株樱桃树，沉默不语。

王克飞继续说："我能不能这么假设，或许您太太发现了您对海默有特殊的感情，认为您会偏袒海默，所以——"

"不，不是你想的那样！"陈逸华摇头。他剧烈地咳嗽了几声后，又说道："我怎么可能这么禽兽不如呢？"

海默搬来后没几年，个子越长越高，很快出落得亭亭玉立，她的美貌是任何人见了都不会忽视的。当然比起美貌来，更让陈逸华欣慰的是海默的自律和勤奋。尽管总有其他学校的男孩把鲜花送到家中，或者争相接她参加课外活动，但她似乎并不对他们中的任何人有兴趣。

与此同时，美云的身体越来越糟，整日足不出户的她也变得愈加疑心。只要这养父和养女两个站在一起说话，她便无法集中精力于手上在做的事，总是拿眼角瞟着他们。

海默每次说话时，不时地碰碰陈逸华的胳膊和肩膀。美云又会在背后嘀咕："看她的那些小动作，她的举手投足根本不像十六岁。"

慢慢地，陈逸华也觉得疲倦了，懒得再向美云解释。如果她继续无理取闹，他甚至会发脾气。

"我和海默之间没有任何超越养父女的感情。美云在死前那一阵子，健康恶化影响了她的心智，她的脾气与以前大不一样。她变得疑神疑鬼，不愿意相信我说的话，总是指责周围的人说谎。她可能也认为我不会相信那些调查结果吧。"

王克飞似乎被说服了。他告诉陈逸华，自己没有其他的问题了。随后，他看了一眼手表，说他还约了另一个人见面，便匆匆告辞了。

王克飞离开后，陈逸华在烈日下突然感到头昏眼花。他捂住脸，在滚烫的石阶上坐了下来。

刚才这番评论亡妻的话，让他的内心充满了愧疚感。他为什么要急于证明自己清白？而他，真的那么清白吗？

其实，是美云的过度警觉反而唤起了他对海默的另一种意识吧？他直到那时候，才发现自己已经不能再把她视作一个小女孩。她已是一个漂亮、健康、自信的女人，与他的妻子截然不同。

每当海默把种种学习和钢琴的喜讯带回家时，他觉得她的优秀并没有他和美云的功劳，更像是她与生俱来的、基因里的东西。连他都会好奇，她的亲生父母究竟是什么样的人。

他甚至觉得自己对她怀着一份仰慕之情，就像那些小男生一样。这个想法令他羞愧，从而在养女面前变得更加拘谨。

唉，这究竟是怎么回事？自己真的被海默吸引了吗？真的只剩下自己的道德意识还在抵抗吗？难道连美云也看出来这点了吗？

45

高云清走进土山湾孤儿院内的小礼拜堂。今天上午，王探长突然打电话到教务办公室找他，约他一点钟在这里见面。

礼拜堂里的一切都没变样。以前每到星期日，教士和孩子们会在这间礼拜堂做礼拜，而他则在角落的那架钢琴上为唱诗班伴奏。阳光透过西侧的彩色窗玻璃照射进来，他的布鞋踩在地面的倒影上，又被光芒覆盖。他抬头看看窗上色彩斑斓的圣母马利亚像，谁会想到这美轮美奂的画像也是出自孤儿们之手呢？

高云清找了一张长椅坐下。两个男孩在小礼拜堂，一个在弹钢琴，另一个扶着钢琴安静地听着。这断断续续的乐声令他的思绪回到了多年前，回到了那个火光彻夜明亮的夜晚。

它有时近得触手可及，有时又似乎遥远得像一团雾气。

那晚的大火把天空照亮了，一切都被映照得红彤彤的，窗外隐约传来人们的呼喊。这时，木门上突然响起了"砰砰砰"的砸门声。他一打开门，小山立刻钻进了屋子。

"先生，我没有家了！"她哭着扑进他的怀里，双臂紧紧搂住他的腰。不知是因为冷，还是恐惧，他能感觉到怀中幼小的身体剧烈颤抖。

"发生什么事了？"他从未见过她如此悲恸。

"妈妈死了。他放火烧死了妈妈。"她的下巴不停哆嗦。

他知道她从来不叫那个男人"爹"。每次说起那男人时，只用一个拖长声调的"他"来代替。

高云清十分震惊，急忙问："他人在哪儿？"

"刚才警察把他抓走了，"她呜咽着道，"我躲在人群里看见的。"

他抑制住胸口的一声长叹，更紧地抱住了她瘦小的身躯。

他们在灶间生火，他为她煮了一碗粥。到了半夜，窗外依然是亮的，好像太阳一直没有下山。他走到窗前，望着街边那片贫民窟一般的平房，在通天火光的映照下，竟带了一种末日般的辉煌。

他站在窗前，自言自语道："茶楼没了，你回不了家了。"

"那不是我的家。"身后传来声音。

高云清转过身，看到火光映照着她稚嫩的脸庞，她的大眼睛里噙着泪水，神情落寞地看着他。

小山站起来，慢慢走到他的身边，把裤管往上拉，露出一截小腿，上面有一条条刺目的红色血痕。

"他前晚用夹火钳抽我的。他恨妈妈，也恨我。"

高云清揪心地离开了窗口。炉火照不见的地方是那么黑暗啊。

"先生，您想听小曲吗？"

还没等他回答,她突然后退一步,挺胸、收腹,站得腰背笔直。她的双手在胸前摆好手势,突然唱了起来:"冰山难融入冬江,万家灯火映长妆……"她咿咿呀呀地唱着老掉牙的小曲,身上宽大的布衫和严肃认真的表情,让她显得既滑稽可笑,又叫人心酸。

"是谁教你的?"他打断小山,问。

"我妈妈。"

她走到了高云清的身边,用柔软的双臂抱住了他,把脑袋依偎在他的腹部,喃喃道:"高老师,您是我唯一的亲人了!"

这时,两个男孩注意到高云清坐在长椅上一动不动,窃窃私语起来。

高云清不好意思在这里久留,便站起来,转身离开。他走进了孤儿院的后花园。午后时分这里空无一人,四周只有知了寂寞的叫声。孤儿们此刻应该都在车间里做工吧!高云清用手掸去花坛边沿上的紫藤花,抚平长衫,在紫藤架下坐了下来。

自从那晚发生火灾后,无家可归的小山便在他的屋里留了下来。小山睡在他的床上,而他则在床边打了个地铺,这样过了四天。他也知道这样下去不是办法,在这四天中苦苦思索该把小山送去什么地方才合适,却又不敢开口提,怕伤小山的心。他刚开始并没有想到孤儿院,因为他很清楚,土山湾从没有收留过女孩。让他下定决心要冒险试一试是在第四天晚上,自那以后,他知道自己再也不能留下她了。

那天晚上高云清烧了两壶水,搬出大木桶,为小山洗澡做准备。可在小山洗澡期间,他突然听到厨房里传来一声惊叫。他急忙走到门口,敲了敲木门问:"小山,你没事吧?"

"我滑了一跤,爬不起来了!"她发出痛苦的呻吟。

高云清一惊,慌忙推了推门,幸好木门没有上闩。他一推开门,却只见赤身裸体的小山躺在那里。她的胴体被黑色地面衬得那么刺眼。

当时的小山虽然只有十岁，但个子比其他孩子高，也发育出了结实的大腿和微隆的胸部。

高云清急忙闭上眼睛，把床单递了过去说："先披上这个吧。"

他把裹了床单的小山举抱起来，带进房间。

小山把头依偎在他的怀中，喃喃道："刚才突然头晕，觉得天旋地转，不知道怎么回事。"

他把她小心翼翼地放在床上。刚要起身去为她拿衣服，他突然感觉胳膊上一凉。低头一看，是小山的手抓住了他。紧接着，他听到了一个陌生而迷离的声音："云清。"

他的心脏猛地一颤：她不再叫自己高老师了？

他愣了两秒，摆脱了她的小手，站了起来。他满心惶恐，无处可躲，冲出了家门。

当他站在家门外的大街上时，他的心上像压了重物一般难受：小山啊小山，你为什么要这么做啊？你为什么要纵容男人的欲望啊？

"高老师！"一个喊声打断了高云清的思绪。他抬头，看见王探长正从走廊上急冲冲地走来。他有些行动迟缓地站起来迎接。

"我怕再去学校找你不方便，所以才把你约在这里，"王克飞说道，"我想多了解一些陈海默早年的情况。"

他们两个在花坛上坐了下来，知了依然在他们头顶聒噪。

"王探长有什么问题，尽管问吧。"

"你是否听小山提起过一件首饰叫凤冠？"

"凤冠？这是什么东西？"

"古代女人戴头上装饰的那种。"

"她从没有提过。"

"你上次提起曾经随小山去过几次茶楼。你可认识什么火灾的幸存者？"

"我听说那次火灾死的人大部分都是茶楼里的客人和员工。有三四个人逃了出来，可我不认识他们。这么多年过去了，也不知道在哪儿能找到他们。"

王克飞的脸上显出些许失望。

"对了，有个本来住茶楼隔壁的接生婆，好像还在那里。"高云清突然转过身说道，"我前阵子经过斐夏路，看到她的店——就是自己家门口挂个招牌那种——还开着，不过不在同一个位置。"

王克飞想起来，漕河泾分局当年办案的警察似乎也说起过这个接生婆。她和小山的妈妈玉兰还有些交往，如果能找到她就好了！

"你和小山后来真的没有任何联系吗？"

高云清摇头道："她被陈教授家收养后，就跟他们夫妻俩回了欧洲，我甚至都不知道她是什么时候又回上海的。因为我比较关注钢琴比赛，后来是因为她得了一些比赛的奖，才得知她的消息。但我从来没有去打扰过她。"

"当年小山被陈教授收养，是因为她最初自告奋勇表演钢琴。可那个合唱团只有男生，她怎么会混在里面呢？"王克飞问。

高云清内心疑惑，不知道王克飞为什么又问起这些久远的事情。他回答道："这事只是个巧合，证明了被收养一事也是命中注定吧。那次是陈教授夫妇初次造访孤儿院，军乐队忙得不可开交，马修士让我负责照顾那些慈云中学的男孩。可一个男孩吃完午饭后，突然叫胃疼。我本以为他只是中暑了，让他喝一点茶。但想不到他把刚吃下去的饭菜一股脑儿全吐了出来。"

"你们的午饭是在哪儿吃的？"王克飞打断了高云清。

高云清突然有点紧张，手不知道该往哪儿放。"午饭是在孤儿院食堂里吃的，就是一些很简单的菜。"

"你继续说，这个男孩的症状是什么？"

"他不断叫疼，在床上翻来覆去，止不住呕吐。在医生赶到之前，他已经昏迷过去，面容青紫，鼻子里哼哼着，听上去非常痛苦。"

"是你要求小山顶替上场的吗？"

"不能这么说。我当时非常着急。再过半个小时就该上台了，这唱诗班总共十二个男童，若少了一个，队形一望便知，一定会被观众斥为不专业。但那时，是小山主动站出来的。她说她的个子和那男孩差不多高，可以换他的衣服代替他上场。我当时没有立刻答应，怕露馅后会捅出更大的娄子。倒是那个生病的男孩已经脱下衣服，说不能让他一个人耽误大家的演出。这男孩个子比较高，是站在最后排的，和小山的身材匹配，因此衣服穿在小山身上亦十分合身。"

"那后来表演钢琴呢？也是你事先知道的吗？"

"不，不。我当时对她顶替上场其实还是挺心虚的，叮嘱她唱歌不要发声，对对嘴型就行，千万别引起大家注意。我怎么会想到她突然站出来呢？那天真把我吓坏了，但幸好结局不是那么糟。"

王克飞突然提出了一个奇怪的请求："能带我去看看当年吃饭的食堂吗？"

高云清答应了。他们推开手边的一扇门，走进一间阴暗的大房间。房间里摆放了长木桌、长椅。这里是孩子们的食堂，从背面的小门穿出去就是灶间。

"一点也没变。"高云清感叹道。

王克飞环顾一圈后，突然问："我记得你说过小山到了孤儿院后是在食堂帮忙的？"

高云清点头，他感觉自己紧张得连吞咽口水都难以做到。

"当时，只有这一个男孩有呕吐的情况吗？"

高云清声音紧绷地回答："只有他。"

"那后来医生看了后，怎么说？"王克飞若有所思地问。

高云清的身体微微颤抖。他突然意识到，王探长已经猜到了什么，正朝着那个方向慢慢摸索了。他最终会发现吗？可他最终会发现什么？

八年前，演出一结束，高云清就急忙赶回厨房。那时，大夫收拾起药箱，说道："我必须现在就带他回医院，他的情况很危险。我能把他中午吃剩的饭带回去吗？"

高云清不理解，问："为什么？"

"症状如此严重，只可能是中毒。而你们其他人吃完午饭都没问题，可见不是食物的原因，而是有人特意对他下毒。"

高云清一时有些恍惚，他喃喃道："你怀疑有人对这孩子下毒？"

"是的，只是我现在无法判断到底是什么毒。"

高云清慢慢地向厨房走去时，感觉双脚有些不听使唤。他突然意识到了一点什么，又不敢相信。小山和烧饭师傅一起忙碌的身影，她为孩子们盛饭、添菜……他走进厨房时，感觉整个胃都在翻腾。在关键时刻挺身而出的小山，穿在她身上刚好合适的制服，演出结束后的毛遂自荐，她毫无征兆地落泪……他感觉天旋地转，有些站立不稳。

他认出了男孩的碗。

"高老师，您是我唯一的亲人了！"他的耳边又响起了小山悲恸的声音。仿佛鬼使神差一般，他拿起另一个孩子的碗，匆匆走出厨房，交给了大夫。

高云清后来听人说起，那男孩捡回一命。大夫找不到证据，不能确诊，只是凭经验判断他是中了一种叫藜芦的毒。可如果是小山……如果真的是她做的，她怎么会有这种有毒的植物呢？她怎么会懂这些知识呢？

此刻，高云清低下头，不自信地回答王克飞："医生也查不出病因是什么，吃了药，那男孩自然好了。"

"哦。"王克飞将信将疑地看着高云清，"你脸色有点不好，没事吧？"

高云清惨淡地笑笑说："我没事。天太热罢了。"

王克飞看了看手表，说他还有点事，先走一步。于是就向高云清告辞了。

王克飞离开后，高云清才吐了口气，浑身因高度紧张而僵硬的肌肉放松了下来。他用手遮挡住脸，但挡不住眼前小山纯真无邪的笑脸。

他记得小山在离开孤儿院的那一天，到他的办公室向他告别。

高云清把手搭在她的肩膀上，想认认真真地再问她一次男孩中毒的事。他已经想好了告诉她：我保证不会告诉任何人，只要你承认是你做的。

但他终究没有说出口，只是苦笑一下，拍拍她的肩膀道："我为你高兴，小山。"

"再见，高老师。"她眯起眼睛笑道，露出洁白的牙齿。

再见，海默。

高云清在心底轻轻念了一句。

46

经历过一场世纪大火的斐夏路在最近几年又陆续建了不少房屋，但背面的空地上依然有一些时代久远的废墟。街上人不太多，大部分是匆匆的过客。王克飞很快从一个街头摊贩那里打听到了接生婆的住所。

她家门的上方挂着一块小木牌，书写着："快马轻车，陈氏收洗。"门敞开着，只挂了一块蓝色印花布门帘遮挡。王克飞撩开门帘，向阴暗的屋内探头望了一眼，大声问道："有人在家吗？"

"来啦。"里屋传来应声。不一会儿，一个瘦小的老太从里屋走了出来。她盘着发髻，裹着小脚，穿着干净的布衫，显得精明能干。

在王克飞说明来意后，老太太用袖子象征性地掸掸凳子上的灰，请王克飞在八仙桌边坐下，说："他们都叫我陈姨。探长，您也这么叫我好了。"

王克飞环顾房间：墙上贴了一张喜庆的年画，是两个白胖娃娃。架子上有一些药罐。一张书桌上放置着笔墨纸砚，那些簿子大概是用来登记接生信息的。

陈姨一边给王克飞倒茶，一边说道："我家以前住的地方还要往东一些，旁边就是那家茶楼，墙挨着墙。可惜那场火灾把什么都烧完啦！原来茶楼的地方现在新盖了一家布料店。"

"你刚才说起你还记得玉兰和她丈夫……"王克飞迫不及待地想进入正题。

"我怎么会忘记她呢？"陈姨也在八仙桌旁边坐了下来，"我第一次见到她，是在一个大冬天的晚上，她突然敲我家的门。当时她的肚子已经有五六个月大，身上还背了两个包袱，看起来像是赶了不少路。我问她要做什么，她说她想要保住她的孩子。"

"她的孩子不是在肚子里吗？"王克飞喝了一口热茶，问。

"我当时也奇怪。她说她一个月前曾被逼喝了一碗打胎药，虽然她偷偷吐了出来，但难免有些下了肚。她一直不放心胎儿的健康状况，想让我检查一下。我看到她的腮帮一直在抖，便生火烧水，给她泡了壶热茶。在烛光下，我才看到她的头发挡住了右脸一大片血淋淋的伤口。"

"伤口那个时候还没有愈合？"

"是的。大约因为感染，一直没有结痂。我提议给她脸上的伤口敷点药，她答应了。给她做了检查后，我告诉她胎儿一切正常。若打胎药立刻吐出，未进入血液，便不太会损伤胎儿。她听了松了口气，显得很高兴。后来，她在这街上租了间屋子住下来。她回来我这里换过几次药，我们也因此慢慢熟了，她才告诉我一些关于她自己的事。"

玉兰幼年时被一个婶婶从浙江带到上海，卖给了荣贵里的书寓百春阁。她的童年就是在红灯笼高挂、酒醉喧嚣的荣贵里度过的。老鸨看她从小长得清纯脱俗，便叫她小玉兰，又派人教她诗词歌赋、弹琴、下棋。

小玉兰在八九岁时开始出局，去一些酒局上唱小曲。她在音乐方面特别有天赋，唱小曲弹琴都做得最好最认真，便成了百春阁里最受欢迎的清倌人。

老鸨在她十五岁时安排了开苞。那人器重她，金银翡翠、绫罗绸缎、被褥衾枕一一奉上，老鸨如同风风光光嫁了个女儿，也借此大赚一笔。自那以后，她便正式成了倌人。

她当时是百春阁头牌，为妓院带来可观收入，老鸨也顾及她的感受，从不逼迫她接不喜欢的客人，甚至还为她装点了豪华寝室，配备了丫鬟使唤。她明知老鸨只是利用她，却也怀着对亲人一样的依恋之情，对那种生活也说不上厌恶。

她的生活发生了天翻地覆的变化是在十八岁时。自从遇到了那个客人，她说她才第一次知道什么叫作想念，也第一次意识到自己原来是生活在牢笼里的。

可是就在那时候，那客人突然接到通知，不得不离开上海。他想过带玉兰一起走，但老鸨不甘心，存心要了一个天价。他也担忧自己此次任务奔波危险，不适宜带她跟随，最终决定把她留在书寓里，独自离开。

可在他走后不久，玉兰发现自己怀了孕。她起先恐惧，而后却又带了一点欣慰：她终于留住了他生命的一部分。

她生活在老鸨的眼皮底下，尽管细心掩藏，还是很快被发现了异样。

老鸨培养小玉兰十几年，看她年纪尚轻，势头正好。若由她生下孩子，不仅等于让她自毁价值，还毁了自己多年的投入。老鸨动用种种手段，威逼利诱，只为了让她放弃腹中胎儿。

老鸨从郎中处得到了打胎药，让一个长工抱住她，强行灌入她嘴中。等他们走后，她才抠喉咙，偷偷呕吐出来。

玉兰突然意识到人生的空虚，对赔笑接客也产生了厌恶。她从此拒绝接客，和老鸨之间也撕破了脸皮。当她又一次撵走送进房间的客人后，老鸨暴怒，一边咒骂她没有良心，一边命人用最热的烙铁烫在了她那张年轻的脸上。既然她已经不愿意再接客，这美貌也没有任何留着的价值。

玉兰从小没受过这种苦，痛得死去活来，发了一场高烧。更让她痛的是内心的绝望，如果爱人回来了，她如何用这张丑陋的脸面对他？

那天晚上，玉兰终于跳窗逃跑了。她十几年来从没有真正离开过百春阁，躲在老鸨的庇护下仿佛成了与生俱来的习惯。让她下决心放逐自己的，是肚子里的孩子。她一定要保住这个孩子，因为这孩子是她和恩客此生唯一的联系。

那天晚上，玉兰像一个提线木偶，突然间有了灵魂，坚持要挣脱束缚，跳下舞台，哪怕摔得支离破碎。

她怕妓院买通警察追她，便一路避开警察和闹市，先在郊外村子里躲了一阵。后来觉得肚子越来越大，在村子里反而更加显眼，就又偷偷回到上海。

47

"她女儿出生时是我接生的。这孩子啼哭声响，五官精细，皮肤白皙。玉兰抱在怀里，不停咕哝：'太像她爹。'我告诉她，能扛过打胎药药效的胎儿，长大后多半命大。她听了笑得合不拢嘴。"陈姨说道。

王克飞的心一直在往下沉。原来陈海默的生母不仅仅是一个底层妇女那么简单。长大后的陈海默如何接纳自己的生母是个妓女呢？她到了另一个世界，过上了另一种全新的生活，过去的记忆还在折磨她吗？

"那时候，玉兰还没有遇见周福根吧？"王克飞问。正如自己一开始猜想的，周福根并非小山的生父。

"她生完孩子后，在茶楼里找了个打扫卫生的活儿。听说是茶楼的蔡老板牵线，把她许配给了在茶楼里负责烧水的福根。"陈姨唉声叹气道，"那个福根是个嗜赌如命的混混，常发酒疯，为人奸诈，街上的许多人都不喜欢他。玉兰答应这门婚事，想必也是为了给孩子找个爹，以免女儿日后被人指指点点。"

"街上知道玉兰以前是长三的人多吗？"王克飞问。

"起先没人知道，可在他们成亲前，不知道怎么就传开了。我想福根也是知道的。所以他们俩的结合啊，一个是委曲求全，一个是心怀鬼胎。"

福根愿意遵从蔡老板的安排娶她，会不会是因为他在那时已经知道她有凤冠了呢？

"不出所料，在随后的日子里，玉兰经常跑到我这里哭诉。起先福根找着各种开销的名目向她要钱。她逃跑时带走的一点银两，全都给了他。不久他都懒得再找借口，直接伸手。她实在拿不出，便会遭到毒打。"

"听说有一次你还去派出所报案了。"王克飞提醒道。

"那次他输了钱，被人追债追得紧，到家就翻箱倒柜，她坚持说没有钱，他差点把她打死。我觉得再这样下去会出人命，想让警察来教训教训他。可没想到，玉兰却还护着他，唉！"

"当时福根和小山相处得如何？"王克飞从口袋里摸出了烟盒。

"不是亲生的，怎么会有感情？他看小丫头不顺眼时，也会连她一起打骂。我记得有一天晚上，福根用铁棍抽她，她撕心裂肺地哭，隔了一个院子都能听见。我现在回想起她的哭声啊，都觉得心悸，简直像锥子钻在我心里一样。"

陈姨站起来，提起煤炉上的烧水壶，给茶壶添了热水。"但那个小女孩能吃苦，又懂事。以前蔡老板让玉兰站在街上守茶摊，但这玉兰从小习惯了晚睡晚起，有丫鬟伺候，哪儿吃得了什么体力上的苦？想不到她的女儿才那么丁点大，就会在大冬天催她妈妈起床。若叫不动，她便自己推了板车，冒着大雪出门，替妈妈摆茶摊。真是不简单。

"小山到了七八岁，模样俊俏，那双眼睛像她妈，又比她妈机灵，应该是来自爹的遗传吧？玉兰总说，那男人是个豪杰，他的女儿也必定不凡。我记得玉兰的屋里常常传出她教女孩唱小曲的声音。她在泥地上用竹篾写写画画，教女儿认字和背诵词赋。她还告诉女儿应该怎么画眉啊，染唇色啊，怎么识别玉石成色，怎么和男人对视……我问玉兰教她这些干什么，玉兰说，自己只有这些可以给女儿了。她希望女儿知道这世界上不单单只有一条臭气熏天的水沟，还有不一样的东西，漂亮的、能享受的，值得她去追求的、拥有的。

"唉！但是造化弄人啊！这姑娘生下来就注定要受苦的，又何必让她知道这些东西呢？当时还不如打掉呢！"陈姨说到这里，抽了抽鼻子，眼睛有点红。

"为什么这么说？"

陈姨沉默了一会儿，才缓缓说道："因为蔡老板看上了她……"

"你说茶楼老板看上了小山？"王克飞吃惊地问。

陈姨抿着嘴点了点头。

王克飞倒抽一口冷气。当时的海默才多大呢？他掏出一支烟，在手中折断了。"玉兰知道这事吗？"他怔怔地问。

"怎么会不知道呢？"

"福根也知道？"

陈姨点了点头："茶楼里做过工的人几乎都知道，他们在背后叫她小小妾。我记得那姑娘小时候很开朗，喜欢笑，但后来话越来越少，性格内向。大概她也知道这条街上的人都在背后议论吧。我还给她做过那方面的检查……唉，造孽啊！那时候她才九岁大啊，已经染上了那些脏病。"

"可玉兰怎么会……"王克飞的眼睛有点湿润。

"您是说她怎么不保护她女儿？王探长，您不了解那些从小就在书寓长大的女人，她生下女儿时自己也不过十八岁，涉世未深，稀里糊涂。一个都没有能力保护自己的人，怎么保护自己的女儿？"

"可她为什么不卖掉首饰，带女儿远走高飞？"

"您说的是那件首饰吗？我问过她，她说那男人确实留给她一件乾隆时期的宝贝，只可惜被老鸨没收了，她逃出妓院时没能带走。"

"你信吗？"王克飞问。

陈姨沉默了半晌，才幽幽地问道："王探长，在母爱和爱情之间，您知道一个书寓出来的女人会怎么选择吗？"

没等到王克飞回答，她便自顾自说道："玉兰幼年就失去父母的关心，陪伴她成长的只有男人的爱，最后最触动她的也是一份她自以为最高尚的爱情。她想生下这个女儿，不过是希望有价码能让男人回到她身边。她爱自己的女儿，终究也是因为她爱女儿的爹。您问我她到底有没有这么贵重的宝物？我真的不知道。但是……如果她相信这是他的定情信物，她可能会把这东西看得比她自己的命、比她女儿的人生更要紧。"

王克飞坐直了背，在腹部轻轻吐出一口气，问："那个蔡老板后来去了哪儿？"

"蔡老板还有其他生意，不是每天在这里。但是大火那晚，他刚好带了朋友在茶楼玩。他们一群人来不及从后面的房间跑出来，都烧死啦。"

王克飞从桌边站了起来。他似乎完全忘记了陈姨的存在，没有告别，便往屋外走。他的内心完全沉浸在无法自拔的错愕与恐惧中。

陈姨也跟着站了起来，对着王克飞的后背说道："请等一下，王探长。"

王克飞站住了脚步，但没有转过身。

"在火灾发生的晚上，小山也不见了，再没有人见过她。后来还是我和几个邻居葬了玉兰。您知道她现在在哪儿吗？"

王克飞愣了愣，随后摇了摇头。

"噢，"陈姨的脸上显出一丝失望，又带着令人捉摸不透的微笑，说道，"但是，我倒并不是太担心她。因为我知道，扛过打胎药的娃啊，生命总是格外顽强。"

48

王克飞走在回警局的路上，大脑一片芜杂。

周福根勒索信中所提到的过去，算是解开谜底了。海默的童年不仅有一个妓女母亲、坐牢的酒鬼父亲，她自己也因为被茶楼老板玷污，而一直遭到整条街上的人的耻笑鄙视。这种耻辱感这么多年一直跟随着她吗？周福根为了得到凤冠，竟然威胁要重新揭开这血淋淋的伤疤，并把它公之于众。当她发现自己这次终究躲不过去了，她还能怎么办？

王克飞的直觉已经捕捉到了一些可怕的东西，但他的眼睛却还看不清楚它们到底是什么。

为什么海默身边的人都死了？为什么他们都遭遇了不幸？

海默的生母和玷污过她的蔡老板都丧生于大火之中；那个男孩临上场时巧合地呕吐昏迷；冯美云在去监狱探视过周福根后的当天下午，意外去世；而那时，陈家女佣也因呕吐不得不离开陈家；四年后，周福根也被劫匪杀死……

可这一切意味着什么？他依然想不通，他的眼前是浓浓的迷雾。

王克飞用钥匙打开办公室的门，同事都下班了，只有空荡荡的桌椅。明天就要交报告了。他在写字桌前坐了下来，身心疲惫，只有大脑在亢奋地运转着，仿佛一台失控的机器。

他还剩下一个晚上来完成这份报告。可是写什么呢？噢，对——是谁杀了陈海默？

是周福根杀死了陈海默，这是标准答案。题目和答案都有了，他要完成的只是填写一个解题过程。

他拿起钢笔，蘸了蘸墨水。

　　陈海默在童年时饱受周福根的虐待。周福根因为从玉兰手上得不到钱，失手打死了玉兰。他害怕被追责，恶意纵火，烧掉了茶楼，致使几十人死伤，也让周围的商户、居民蒙受巨大的损失。他提前出狱后故技重施，向海默要钱。周福根以为海默可以从选美中赚到很多钱，当海默无力支付时，他认为她故意不给。愿望得不到满足，他就在一次会面时杀死了女儿。

报告的重点是周福根。

王克飞要像一个优秀的心理分析师一样，把他刻画成一个生性残暴的丈夫、自私奸诈的父亲、嗜酒如命的酒鬼、穷途末路的赌徒。一个低等动物，没有人性可言，体验不到人类高级的情感，只有来自本能的个人利益。

他因为得不到自己想要的而愤怒、愤怒、愤怒……

在纸上写下三遍"愤怒"后，王克飞猛然意识到他写不下去了。一笔画掉了全部的内容，他在胸口闷闷地吼了一声，把钢笔掷到了地上。

不！福根没有杀死陈海默！

可是谁呢？谁会是凶手呢？

答案仿佛就在眼前。不在这张报告纸上，而是在自己的眼前，只是隔着一层迷雾。他努力想要看清楚那个影影绰绰的身影，他或许已经猜到了站在迷雾背后的那个人是谁。但是这一切不可理喻，像占卜一样疯狂。

这时，王克飞的眼睛又瞟到了手边的一张报纸。十多年前的一期《申报》报道了火灾，并刊登了一张火灾前的斐夏路的街景。

黑白老照片是一个美国传教士由西向东拍摄的。照片虽然模糊，却依稀可见位于街道右边的茶楼。照片摄于一个冬天，街上的人都穿着棉袄，行色匆匆。

王克飞把报纸举到眼前。茶楼旁边一个黑洞洞的小门应该是陈姨当年的家。隔了陈姨家的是另一个更宽阔的店面，上面挂了一块木牌：吴派名医。旁边一列竖字，如果仔细看，还能辨认出来：熊氏药房。

王克飞感觉脑子里一根神经抽了一下，浑身打了一个激灵。熊正林的爷爷是熊南山！黄太太第一次见面时就说过。

那团迷雾瞬间散去，快得让王克飞来不及闭上眼睛。

一个死结突然解开了，让王克飞还来不及抓住那些散落的线头。

处女！那个尸体还是处女！

陈姨说过，蔡老板性侵了陈海默！

他终于睁开眼睛。那些矛盾的、凌乱的、过时的碎片，拼凑出一个完整的陈海默。她不再是王克飞见过的女大学生，而是另外一个女人。她的面目因为这扭曲的拼图线条而显得狰狞。

王克飞不得不正视自己的内心。他已经知道答案了，或许比他自己以为的更早知道答案。当他以调查周福根的名义一遍遍问着别人那些问题时，他或许已经知道了答案。

王克飞走到了三楼的窗边。天边有一道曙光，像要冲破这浓重的黑暗，可夜色依然强大。光明是如此无力，只停留在城市的地平线上。

可是那样的话，黄君梅在哪儿呢？

王克飞用双手盖住酸涩的眼睛，疼痛感一次次冲击他的脑门。他真希望这一切只是噩梦一场。

两个小时后，老章走进办公室。他看到王克飞怔怔地坐在桌前，头发蓬乱，胡子拉碴，一言不发。

"你的报告写完了吗？"老章顺手从地板上捡起一支钢笔，问道。

"我没写……"王克飞嗓音沙哑地喃喃道，"老章啊，我不能再说假话了……"

"什么？你一个字没写？"老章大吼一声，抓起了桌上的报告纸，上面只有一些胡乱涂抹的线条，"你小子不想活了啊！"

"我先得去一个地方。"

"去哪儿？"

"晚些再说。"

"不行！你哪儿都不能去！"

但这时王克飞已经站了起来，他撞倒老章，夺门而出。

49

王克飞再次来到了封浜村。但这次他没有去铁轨边，而是直接走进了他从没到过的村子。一条窄窄的小河穿过村庄。他的到来吸引了村民们的注意：在田间站着的一个孩子瞪着他；俯身在河水中洗衣服的妇人们抬起眼睛，就连刚挑着扁担上了桥的老人也停下了脚步。

封浜村给王克飞一种奇怪的感觉，仿佛是个美丽的哑巴，在烈日下死一般地寂静，感受不到一丝生机。

王克飞走向树荫下安静纳凉的两个男人，向他们打听村里有没有一个叫谢柳娥的姑娘。

"你说的是谢家的大闺女吧？"年轻人指指小坡下面河边的一栋平房，"今天骨灰被送回来咯。"

他又把头转向身边的老头说道："我早说过啦，这玩意儿治不好，去了上海也没用。"

那个干瘦的老头面无表情地倚靠在竹椅上，自言自语道："封浜啊封浜，千百年来都是风调雨顺的，可是它来了！它来了！"

"他的儿子和孙女都因为瘟疫死了。"年轻男子对王克飞小声说道。

"瘟疫是什么时候开始的？"王克飞问。

"今年初夏，有人说是那些逃难的人带过来的。它先到了邻村。我们三天两头听见出丧的哭声经过，心底也很惧怕，但最终，它真的来了。"

他们说的是这场入夏后暴发的瘟疫，随着灾民的流动而向江浙沪蔓延，霍乱、疟疾、乙脑轮番攻击。有人说它像一场肆虐的大火，从郊县的一个镇，烧到了另一个，势不可当。

这时，其他一些人也围了上来，有男有女。

"你看不见它，永远不知道它进了谁家的门。有时候一觉醒来，它就在你身上了。"一个背篓里背着婴孩的女人眼睛红红地说道。

"先是呕吐，似乎也没什么，可就是停不下来，有的人不出一天一夜就死了……"一个赤足、光头的男子说道。他说到"死"字时声音已经低得听不见。

"我见过一个人死的样子，整张脸和十指都是皱巴巴的，好像被榨干了水分。"一个年轻男孩指指自己的头，他身形消瘦，胸前的肋骨条条分明。

一时间哀恸和绝望的情绪包围了王克飞。他好不容易从绝望的人群中挣脱出来，向小河边的那户人家跑去。快接近谢家时，他听到了此起彼伏的哭声，让他毛骨悚然。

他在坡上停住脚步，只见五六个披麻戴孝的人从谢家边哭边走了出来。走在最前面的捧着一个蓝色骨灰盒。他们沿着河边远去了。

王克飞这才走进谢家，看到厅里只有一个十三四岁的女孩还跪在草垫上。

女孩看到王克飞，慌忙爬了起来。她穿着白色寿衣，齐耳短发上戴了一朵小白花，眼睛哭得红肿。

"您找谁？"她面露惊恐。

王克飞张了张嘴，不知道怎么回答。他把目光投向放在正对大门桌子上的画像。画像上的女孩，和海默、黄君梅一样年轻。她的脸庞宽阔，扎着一条粗粗的麻花辫，笑容淳朴。这时，临河的窗户开着，有穿堂风吹过，带来一丝清凉。

小女孩似乎明白了一些。她回头看了看照片说："这是我的大姐，今天骨灰刚从上海送回来。您认识她吗？"

王克飞点了点头，问："是熊医生带她走的吗？"

女孩"嗯"了一声。

"她和熊医生怎么认识的？"

"熊大夫和我家熟。他几年前就偶尔会来村里，给大家带一些药。瘟疫发生的这几个月，他来得更多了，有时候周末晚上不回去，也会住在我家。"女孩吐字清晰，让王克飞不禁想象她的大姐说话是什么样子。

"她是什么时候生病的？"

"就在她跟熊医生走的前几天，她开始呕吐、拉肚子，爸妈就知道不好了……每个人刚开始都是这样……"女孩的肩膀止不住地颤抖。

"是她自己跟熊医生走的吗？"

"我们都知道这个病有多可怕……熊医生怜悯姐姐，说起有种新的药也许可以保命，但他必须把她带回医院隔离。爸妈犹豫，姐姐坚持要跟熊医生走。其实啊……"她走到桌边，用手轻轻摩挲画像的相框，"熊医生让姐姐做什么，她都会听他的。姐姐听说熊医生喜欢短发的女孩，把自己长到屁股的长头发都剪了呢。熊医生不在时，姐姐有时都懒得开口说话，只有到了每个周末，她才又活了过来似的。"

"她是哪天被接走的？

"8 月 2 号晚上。"

"走的那天是什么打扮？"

"换上了熊医生给她买的新裙子和新鞋子。她别提有多开心了。我妈笑她，像要出门去旅行似的。"女孩又抹了抹眼泪。

"她左手中指上有一个伤口吗？"王克飞急着问。

"姐姐发病前两天切菜，不小心在手指上切了很深的一道口子，"女孩抬起盈满泪水的眼睛，问，"可是……您是怎么知道的？您为什么要问这些事呢？"

王克飞走向窗边，望着绿色的小河，深深地吐了一口气。他仿佛看见一个刚剪了短发的女孩坐在窗前，朝思暮想着她的心上人。可是，她怎么会猜到自己的结局呢？

"我也许不应该哭，"女孩在王克飞的身后，哽咽道，"至少，姐姐死前是开心的。她其实压根不在乎活多久，因为，只有和熊医生在一起时，她才是活着的。"

一切都是真的了。

王克飞的心因为恐惧而震颤。

50

王克飞看着车窗外飞驰后退的景色。他感觉自己正坐在一列火车上，驶向一个他没有计划，也不愿意到达的目的地。他有一些眩晕和失重。但一切都晚了！他已经无法下车，也无法抗拒这车速。

他的眼前出现那扇牢不可破的绿色铁门，上面挂着刺眼的红色警示牌：隔离区域，禁止入内。

谢柳娥已经在铁轨上死了，那么骨灰盒里的是谁？王克飞不敢想下去，这个可怕又大胆的念头像一片乌云遮住了他所有的意识。他觉得胸口很闷，难以呼吸，眼泪在眼眶里打转。他突然那么想念那个曾在他枕头上留下茉莉花香的女孩。

进入上海市内后，静安寺路上开始塞车，喇叭声此起彼伏。

"怎么了？"王克飞从车窗里探出脑袋，大声问疏导交通的警察。

"前方发生一起交通事故，一个灾民乱穿马路被轧死了。"警察回答。

王克飞烦躁地砸了一拳方向盘。

他从后视镜中望见身后的车辆也早已排起了长龙，无法掉头离开。他突然推开车门，跳下了车。排队的司机发现了，纷纷朝他大喊，叫他回来。

王克飞把空车留在马路中间，沿着静安寺路一路狂奔。在跑过了三个街口后，他终于看到了宁仁医院的那栋白色大楼。

今天门诊的病人很多，医院门口川流不息。

他冲进了后花园，来到那栋爬满爬山虎的独立小楼前。那两扇大铁门依然紧紧关闭，仿佛从来没有打开过。

不会被警察搜寻、不会引人注意、不怕被人撞见、可以长时间躲藏的地方，还有比重症瘟疫隔离病房更好的选择吗？

王克飞抓住一个经过的护士，气喘吁吁地冲她喊道："快打开这门！"

小护士放下手中的盘子，问："你是谁？想干什么？"

"我是警察！快给我打开！"王克飞冲她吼了起来。

"没有医生的许可谁都不能开门。如果您是警察，请办好相关手续再来。"

王克飞一拳打在铁门上，提高了嗓门："你们都没权开门的话是怎么照顾住院病人的？"

小护士吓得肩膀瑟瑟发抖，但依然不卑不亢地回答："他们都是重症传染病患，接受新型抗生素试验，只有主治医生能和他们接触。他们有任何不适可以按房间内的按钮，接通值班室和熊医生的办公室。这是医院的规矩，请——"

"我不管你们什么规矩！"王克飞粗暴地打断了她，"现在里面还有几个病人？"

"只有两个男病人了。"

愤怒和焦虑已经烧痛了王克飞的神经。他逼迫自己冷静，喘着粗气问她："前几天刚被火化的女病人是谁？"

"那个病人姓谢。"

"是谁开的死亡证明？为什么不等家属来领就火化？"

"是熊医生。他不过是按照规定办事罢了——在传染病暴发期间，每个患者的尸体必须由医院消毒后尽快就近火化。"

"除了熊医生，还有谁见过她？"

"我见过她。我给她送过三餐和药物到窗口。"小护士涨红了脖子回答。

"你确定你看清楚了她的长相？"

小护士眼珠转了转，支吾道："我不确定……里面灯光很暗……"

她的话音未落，王克飞已经撇下她，冲出了花园。

王克飞闯进办公室时，熊正林正在写字桌前工作。他猛然抬起头，一边的颧骨还没有消肿，嘴角留着一片淤青。

"你送到谢家的骨灰是谁的？"王克飞一踏进门便问。

熊正林放下钢笔，回答："我在审讯室里就回答过了。那个死的病患叫谢柳娥，一个月前感染了流行性乙脑，因为抗生素试验失败去世。我们已经尽力了。"

"撒谎！"王克飞捏着拳头大声吼道，"骨灰盒里是黄君梅的骨灰！你和陈海默杀了她！"

终于喊出了心中的这一句话，他感觉自己用尽了全身的力气，身体被抽空了，像要软绵绵地倒下。

熊正林愣了一愣，表情僵硬地笑了笑，说："黄小姐？呵，她不是去美国了吗？您不是说过是她和我合谋杀了陈海默吗？怎么现在又反过来了？这回更离谱，我甚至都不认识陈海默呢。"

"药房和茶楼仅一门之隔，小山在街边守茶摊，你们不可能不认识！"

"住在一条街上，也可能是两个世界的人。"说完这一句，熊正林低头咳嗽起来。

"你以为自己是她唯一可以依靠的人吗？她向你哭诉过她的身世吧？"王克飞掏出一支烟，却因为双手颤抖，点不上火。他索性把烟扔了，"你可能也听说了茶楼老板霸占她的事？你知道是烧水工杀死了她母亲，又放火烧了茶楼？你一定很震惊、怜悯，恨不得用命来补偿她受的苦？可你真的了解她吗？"

熊正林似乎在听，又好像并不在听。

"周福根并没有杀死玉兰。"王克飞突兀地说道。

熊正林抬起头看着王克飞，眉头微微皱起。

王克飞注视着他的眼睛，一字一顿地说道："是小山自己放火烧了茶楼。"

熊正林的眼神中保留了几秒的错愕，但嘴唇还是紧紧抿着。

"在审讯室里，我一直不明白是什么力量支撑着你死扛下去。我以为你要极力保护的人是黄君梅，不，我现在才知道，那个人是陈海默！"

熊正林的瞳孔中出现了一些迷离的光斑。但他很快又聚焦眼神，恢复了一种令人捉摸不透的自信。"您说的故事真是不可思议。我何必要保护一个我不认识的女人呢？倒是您，王科长，您在审讯室里告诉了我您和黄小姐的一段情。您到底保护住她没有呢？"

这句话触到了王克飞的痛处。

"浑蛋！"王克飞大吼一声，冲上前抓住了熊的衣领，把他撞到了墙上，"你会付出代价的！"

这时，他们的身后传来一阵密集的脚步声。

"王克飞，你已经被包围了！"王克飞听到了老章的声音，"立刻放开熊医生！我数到三——"

老章尚未开始数数，王克飞已经一把把熊正林按倒在地，用全身力量扑了上去。

陈海默如果要复活，必定要借助另一个躯壳。

她不可能和一个乡下女孩对换身份，因为接受这样一个底层躯壳，意味着她过去十年的努力都将化为乌有。她必须带着她积累的学识、气质、才华钻进另一个更强大、更优秀的躯壳重生。

黄君梅已死！她成了那个躯壳！

在失去意识前，王克飞只记得自己朝身下的人猛挥拳头。

一群黑影从背后蜂拥而上。

王克飞后脑被铁器重重一击，眼前一片黑暗。

51

其他人出去后，审讯室里只剩下王克飞和老章两个人。

王克飞拨开直射自己眼睛的探照灯。他的头上依然缠着白色绷带，强光的刺激让他的整个脑袋隐隐作痛。

"我解释好几遍了……"王克飞舔了舔干燥的嘴唇，说，"熊正林诱骗黄君梅离家出走，却在隔离病房杀死了她，让陈海默拿上黄君梅的护照和黄太太的钱上了船。"

"天方夜谭，"老章轻蔑地摇了摇头，"你以为熊正林在玩三人调包的魔术？"

"不然怎么会那么巧？陈海默出走的当晚，谢柳娥刚好发病？"

"你问问你自己信吗？你真的信了？你问问全上海的记者信不信？那个陈海默居然没有死？她竟然又活过来杀了她的好朋友？"

"你好好想想，老章，不要先入为主否决任何可能性。"王克飞用哀求的声音说道。

老章只是转过脸去，不耐烦地抽着烟，没有吭声。

"当初不是你第一个发现蹊跷的吗？"王克飞继续说，"尸体的头不在铁轨上，这不符合常理。还记得我们分析的第一个假设吗——凶手想掩盖死者的身份。可惜，我们正是犯了先入为主的错，被手表之类的东西误导，先把尸体想成了海默，然后又觉得凶手不可能是为了隐藏海默的身份。可事实上，凶手是为了隐藏谢柳娥的身份，希望我们把尸体认作陈海默。"

"谢柳娥可是一个瘟疫病患，法医尸检的时候为什么没发现其他病灶？"老章依然没有看王克飞。

"这说明谢柳娥根本没有得病！怎么会那么巧，熊正林正好找到身材、年龄各方面都那么像陈海默的病人？不可能。是熊为了得到替身，做了手脚，造成谢呕吐，随后又故意诊断为瘟疫，好把她带走。"

老章似乎用心在听。他吐了口烟圈，又问："那个手指的伤怎么解释？熊三天前故意在谢的手上划的？"

"不，应该反过来。在熊快实施计划时，谢因为切菜割破了手。这纯粹是个意外。为了不留下漏洞，熊立刻让陈海默在家中打破花瓶，也伤了同一个手指的同一个位置……"

"可你怎么解释杀死周福根的人排除了熊正林？照你的思路，不是他会是谁？"

"你想想，谁最希望周福根死？他是勒索者，那一定是被勒索人最希望灭口报仇了！熊在医院值班，有不在场证明，这没错。但他如果把陈海默放出病房，由她假扮警察，杀死了喝醉的养父呢？在这世界上最恨周福根的人莫过于陈海默了。她一定早就想杀了他，但是又不敢。因为她知道一旦她和周福根的关系被发现，第一个怀疑对象便是自己。所以她先制造了自己的死亡，再杀周福根，自然没有人会怀疑凶手是一个已经死了的人。"

"如果熊正林和陈海默是一伙的，当时在这个房间里如此拷打他，他为什么不招？把事情赖在黄君梅身上，不是可以保护他的情人吗？"

"当时船还没到旧金山，尚在海上。我想他是怕警察在美国通缉黄君梅吧。一旦发现她不在船上，而是顶替她的陈海默，那么一切自然都揭穿了，所以他必须全盘否认。"说到这一点，王克飞突然又伤感起来。

"这些完全是你的猜测，"老章夹着烟，指指王克飞，"你有证据吗？哪怕一个小小的证据？"

"处女！还记得吗？铁轨上的尸体是处女。可陈姨说海默从小就被茶楼老板性侵，她不可能是处女。这个矛盾说明尸体不可能是——"

"我不想再听了！"老章烦躁地打断王克飞。

唉！王克飞叹了一口气。哪怕真的有证据又怎么样？那些案子也有确凿的证据，不一样被他们制造成冤假错案吗？

没人可以说服一个不愿意被说服的人。

老章把烟头扔在地上，用脚踩灭，从口袋里掏出一卷纸扔在桌上说："你看看这个吧。"

王克飞打开案卷，读了两行，背脊上开始冒冷汗，脑子有些乱。

熊正林已经正式向上海市警察厅投诉王克飞酷刑逼供自己、骚扰医院工作秩序。下面列了一串罪名：徇私舞弊、滥用刑罚、收受贿赂……最后是王克飞的口供。

不！他根本没有说过那些话！他怎么可能说他是因爱生恨而故意污蔑黄君梅？

这是陷害！王克飞看看老章，他还能说什么呢？他们都心知肚明这是伪造的，可他能拒绝这强加在他身上的"真相"吗？

"我不会签字的……"王克飞愤怒地放下报告。

"这由不得你。"老章说道。

王克飞推开案卷。他想起了那些曾被他用权力劫走了真相的小人物：被推进牢房的流浪汉、用钱安抚的受害人家属、无法伸张正义的码头劳工……

有些是他指使的，有些他只是睁一只眼闭一只眼。

有些他迫于无奈，有些只是出于麻木。

现在，他终于从一个造假实施者，变成造假案卷中的主角了。

"你以为你很聪明，破了这么难解的案件？你太笨了！你都不知道自己在跟谁斗！"老章站了起来，他的影子投在身后的墙上，显得无比巨大，"克飞啊，这次真的没有人可以帮你了！"

老章说完，摔门而出。

那砰的一声砸门声，让王克飞哆嗦了一下，仿佛是法庭上的那一声宣判一切的法槌。

52

王克飞被转移到了关押室。关押室外是一条长长的走廊，他独处时四周极为安静，唯一能听见的是"嗡嗡嗡"的耳鸣声，像是从后脑勺的伤口发出来的。王克飞似乎又看见黄君梅跟他回家，倒在床上，头发散落在枕头上。那个画面挥之不去，像是强光灯在他视网膜上留下的后遗症。她用双臂钩住他的脖子，幽幽地说道："其实您也并不了解我呀……"她落在他手背上的一颗眼泪，她的柔软腰肢，靠近他的气息，混合着酒精、茉莉、香波、汗水的气味。为什么我从没有对她表达一点点爱意，甚至说过一句安慰的话呢？为什么我一直处于患得患失、亦爱亦恨的彷徨中，无法正视自己的内心？

他在胸口轻轻吐了一口气。

熊正林讽刺得对。自己是个窝囊的人，不仅没有保护她，反而伤透了她的心。在新仙林的后台，最后一次单独见面，他冲她大吼大叫，指责她出于忌妒杀人。她说她很难过，她以为找到了一个可以保护她的人……可他却一直认为她在演戏，他从没有相信过黄君梅，就像现在没有人愿意相信自己一样。

为什么自己会这么愚蠢，认为黄君梅会忌妒陈海默？为什么不能反过来呢？黄君梅生来就拥有一切，地位、容貌、财富。是陈海默恨不得从她那里抢走一切吧？抢走她的财富、前途、身份，甚至她清白的个人历史？

黄君梅现在死了，自己连道歉的机会也不再有。这是多大的过失啊！

你已经走了。真不知道下一场大雪的时候，我又会在哪儿呢。

王克飞一个人胡思乱想时，又想起了在仙乐斯舞宫的那一次游戏，黄君梅给他占卜时是怎么说的。陈海默是K，那个利用他的人。当时他还笑，一个死人怎么利用自己呢？扑克说顾寿云亦敌亦友？他会解救我于困境？占卜是怎么说我和她之间的？顾寿云好像提起过一次，可他没有留心听。

就在这时，门"吱呀"一声被打开了，在寂静之中格外刺耳。王克飞一阵心悸，仿佛有人要押他去接受审判了。可站在门边的，竟是一秒钟前还在他意识里出现的顾寿云。

等等，他身后还跟着一个中年男人，一脸严肃，王克飞以前从来没有见过。

"你怎么样了？"顾寿云走进关押室，说道，"我带个朋友来看看你。"

为什么要带个朋友？他是谁？王克飞满心疑惑，但顾寿云没有解释，他也不适宜当着别人面问出口。

"你口渴了吧？"顾寿云把一个水壶放在桌上，"通了关系才能进来看你。看来啊，你现在是重点看守对象。"

王克飞确实口干舌燥。他已经一遍又一遍向太多人复述了同样的话。他迫不及待地打开盖子，喝了一口水后，说道："可没有人相信我的话……"

他满心沮丧。为什么没有一个人被他说服和打动？顾寿云会愿意相信自己吗？王克飞依然抱有一线希望。

"我大体都听说了。"顾寿云的表情怪怪的，欲言又止的样子。

"老顾，你还记得我们和黄君梅在仙乐斯舞宫玩的占卜吗？"王克飞看看旁边那个正襟危坐的男人，凑上前对顾寿云小声说道，"你还记得占的我和她是什么结果？"

"克飞，都什么时候了！你还有心思关心这个！"顾寿云几乎是呵斥他。王克飞立刻坐直了身子，他难得见到顾寿云如此正经。

顾寿云看看身边的男人后，转移了话题："既然你对大家说黄小姐是被熊正林和陈海默杀死的，那熊为什么不和陈一起上船逃跑呢？"

"因为他必须留下来处理黄君梅的尸体，把她当作谢柳娥火化。"王克飞回答，"这样一来，他就可以打一个完美的死结，任何人都无法解开。因为没有人能证明一堆灰烬到底是谁的，一切几乎瞒天过海。"

王克飞注意到他说完后，陌生人脸上似乎掠过一丝淡淡的微笑。

"既然几乎瞒天过海，你是怎么识破的呢？"顾寿云问道。

"一切怀疑都来自对陈海默的了解。她的人生轨迹在收养前后一分为二，只有了解这两段历史，才能拼凑出一个完整的人格。可惜，她身边所有人都只认识一半的她，恐怕只有熊正林是贯穿她的人生的。"

"你觉得她是什么样的人？"顾寿云问。

"一个矛盾的人。一方面她心高气傲，有远大理想；另一方面她又被过去的经历牵扯，内心充满耻辱和卑微感。最终，她为了向上爬，改变自己的命运，不择手段，甚至丧失人性。"

"比如说……她做了哪些丧失人性的事？"顾寿云又问。

王克飞很欣慰顾寿云愿意继续听下去。

"你一定想不到，她的母亲玉兰在生下她以前是一家书寓的头牌，她的生父是北伐军将领。玉兰屈身于茶楼，令海默从小被茶楼老板侵犯。玉兰是个自私的母亲，她一辈子为男人活着，对海默生父抱有幻想，对周福根一次次原谅，却对女儿遭受的苦难视而不见。海默恨玉兰的软弱和卑贱，更恨因为母亲是妓女，她一辈子摆脱不了妓女女儿的身份，一辈子抬不起头。可玉兰偏偏又教她向往那些求而不得的美好，让她的内心更加痛苦。八年前的晚上，周福根暴打玉兰后，海默放了一把大火……"王克飞看了看两个听众的表情，说道，"她烧死了自己的母亲，烧死了茶楼老板，烧光有关过去的一切。"

陌生人清了清嗓子，突然问："这些是谁告诉您的？还是您自己推断的？"

"是基于我所得到的信息推断的。当事人全都死了，恐怕只有陈海默一个人心里最清楚。"

陌生人与顾寿云对视了一眼，又说道："您是不是几乎可以用眼睛看见火灾的场景？您是不是仿佛能听见玉兰和福根的对话？"

王克飞不知所以地看着这个人，不明白他想问什么。

"它们只是存在于您大脑皮层的幻觉罢了。这是典型的妄想症症状。"

王克飞被这番话激怒了。他看着顾寿云，喊道："这人是谁？他在胡扯什么？让他滚出去！"

顾寿云叹气摇头，道："你听医生把话说完。"

医生？这竟是个医生？为什么会有医生在这里？

"让我告诉你真正发生了什么，"这个所谓的医生推了推圆形小眼镜，说道，"在调查陈海默卧轨自杀一案时，你不知不觉爱上了陈海默，你无法接受她已经死亡的事实。这种偏执的感情，最容易发生在内心有空洞的人身上。我听说……你的前妻刚和你离婚就自杀了？"

王克飞把目光投向顾寿云，这个叛徒！他把我的私事都抖给医生，只为了证明我是错的。他和其他人都是一伙的！

顾寿云看着膝盖上的手，躲避王克飞的目光。

"为了向自己证明她还活着，您在脑海中虚构出一个离奇的谋杀故事。这故事从逻辑上讲真是天衣无缝，证明您真的是一个刑侦高手。"医生盯着王克飞的眼睛说，"但仔细想想吧，您有证据吗？没有。有证人能证明关键情节吗？没有。这故事存在的唯一价值是什么？第一，证明陈海默还活着，她在美国生活得很好；第二，证明你是世界上唯一了解她的人。你读过弗洛伊德吗？当我们求而不得时，很容易会通过扭曲变形的梦或者幻想来实现隐秘的愿望。"

王克飞腾地从椅子上站了起来。他难以置信地看着顾寿云："你也相信我疯了吗？"

"克飞，你冷静点……"

"为什么没有人相信我！"王克飞吼了起来。

医生趁势立刻说道："您的暴力倾向也是症状的一部分，兴奋、攻击、幻觉、妄想都是精神分裂的初期症状。"

王克飞感觉自己有些站立不稳。世界上再没有人相信自己，这是一种前所未有的孤独感：你和一群人身处一室，却互相听不见，互相看不见，你像被一个透明的气泡囚禁了。一个叫"真相"的气泡，把你和他们永远地隔离开来。

"所以我建议你接受强制治疗。"医生总结道。

这时，顾寿云打开门，对外面的人说了什么。原来早已有两个人等在那里了。他们冲进来一左一右架住了王克飞。

"滚开！放开我！我没疯！"王克飞奋力挣脱他们。

突然间，他感觉自己浑身无力，嗓子喊不出声音了，整个人像散了架的木偶，只剩一些木头四肢滚落在地。他看着那扇敞开的大门，离自己那么近，他想冲出去，却一步也迈不动了。他低头看看那个可疑的水壶，再看看顾寿云的脸，一切都变得模糊。

是真相耗尽了他所有的力气吗？他有多少个晚上没有好好睡觉了？从负责选美比赛的安保那一天开始？突然间，他什么都不在乎了。他感到一种飘飘然的解脱般的快感。

把我抓起来吧！枪毙吧！现在，我只想久久地睡一觉……

53

王克飞坐在床沿上发愣。他身边的人穿着和他一样的条纹病号服。两个人在玩橡皮球，他们只是把球悄无声息地掷来掷去；一个独自哼着歌，在膝盖上打着节拍；还有一个在擦拭一只空的旧铁罐——他几乎每天都会擦上好几遍。

这两个月来，发呆成了王克飞唯一能做的事。他有时候会想，他们会不会是和自己一样，只不过比其他人多看到了一点，才会被关在这里？他们是不是和自己一样遭受过朋友的背叛？他们愿意放弃自己，放弃真相，回到说谎的人群中去吗？

"吃药了。"一个长着马脸的女护士走进病房。

"什么药？"擦铁罐的人停下手上的动作，抬起头问。

"天天吃还不知道吗？"女人白了他一眼，回答。

护士走到王克飞身边，给他的手掌里倒了五片药。不知道她是喜欢自己，还是讨厌自己，她总是要亲手给他递上水杯，看到他把药吞下去才转身离开。而过了几分钟后，王克飞才从舌头下偷偷吐出那几片几乎溶化了的药片。

王克飞躺下来看书。他读的是黄君梅的摘抄笔记。他从她的书架上偷走时，只是为了留下她的字迹，以便和勒索信对比。那封勒索信到底是谁写的呢？这个问题一点也不重要了。

"你还好吗？"这时，王克飞突然听到一个熟悉的声音。眼睛掠过书，看到一双黑色皮鞋。

他不禁皱起眉头。

顾寿云拉了一把椅子，在王克飞的床边坐了下来。他瞟了一眼王克飞手边的笔记本，问道："你在看书？"

王克飞下床站起来，走到窗前，背对顾寿云，不愿意看见他。是顾寿云给自己下了药，和精神科医生合谋，把自己关进了疯人院。是他告诉所有人，自己在萧梦自杀后就已经出现了精神分裂的症状。

"我知道你在生我的气……"顾寿云走到王克飞身后，说道，"但你知道吗？你其实应该感激我。"

王克飞看着窗外一棵梧桐树，落叶在寒风中飞舞。

秋天终于来了。

"那事闹得太大。本来国民政府已经丧失民心，你的事对他们维护声誉无疑是雪上加霜。上头当时已经决定了，杀鸡儆猴，要毙了你。我想了很久，唯一维护政府颜面又保你命的办法，只有承认你疯了。如果不是我这主意啊，恐怕，现在只能去给你扫墓了。"

王克飞轻轻呼了口气，脸色变得柔和。自己当时就设想过会不会被枪毙，但又觉得不至于到那一步，想不到周局长做事真的这么狠。可自己被囚禁在这里，每天面对一群精神病患者，和被枪毙又有什么区别呢？

"现在外面局势怎么样了？"王克飞侧过头问。

"唉，世道太乱了，感觉要出什么大事，钱就跟废纸一样不值钱，民怨很大，"顾寿云悄悄递上一支烟，说道，"你们那时候整顿摊贩不是抓了不少人吗？听说有一个在牢里被冻死了。昨天三千人围在监狱门口，要求释放摊贩。周局长指挥警力用了消防车水龙头、木棍，驱散人群。那些摊贩不买账，拿石块还击，你以前那个办公室的窗户都被砸啦。后来场面失控，许多商铺被抢。今天上头索性来个全上海商业停市，我来的一路上行人寥寥，一片萧条。"

王克飞听了唏嘘不已。他有一种末日般的感觉，不知道这个时代将会怎么收场。

"你必须在这里再待一阵子。虽说那个黄太太已经关了店，逃到香港去了，但记者还惦记着你这事呢……"他环顾了一圈房间，又说道，"我看这里环境挺好，比外面清静多了。"

王克飞抽了一口烟，才说："我宁可被枪毙，也不愿意待在这里。"

"你可真没良心啊。你知道我当时动用多少关系，才让医生的证明胜过你那厚厚一沓罪状吗？"顾寿云说着，一边四下张望，仿佛生怕有人偷听到他们的对话。

"你这么小心干吗？他们都是疯子，听见也没事，"王克飞自嘲地笑笑，"因为，他们说什么，都不会有人相信的。"

顾寿云听了，也尴尬地笑笑。他抽了一口烟说："那天我和医生坐在那里时，我其实也在想，你这小子会不会真的疯了，竟一个劲说陈海默没死。"

王克飞怔住了，皱着眉头问道："难道你不相信？"

顾寿云的吃惊不比王克飞小。"你仍然相信黄君梅被熊正林和陈海默杀了？"

为了不让自己又爆发，王克飞深呼吸一下，他已经学会了如何控制自己的"攻击性"。在这里，你必须学着扮演一个"正常人"。

"我不想和你争辩这事了。一切都过去了……"王克飞说道,"人都不在了,凶手也早已逍遥法外,说这些还有什么意思?"

可顾寿云反倒不依不饶道:"你当时口口声声说熊正林过后一定会去美国找陈海默,可我告诉你吧,他现在还在上海,依然独身一人。"

王克飞已经懒得再争辩,只是看着窗外萧瑟的景色。

"那我能不能问问你,你对陈海默究竟是什么感情。你爱她吗?"顾寿云看上去像个心理医生一样讨厌。

王克飞摇了一下头。

他对陈海默最初的那点仰慕之情是建立在一片海市蜃楼上的,她是他的内心虚构的一个作品。她在后台回望的那一瞥,也许根本没有什么意思,她甚至可能都没有注意到他站在幕帘后面。可这一瞥却被王克飞在记忆中不断重温、解读,赋予了意义和深情。对于陈海默,王克飞故意把自己推入爱河,为了替空虚的心灵找到一点寄托。而对于黄君梅,却恰好相反。他一直在抵抗,却一样陷入了不可自拔的状态。王克飞想起了那个蜈蚣走路的故事。可什么才叫爱呢?

"那你恨她吗?"顾寿云又问。

"我为什么要恨她?"王克飞吐了一口烟圈,说道,"命运把每个人安置在阶梯的不同位置。每个人的头上被人踩着,却又踩着别人。陈海默不过是站在阶梯末尾的人。命运打击她、压迫她,她却偏要反抗,去寻找一个途径活下去。有时候我会想,如果我是她的话会怎么做?我会甘心接受命运安排吗?甘愿沉沦吗?我会不会也和她一样想反击,为自己赢得另一种生活的可能性?"

王克飞弹掉烟灰说道:"大人物根本不需要杀人,他们总可以借一把刀,像黄太太那般对我。他们占尽道德优势,拥有冠冕堂皇的理由,世界上总不缺替死鬼。而陈海默这样的人,只能靠自己。杀人啊,其实也是弱者的武器。"

"唉,不管怎么说,你都相信陈海默还活着,死的是黄君梅。"顾寿云叹了口气。犹豫了一下,他突然说道:"我给你看个东西。"

说着，他从大衣口袋里掏出了一张明信片，交给王克飞。

王克飞狐疑地接过了明信片。

它的正面是一座陌生的城市，有一座红色的大桥，背景是湛蓝的天空和大海。

他又翻过来看背面。清秀的笔迹，和笔记本上的十分相似：

王探长：

您还好吗？

等到下大雪的那一天，您还会想念我吗？

黄君梅

王克飞的双手有一些颤抖。他仿佛听见她的声音在耳边念出了这些句子。

顾寿云打量着王克飞的表情，缓缓说道："这明信片是寄到我公司的，邮戳是美国的。我想她应该听说了你的事，希望我转交给你吧。"

王克飞的嘴动了动想说什么，却没说。

"我知道你一定会怀疑这张明信片的真实性。所以啊，"顾寿云说道，"我特意去了一趟董文枫家。我让他比对了字迹。他明确无误地告诉我，这是黄君梅的笔迹。如果你不相信我，可以等你自己出去后问他。"

王克飞叹了口气。他多么希望这是真的，多么希望她真的会给自己写一张这样的明信片，多么希望她和她的记忆都活着。可是……

他苦笑一下说："这还不好理解吗？这是在她上船前，他们逼着她写的。"

在顾寿云的诧异中，王克飞说道："陈海默和熊正林早已考虑到这点。为了让所有人相信是黄君梅携款逃到了美国，陈海默到了美国以后必须以黄君梅的名义寄一张明信片回来。上面的字，是他们逼黄君梅在临死时写的……至于寄给你，那是因为他们不知道你对我的打算，只知道你把我放进了疯人院，就寄给你做证据，希望把我永远关在这里。"

顾寿云的眼中流露出一丝困惑不解，而后是深深的怜悯。他轻轻摇了摇头，拍了拍大腿，站起来，说道："我还约了人，得走啦。"

他拿起自己的帽子，走到门边，又说道："现在我的生意大不如前，正考虑和老婆孩子一起搬到香港去。我走前如果有空，会再来看你的。"

王克飞轻轻点点头，心底清楚，他不会再来了。一切，都结束了。

顾寿云离开后，王克飞又低头看了看手上的明信片。他咽了咽口水，眼眶湿润了。

他轻轻把明信片夹到了笔记本里。

54

熊正林站在码头，天上下起了毛毛细雨，但他没有打开手中的雨伞。他看着翻滚的黄色江水，想象着它们一路向前，在出海口与长江水汇合，摆脱堤岸的束缚后一去不返，奔向了不见白浪滔天的远方。而她也随大海离开了。

熊正林的耳畔仿佛还回响着那个晚上所有的声音，人们的哭喊声、惨叫声、消防车的警笛声，烈火中一切被摧毁的声音。

他和家人、伙计站在街对面，眼睁睁看着大火吞噬了父亲的药铺。抢救出来的几箱银两躺在他们的脚边。母亲流着眼泪，把他搂进怀里，喃喃地安慰他不要伤心。而他只是麻木地瞪大眼睛，看着药铺在大火中坍塌。

在一个小时前，他像往常一样去茶楼后面的天井找她。

她看起来和平时没有什么两样。但当他被她带进家门后，却吓了一大跳：浸满鲜血的床单上侧躺着一个披头散发的女人，背上插了一把刀，只有刀柄露在体外。

他蹲下身，用手试了试鼻息。已经死了。

是她的妈妈死了。

他站起身，疑惑地看着她，心扑通乱跳。

她却平静地说了一句："她太痛苦了。我帮她解脱了。"她的食指漫不经心地抹着窗台上的灰尘，好像说起刚完成的一件家务。

他的大脑一片混乱。不，不能让她被警察抓走！不能！他愣了几秒后，立刻脱下褂子，用它包裹住刀柄，从尸体上拔出了匕首。

"现在该怎么办？"她睁着黑白分明的大眼睛，问他。

"别怕。"他的额头开始渗汗。

他冲进开水房，用木柴在煤炉上取了火，回到房间，点着了床单。不一会儿，熊熊大火烧了起来。他又回到开水房，把一个煤炉踢翻在草垛上。而她的养父还在最高的草垛上鼾声如雷。

当他做完这一切后，他却在浓烟和火焰中丢失了她。她上哪儿去了？他的心提到了嗓子眼，四处奔跑寻找，又不敢放声喊叫。

突然间，他见她从着火的房间里冲了出来。她的脸蛋被熏黑了，咳个不停，而她的手上捧着一个他以前从来没有见过的黑乎乎的东西：它的表面挂着烟黑碎片，仿佛手一碰就会化为灰烬，只有金灿灿的底座依旧坚实。

"这是什么？"他盯着那个东西看。

"这是我爹留给我的礼物，"火光衬得她的笑脸很温馨，"我妈说，我爹总有一天会回来带我走的！"

…………

熊正林从怀中取出那个东西。十一年过去了，它已经残缺不全。如果想象力足够丰富，也许能依稀辨出一些蓝绿色的纤维，但基本上它丑陋而又无用，只有那个薄薄的底座依然牢固。

熊正林把它举在手中，奋力向前一掷，却只见它悄无声息地落入了不远处的江面。他想象着它正在混浊的江水中安静地、缓缓地下沉，吸引了一群小鱼的注意。

这时，一个瘦小黝黑的水手刚刚从一艘小艇上爬上岸。他看到熊正林站在岸边，好奇地问道："船都开走啦，今天没船了。你还在等人吗？"

熊正林看着江面，摇摇头。

"那就是刚送了人走？"水手一边从水中拉起绳索，一边猜测道，"刚走的那艘船是去旧金山的。你送的人要去美国吗？这路上就得一阵子呢。"

见熊正林不回答，他又以幸灾乐祸的口吻说道："你们这辈子不知道有没有机会再见咯。"

"见不见有什么关系？世界上的任何两个人在遇见之前都有各自的轨迹，偶尔相交，最终都是要分开的。"

水手"嘿嘿"地笑了笑说："你这人说话真有意思。走的人是你女朋友吧？"

熊正林不置可否。

"既然都走了，就放下吧，"水手苦口婆心地说道，"一辈子那么长，总会遇到其他人。"

"如果这爱是你用二十年培养的习惯呢？"熊正林自言自语道。

"那么，但愿你在接下来的二十年内能戒掉这个习惯！哈哈！"

熊正林的脸上毫无表情，依然紧锁眉头，看着江面。

水手把救生圈绳索都收起来，扛在肩膀上后，又说道："我刚才是说笑的，别生气。说真的，希望你有机会再见到那个姑娘。"

"不，我永远也不可能见到她了。"熊正林撑开了手上的黑色大伞，转身离开。

这真是一个怪人啊！水手看着他远去的背影想。

熊正林离开了江边，回到了繁华的马路上。人们在小雨中奔跑，车辆川流不息地从他身边经过。

当他经过惠罗洋货公司的橱窗时，他在玻璃上看见了自己的身影：黑色大伞把他的脸藏在黑影中。

55

民国三十六年（1947年）。

1月。

清晨的阳光打在王克飞脸上，他不情愿地睁开眼睛。今天的光线好像有些异样，他边想边打了个哈欠坐起来，这才发现窗外正在下雪，白茫茫的鹅毛大雪从窗前飘过。

他兴奋地坐了起来。这是今年的第一场雪啊！

那个炎热的夏天已经很遥远了，好像是上一辈子的事。

今天是几月几号了？自从来到这里后，时间已不再有意义，不再有见面、等待、离别的切分。他已经习惯了长时间的独处，自己和自己交谈、辩论、争吵，又妥协。他甚至开始有点喜欢在这里的日子了。

这几天，王克飞在思考一个问题：他这一辈子到底错过了什么？他错过了战场上一个战友的遗言，错过了萧梦的一次流产，错过了一次发财的机会……去年夏天，他错过了和一个女孩温柔地道别……人生之河无法倒流。

最近，他在她的笔记本里读到了一段话，是她从《呼啸山庄》里翻译的句子。

> 如果你仍然存在于这个世界上，那无论这个世界变成什么样子，对我而言，都是有意义的；如果你已经不存在于这个世界上，那无论这个世界多么美好，我的心，也像无处可去的孤魂野鬼。

而你已经不在了……

他坐在床上，愣愣地瞪着眼前的墙壁。他的记忆里好像有一件事和下雪有关，可他又记得不太清了。

"508号！有人来看你了！"护工突然站在门口喊了一声。

谁会来看自己呢？王克飞没有转过身，内心有些烦躁，他讨厌被人打断思绪。

这时，他听到了轻盈的高跟鞋落地的声音。

一个略带笑意的声音在他身后响起："我回来了。"

他吃惊得说不出话。多像她的声音啊！可是……不，不可能！他的肩膀僵硬着，一动不动。他真怕这只是一个充满希望的美梦，一转身，梦便醒了。

访客又往前走了两步，娇滴滴地对着他的后背说道："怎么了，王探长？您不想看见我吗？"

王克飞这才慢慢转过身。站在他面前的是一个逆光的剪影：窈窕的身形，披肩的鬈发，右手上挽着一件大衣。

他惊讶得不知说什么好了。难道真的是自己错了吗？难道自己疯了吗？一切都是妄想吗？这甜蜜是真实的吗？他开始觉得眩晕。

"你还活着。"他嘀咕了一句。

她咯咯咯地笑了，说："我当然还活着。"

黄君梅在他身边的椅子上坐了下来，笑道："您不再认为是我杀了陈海默吗？"

王克飞摇摇头。他注视着她，依然不相信这一刻是真实的。

"我怎么会在乎什么凤冠啊，王探长。那个夏天，我只是太爱他了，并以为他也一样爱着我。是他为我出的主意，也是他提出要去铁轨边为我取回凤冠。可8月2号那天晚上，他回来后告诉我，他到达铁轨边时火车已经撞了人。他猜测陈海默手上并没有凤冠，被逼得走投无路才卧轨自杀的。我确实深深内疚过，但谁会想到……"

"你离开的那天晚上呢？到底发生了什么？"王克飞愣愣地问。

"我带了一把父亲藏在书房地板里的手枪，里面总是上满子弹……他们看到枪，拿我没有办法。我带了行李，逃出了医院，最终赶在'梅吉斯'号发船前到了码头。"

"可你怎么会想到带枪？"王克飞皱着眉头问。

"其实啊，在那晚以前，我已经有了预感。"她苦笑了一下，说道，"还记得那封勒索信吗？有一点您猜对了，为了提前拿到凤冠，我在熊正林的怂恿下向福根提出代笔写信。可我怕海默认出我的字迹，索性让熊正林写好信后寄给她。之后的一个下午，我发现那封信躺在陈海默的化妆桌上。我看到它的那一秒，直觉感到哪儿不对劲，却又说不出来。直到某一天我自己写信时，我才终于想明白了——那封信没有折痕！一封寄过来的信怎么可能没有折痕？所以，这封信只能是陈海默写给她自己的。"

原来如此啊！谁会想到去比对写信人和收信人的笔迹呢？哪怕再给自己一百次机会，王克飞也不会拿陈海默的笔迹去和那封信比对。

黄君梅走到窗边，手指在窗玻璃的雾气上随意涂抹着，说道："这个发现一度让我无比困惑。一定是哪儿出了错，可我却想不明白错在哪儿。有一天，当我们经过一张选美海报时，我留意到他的目光首先是落在陈海默身上的。他看她的眼神……怎么说呢？他从来没有那么看过我。但我依然不敢想、也不愿想究竟发生了什么，只因为那个念头太疯狂。离家的那个晚上，我依然抱着一线希望：这一切都是我自己的胡思乱想。所以，我才上了熊正林的车。可当我发现他没带行李，而是把车开回医院时，我彻底绝望了。"

王克飞看着黄君梅的背影。她的声音听起来是那么平静，只有瘦弱的肩膀微微颤抖。

"直到在隔离病房里见到了活着的陈海默，回想起熊正林指导我做的一切，我才明白了他们想要什么。熊所做的一切都是为了把我打造成完美的躯壳，以便有一天让她钻进我的身体。无论多夸张的念头，也可能是真的，永远别低估人心的疯狂……可我为他付出的一切，丝毫没有让他犹豫和心软吗？他从来都只把我当作一件定制的衣服吗？她比我好在哪儿呢？爱情真让人不解啊！"

"可是……"王克飞感觉自己的思维有些迟钝，问道，"在你走后的第二天，熊正林火化的那具尸体是谁的？"

黄君梅沉默不语。

过了一会儿，她才吁了一口气，回答："我真不愿意回忆起那个晚上。在我离开病房时，海默已经变得歇斯底里了。我一旦逃走，她的出口就被堵上了，她被困在了两个身份中间。她无法回到过去，成为陈海默，也没有出口可以成为另一个人。她曾经是多么心高气傲啊。我无法想象，成为一个没有身份的影子，对她来说究竟意味着什么。"黄君梅眉心微蹙地摇了摇头，"但我也并不知道，在我离开后，发生了什么……"

王克飞低下头，坐直了背，轻轻吐出一口气。有一些答案，我们永远也不会知道了。它或许将永远深埋在熊正林一个人的心底，伴随他度过余生的每一天。

黄君梅对着窗外的景色，自言自语道："今年的第一场雪可真大呵。"

坐在床沿上的王克飞也抬起头，把目光投向明晃晃的窗外。洁白大雪漫天飞舞，纷纷扬扬，以轻柔无声的力量覆盖大地，似乎想要掩盖世间的一切痛苦和丑陋。

黄君梅转过身，看着王克飞，说："谢谢您为我的'死'难过。他们都告诉我了，您因为坚持他们是凶手，才被关在这里。"

她走近王克飞身边，缓缓摊开掌心，里面是一根细小的银色的别针。

"我依然记得您跪下来为我戴别针的晚上呢，"她把别针放在他手心中，带着几分讨好和俏皮，眯起眼睛说，"我知道您一定会保护我的。"

王克飞仰起头，两人的目光接触，黄君梅的面颊上泛起了红晕。

他觉得她比夏天时更加美丽成熟了。

"王探长，我带您离开这里吧。"

王克飞站了起来。黄君梅把手伸入了他的臂弯说："让我们一起向世人证明我们无罪吧！"

56

守墓人给高云清指了指路。

初秋的下午，万里无云，阳光耀眼。西山墓地的风景十分开阔，站在山腰可俯瞰山脚的村庄。夏日草木茂盛，大树在坟墓上方遮挡烈日，蝉鸣声此起彼伏。

高云清快走到墓地时，突然看见有个人一动不动地站在墓碑前。这个人看似有五十多岁，头发斑白，身材挺拔，仪态威严。

高云清注意到他的长衫袖子卷到手肘，而墓碑四周的杂草刚刚被人收拾干净，整齐地堆在一旁。

男子猛然发现高云清站在附近，问："你也是来看海默的？"

高云清点点头："我是她小时候的钢琴老师。您呢？"

男子的嘴角苦涩地抽动了一下，没有回答。

"再见了。"他向高云清告别，随后戴上军帽，沿着来路离开了。

高云清记得小山说过，她的生父是个革命者，早年是留日学生，跟着陈其美攻打过江南制造局。他在百春阁认识玉兰时，正在上海的大学教书。玉兰怀上小山那年，北伐开始了，他和蒋介石接上头，离开了上海。

小山总是说："总有一天他会回来带我走的！一定会的！"

以前，高云清总认为这是玉兰编出来的故事，只为了让女儿对未来怀有一线希望，可现在……他一直目送着这名男子消失在山间小径上。

他转过身，看着身前的墓碑。

上面刻着：

陈海默，生于民国一十六年，卒于民国三十五年。

一张圆形的黑白照片嵌在墓碑上。照片里的女孩笑容清纯甜美，双眼清澈发亮，仿佛从来没有经受过生活的苦难似的。

高云清用捡来的枝叶为她的墓地扫去尘土。

一抬头，他才发现海默的墓地旁边是她养母的墓地。

"冯美云"三个字的红色已有一些脱落。他也用枝叶为她掸去了尘埃。

高云清默默地在树荫下站了一会儿。

在准备离开时，他突然想起了什么。

他从身上长衫的衣襟上取下那两朵清香怡人的玉兰花，轻轻放在墓碑上。

本故事基于 1946 年夏天的"上海小姐"选美事件。

"上海小姐"选美活动共募得四亿元巨款,但赛后结算,盈余寥寥,大部分被金融寡头和政客们瓜分,并没有多少真正被送到食不果腹的灾民手中。

亚军谢家骅在比赛后步入影坛,后嫁给了富商荣梅莘。因为婚后不幸福亦无法离婚,在 1948 年夏天吞服大量安眠药试图自杀。

冠军王韵梅赛后极少在公众场合露面。传说 1949 年范绍增逃往香港时,并没有带上她,她从此不知所终。

黄太太到香港后恢复朱姓,一度穷困潦倒,两年后嫁给一个船舶商人为二房。

上海摊贩抗议活动持续不断。1947 年 1 月,上海市警察局宣布,在全市指定 350 多处地点供摊贩经营,并准许延长经营时间。震动一时的上海摊贩事件就此结束。

图书在版编目（CIP）数据

为她准备的好躯壳 / 何袜皮著 . -- 长沙：湖南文
艺出版社，2021.4
ISBN 978-7-5726-0119-4

Ⅰ. ①为… Ⅱ. ①何… Ⅲ. ①长篇小说–中国–当代
Ⅳ. ①I247.5

中国版本图书馆 CIP 数据核字（2021）第 058155 号

上架建议：小说·悬疑推理

WEI TA ZHUNBEI DE HAO QUQIAO
为她准备的好躯壳

作　　者：何袜皮
出 版 人：曾赛丰
责任编辑：匡杨乐
监　　制：毛闽峰
策划编辑：张　璐
文案编辑：王　静
营销编辑：刘　珣　焦亚楠
装帧设计：潘雪琴
插　　画：方块阿兽
出　　版：湖南文艺出版社
　　　　　（长沙市雨花区东二环一段 508 号　邮编：410014）
网　　址：www.hnwy.net
印　　刷：三河市百盛印装有限公司
经　　销：新华书店
开　　本：787mm × 1092mm　1/16
字　　数：209 千字
印　　张：14.75
版　　次：2021 年 4 月第 1 版
印　　次：2021 年 4 月第 1 次印刷
书　　号：ISBN 978-7-5726-0119-4
定　　价：48.00 元

若有质量问题，请致电质量监督电话：010-59096394
团购电话：010-59320018